Ronald Holst
GERETTET

Ronald Holst

GERETTET

Die abenteuerliche Weltreise der

CERES

1868–1871

Novelle

KJM Buchverlag

Die Reihe
KJM MARITIM
wird herausgegeben
von Klaas Jarchow

Das Coverfoto entstammt dem FISCHERHAUS-Archiv:
Abbergung von Schiffbrüchigen von einem Vollschiff

1. Auflage, März 2017

Simrockstr. 9a, 22587 Hamburg
www.kjm-buchverlag.de
ISBN 978-3-945465-11-0

Lektorat: Kay Dohnke
Herstellung und Gestaltung: Eberhard Delius, Berlin
Karte: Erfurth Kluger Infografik, Berlin
Die historischen Grafiken sind dem 1885 erschienenem Buch
»From Keel to Truck / Vom Kiel zum Flaggenknopf« entnommen
Druck und Bindung: Books on Demand GmbH, Norderstedt
Printed in Germany

Inhalt

Wir können den Wind nicht ändern,
aber wir können die Segel setzen.
Aristoteles

HAFENGESCHICHTEN

Ein Nordwest der Stärke 11 fegte über Hamburg. Regen prasselte wie ein Trommelfeuer gegen die Fensterscheiben. Dächer drohten abgedeckt zu werden. Bäume wankten. Alles, was lose war, wurde vom Orkan in Bewegung gesetzt. Ein Fass rollte – von Böen getrieben – schaukelnd über die Vorsetzen und knallte hoch aufspringend gegen einen Mauervorsprung, um danach in die Gegenrichtung zu torkeln. Einer Dame klappte der neumodische Regenschirm über.

Im gleichen Augenblick schrie jemand: »Wahrschau!« Dieser Zuruf galt Viet von Appen. Seine Seemannssinne funktionierten: Augenblicklich registrierte er, dass lose Dachpfannen durch die Luft auf Herta und ihn zugewirbelt kamen. Geistesgegenwärtig stieß er seine Schwester in einen Hauseingang und warf sich hinterher, während die Pfannen neben ihnen aufs Pflaster prasselten. Er spürte einen stechenden Schmerz an der linken Wade. Herta schrie auf. Beide waren von zerplatzenden Ziegeln getroffen, zum Glück aber nicht ernsthaft verletzt. »Sott hat!«, schrie ihnen der Rufer gegen den Sturm zu und nickte freundlich.

»Mannomann!«, schnaubte Viet. Ihm saß der Schreck in den Gliedern. »Deern, du solltest besser beidrehen. Du siehst ja, hier wird's mulmig. Und ich möchte nicht, dass dir was passiert!«

Als seine Schwester nicht auf den Vorschlag eingehen wollte und einfach weiterging, hielt Viet sie am Ärmel fest und blieb stehen. »Wirklich, es ist Zeit, dass du kehrtmachst! Du siehst ja, was der Sturm anrichtet. Und die Vorsetzen sind bestimmt überflutet. Da wirst du nasse Füße kriegen.«

Es war ihr egal, ob ein gefährlicher Sturm heulte, Hochwasser auflief oder ihr beides den Weg versperrte, Herta wollte ihren Bruder unbedingt bis zu seinem Schiff bringen. Zumal niemand wusste, wann sie sich wiedersehen würden! Vielleicht dauerte es ja abermals Jahre, bis sie sich wieder in die Arme schließen konnten!

Die Vorsetzen waren bei dieser Tide zum Glück nicht überspült. Trotzdem lagen sie voll vom Treibgut des letzten Hochwassers, Herta und Viet übersprangen Schwemmsand und Schilfreste, wichen kaputten Fischkörben aus, stiegen über Bretter und Baumstümpfe, die auf die Straße gespült waren. Herta sorgte sich, ob die Jollen, die die Seeleute zu ihren Schiffen in der Strommitte bringen mussten, bei Windstärke 11 überhaupt fahren würden.

Nein, bei diesem Wetter fuhr keine Jolle, das war klar. Stattdessen entdeckte Viet sein neues Schiff, die CERES, am Kai und nicht mehr in der Strommitte. Deshalb sagte er seiner Schwester schnell Adschüs – und zwar ohne großes Abschiedsgetue! Er küsste sie noch einmal flüchtig aufs Haar und brummelte: »Grüß Mutter und die anderen!«, um dann die hundert Schritte zur CERES zu laufen, ohne sich auch nur ein einziges Mal nach seiner Schwester umzuschauen. Denn sich umzudrehen würde Unglück bringen.

Herta blieb wie vom Schlag gerührt stehen. Verabschiedet sich ein liebender Bruder so von seiner Schwester? Zumal wenn eine jahrelange Trennung bevorstand? »Er hat mich noch nicht mal in den Arm genommen!«, haderte sie und betete trotzdem: »Lieber Gott, lass Viet heil zurückkehren. Meinen Viet! Bitte, bitte, bitte!«

Sie war doch so stolz auf ihren Bruder, auf seine Art, das Leben anzugehen, auf den ganzen Kerl. Einen Bruder wie ihn gab es in ganz Blankenese nicht. Mit seinen karottenroten, welligen Haaren, den stahlblauen Augen und dem von Sommersprossen betupften Gesicht fiel er überall auf. Wo immer er auftauchte, schauten ihn die Leute an. Inzwischen strahlte der junge Steuermann auch Autorität aus. Sein Wort hatte Gewicht, ob an Land oder an Bord.

Wenn du nach See gehst, darfst du dich nicht umsehen, sagte man an der Küste. Das bedeutet Unglück! Dafür stand ein biblisches Ereignis Pate: Lots Frau und ihre Töchter hatten gegen die göttliche Anweisung verstoßen und waren zu Salzsäulen erstarrt! Weil sie sich umgedreht hatten! Außerdem wurde von Fahrensleuten empfohlen: Mach den Abschied kurz, dann quält dich kein langer Trennungsschmerz. Trotzdem! Hätte Viet nicht ein einziges Mal winken müssen? Tränen begannen Hertas Blick zu trüben. Rasch wischte sie sich die Augen trocken. Eine Weile guckte sie noch zur CERES rüber. Nein, er tauchte nicht wieder auf. Schließlich trat sie den Rückweg an.

Viet war froh, den Abschied von seiner Schwester so kurz und schmerzlos, wie er meinte, hinter sich gebracht zu haben, und lief über die Gangway auf die Bark. Zur Wache ließ er ein knappes »Viet von Appen, der neue Steuermann!« gegen den Sturm vernehmen und bemerkte, wie ihn der Wachmann ehrfurchtsvoll betrachtete. Dann drehte sich Viet noch einmal um und fragte: »Wo find ich den Alten?«

Die Bordwache hatte ihn wegen des Windes nicht verstanden.

»Wo ich den Käpten finde?«

»Achtern, in seiner Kajüte.«

Als sich der frischgebackene Steuermann zum Achterdeck aufmachte, stieß er auf einen Mann, der ihm bekannt vorkam. »Bist du nicht Viet von Appen?«, rief der und stieß ihm mit der Faust vor die Brust. »Kennst mich nicht mehr? Hein Lindemann. War früher euer Nachbar und hab gestern als Zimmermann auf diesem Kahn angemustert!« Als Zeichen seines Standes trug er einen Eierkocher, eine Melone, die praktisch war, weil man sich damit in den Niedergängen nicht dauernd den Kopf stieß.

»So trifft man sich wieder, Hein. Wie lange ist es her, seit wir uns das letzte Mal gesehen haben? Acht Jahre? Ich bin übrigens der neue Steuermann und wollte gerade zu Kapitän Külper, um mich zu melden.«

»Der hat im Augenblick 'ne Besprechung und möchte nicht gestört werden.« Nach dieser Auskunft stockte Lindemann einen Augenblick, um förmlich fortzufahren: »Sie müssen ein paar Minuten warten.«

»Du kannst ruhig weiter du zu mir sagen, Hein! Wir sind doch alte Nachbarn!«

»Das geht nicht! Das lässt der Alte nicht zu!«, entgegnete Hein. Kapitäne und Steuerleute waren auf allen Schiffen mit größtem Respekt zu behandeln. Dazu gehörte auch die Anrede mit »Sie«.

In diesem Augenblick ging die Tür zu Kapitän Külpers Kajüte auf, der Besucher trat heraus, und Viet konnte sich melden. »Machen Sie die Tür schnell wieder zu, Steuermann. Vorhin ist sie dem Kajütjungen beinahe aus der Hand geflogen. Kein Wunder bei dem Sturm.« Kaum stand Viet in der Kajüte, forderte ihn Jacob Külper auf, seinen Seesack erst mal abzustellen, es sei viel zu tun!

Der Käpten, ein Mann von wohl 45 Jahren, war kleinwüchsig. Er trug einen altväterlichen schwarzen Bratenrock, ein graues Tuch im Kragen und hatte einen imposanten schwarzen Bart mit eisgrauen Strähnen. Genau diese Farbigkeit hatten auch sein wilder Haarschopf und die aus Nase und Ohren heraussprießenden schwarzen Haarbüschel. Er hielt sich so kerzengrade, als habe er einen Rohrstock im Rücken.

»Wir müssen uns kurz fassen. Einer unserer Männer wurde sturzbetrunken aufgegriffen, Ernst Hase. Er ist in Polizeigewahrsam. Den brauchen wir umgehend zurück an Bord! Jeden Augenblick kommt die Dampfbarkasse, die uns nach Cuxhaven schleppen soll. Und wenn Sie den Mann von der Polizei geholt haben, müssen wir zu den Passagieren in den Laderaum. Der ist vollgestopft mit dreiundneunzig Auswanderern. Bound for Australia. Die machen Ärger. Schauen wir mal, wie wir den Frieden wiederherstellen!«

Von Appen beeilte sich. Es war nicht das erste Mal, dass er einen abgestürzten Sailor aus dem Polizeigewahrsam holen musste. Nur nicht unter diesem Zeitdruck. Er lief im Schweinsgalopp zur Wache am Neuen Kran. Auf der Polizeistation bearbeitete der diensthabende Constabler gerade einen Diebstahl. Endlich trat ein zweiter Wachmann hinzu, dem Viet vom betrunkenen Ernst berichten konnte, der hier einsitze. Schiff und Mannschaft seien leider in größter Eile, die bestellte Dampfbarkasse warte nur noch auf den verhafteten Matrosen, um die CERES zur Elbmündung zu schleppen. Jede vergeblich verwartete Minute koste ein Schweinegeld.

Der Constabler zeigte zum Glück ein Einsehen und entließ den Matrosen gegen ein deftiges Strafgeld. Der schwer Angetrunkene wurde aus seiner Zelle geholt und war erstaunt, von Viet ausgelöst zu werden. »Man begegnet sich immer zweimal im Leben!«, kommentierte der Steuermann sein Staunen, denn sie waren zusammen auf der COMET gefahren. Lammfromm und immer wieder hicksend, torkelte Ernst hinter ihm her zum Schiff.

Als der Steuermann den wankenden Sailor bei Kapitän Külper ablieferte, gab es kein Donnerwetter. Das hätte in seinem Zustand keinen Zweck gehabt. Stattdessen schickte er Ernst zur Arbeit, setzte seinen Zylinderhut auf und meinte: »Die Dampfbarkasse kommt auf! Damit beginnt Ihre erste Wache, Steuermann. Vorher müssen wir noch mit den Auswanderern sprechen.«

Der Kapitän ging übers Deck, ohne dass ihm sein Zylinder wegflog. Er saß so fest, als sei er mit Gummi arabicum angeklebt. Kaum hatten sie die Tür zum Zwischendeck geöffnet, schlug ihnen ein Geruch der übelsten Sorte entgegen. Beinahe so wie der Mief im Mannschaftslogis auf seiner Jungfernreise, erinnerte Viet. Damals auf der COMET. Überhaupt kam ihm vieles vertraut, aber doch auch wieder ganz anders vor. Passagiere hatte er noch nie befördert. Und dann gleich in so großer Zahl.

Die beiden Zwischendecks waren unterteilt ins unten liegende Männerdeck, in dem die größeren Jungen mit den Männern hausten, und in das obere Frauen- und Kinderdeck. Leider mussten die Männer, wenn sie mal an Deck wollten, immer durchs Frauendeck gehen, was einige Damen sehr störte.

Ein älterer Mann in bäuerlicher Kleidung trat Külper in den Weg, als er die Leiter hinab ins Zwischendeck stieg: »Gut, dass Sie kommen, Herr Kapitän! Vierundzwanzig Stunden sind wir an Bord. Eine Nacht und einen Tag. Eingesperrt in diesem finsteren und stinkenden Loch! Und nun schauen Sie sich unsere Frauen und Kinder an. Hundsmiserabel geht es ihnen. Weil wir immer nur in kleinen Grüppchen und viel zu kurz frische Luft schnappen dürfen. Wissen Sie eigentlich, mit welchen Worten wir an Bord gelockt wurden?«

Dabei kramte er einen zerknüllten Zeitungsausschnitt aus den Tiefen seiner Jackentasche, suchte nach etwas Licht und rezitierte so laut, dass man es überall im Deck hören konnte: »Besonders zu empfehlende Passagier-Gelegenheit nach Südaustralien! Von Hamburg nach Sydney segelt die zweckmäßig eingerichtete, schöne, sehr schnell segelnde Blankeneser Bark CERES, groß 430 Tons, geführt von Kapitän Jacob Külper. Dieses Schiff bietet den Passagieren in seinem sehr luftigen und hohen Zwischendeck besondere Bequemlichkeiten. Die Auswanderer, welche von dieser ausgezeichneten Gelegenheit Gebrauch zu machen wünschen, werden ersucht, sich baldmöglichst in portofreien Briefen zu melden bei J.C. Godeffroy & Sohn, Hamburg. Ende des Artikels.«

Höhnisches Gelächter der Auswanderer untermalte den Schluss des Anzeigentextes. »Ich frag mich, wo das luftige und hohe Zwischendeck mit den besonderen Bequemlichkeiten ist. Hier jedenfalls nicht. Wenn wir uns vorstellen, dass wir in dieser Höhle, oder soll ich lieber Hölle sagen, volle drei Monate leben müssen!? Nein! Das halten wir nicht durch. Denn in diesem Laderaum oder, wie Sie es vornehm nennen Zwischendeck, gibt es kaum Platz zum Stehen.«

Viet hing immer noch halb auf der Leiter, denn die letzten Sprossen ins Zwischendeck waren von Külper blockiert.

»Und Tageslicht oder frische Luft gibt's hier unten erst recht nicht. Als Bauern sind wir ein Leben an der frischen Luft gewohnt. Wenn wir die nicht haben, gehen wir ein wie Fliegen. Wir fordern Sie deshalb auf, ein Fenster in die Luke einzubauen, so dass nicht nur Licht ins Zwischendeck fällt, sondern auch der unerträgliche Gestank abziehen kann. Außerdem verlangen wir, dass sie die Hälfte der Passagekosten zurückzahlen, weil wir hier in so unmenschlicher Enge leben müssen.« Erst dann ließ der aufgebrachte Mann Külper einen Schritt in den Raum machen.

Viet blickte sich um, nachdem sich seine Augen an das schummerige Petroleumlicht gewöhnt hatten, und fand bestätigt, dass der Laderaum durch ein provisorisches Zwischendeck in zwei Ebenen unterteilt war. Getrennt nach Geschlechtern. Dreistöckige Kojen und unglaublich viele Gepäckstücke füllten beide Decks bis zum Rand. Dazu die vielen Menschen. Eine schmale Leiter führte weiter in die untere Etage. Auf jedem der beiden Zwischendecks gab es ein Plumpsklo – also zwei für 93 Passagiere. Roh zusammengezimmerte, in Nischen eingebaute Paddemangs, die strenge Gerüche verbreiteten.

Ein paar Frauen saßen um den brettschmalen Klapptisch in der Mitte des Raums und waren offensichtlich beim Essen. Sie mussten die Köpfe einziehen und gebeugt auf den unteren Kojen hocken, weil sie sich sonst an den mittleren der dreistöckigen Lager die Schultern und Köpfe gestoßen hätten. Zu allem Überfluss tobten Kinder durch die höhlenartigen Schlafgelegenheiten, in denen immer zwei Personen gegeneinander schlafen mussten. Am Kopfende des einen lagen die Füße des anderen, konnte man sehen. Auf der schmalen Back, oder wie Landratten sagen würden, dem Brett von einem Tisch, lagen Brot, Wurststücke und standen Wassergläser vom noch nicht beendeten Essen.

Wo mögen sich die Leute waschen? Wo reinigen sie Geschirr und Wäsche? Wenn die CERES jetzt in schwere See geriete, würde die Back vom Seegang abgeräumt, malte Viet sich aus! Der Boden wäre mit Pfützen von Erbrochenem verunreinigt, der Raum voll süßsaurem Geruch der Kotze. Seekranke würden sich stöhnend in ihren Kojen wälzen – und keiner, aber wirklich keiner dürfte bei solchen

Wetterlagen an Deck, um sich bei einer Mütze voll Wind zu erholen. Denn das wäre bei Seegang lebensgefährlich. Einige Frauen hielten sich wegen des Gestanks schon jetzt Tücher vor die Nase.

»Leute, unsere CERES ist aus bestem Tropenholz gebaut«, begann Külper, »und Tropenholz riecht eben. Anders als unsere heimische Eiche oder Buche. Wer sich daran nicht gewöhnen kann oder mag, muss jetzt aussteigen. Noch gibt es diese Chance. In ein paar Minuten nimmt uns die Dampfbarkasse auf den Haken, die uns nach Cuxhaven schleppt. Dann ist es damit aus und vorbei. Aussteiger können allerdings nicht verlangen, ihre Passagekosten zurückzuerhalten, da ich gegen natürliche Ausdünstungen des Schiffsholzes nichts unternehmen kann. Mit denen muss ich, muss die Mannschaft, müssen wir alle leben! Auch Sie!« Sprach's, drehte sich um und stieg die Leiter hoch an Deck. Viet folgte ihm und hatte viele Fragen.

Als sie zurück in die Kapitänskajüte traten, warf Külper seinen Zylinder mit gekonntem Schwung auf einen Garderobenhaken und wies auf eine junge Dame, die am Kartentisch saß. »Darf ich vorstellen: Meine Frau Lisette! Sie wird uns auf dieser Fahrt begleiten.«

Sie schien 25 Jahre jünger als Külper, der auf Viet in ihrer Gegenwart wie ein Greis wirkte. Lächelnd bot ihm seine Frau einen Kaffee an. Komisch, ihr Gesicht kam Viet bekannt vor. Er meinte zu wissen, dass er ihr schon mal begegnet war.

Külper ging nicht auf das Kaffee-Angebot seiner Frau ein, sondern meinte zu Viet, als er sich in seinen Kapitänsstuhl fallen ließ: »Die Leute da unten gewöhnen sich mit der Zeit schon an die Gegebenheiten im Zwischendeck, mein lieber von Appen. Das kenn ich. Ich verrate Ihnen jetzt mal, woher der sogenannte Gestank kommt, aber das muss unter uns bleiben: Wir sind vor zwei Monaten mit einer Ladung Dünger, auf Deutsch: Vogelscheiße, Lisette, entschuldige bitte, also Guano, von den Galapagosinseln zurück nach Hamburg gekommen. Die Säcke mit dem Zeug haben nicht nur fürchterlich gestunken, sondern genauso stark gestaubt. Da hat auch das sorgfältigste Klarschiffmachen im Hamburger Hafen nichts genützt. Der Scheißstaub hängt immer noch in allen Ritzen und Poren des Holzes und strömt seinen Geruch nach wie vor aus. Aber daran ist noch keiner gestorben. Und Sie haben ja selbst mitbekommen, dass niemand unseren Kahn wirklich verlassen will, sondern dass es alle nach Australien zieht. Nach meiner Erfahrung geht der Geruch erst dann wieder weg, wenn wir eine neue Ladung gefahren haben, beispielsweise Kupfer.«

In diesem Augenblick klopfte es. Bootsmann Clasen stand in der Tür, um zu melden, dass zwei Passagiere die Reise tatsächlich nicht mitmachen wollten. Auch auf die Gefahr hin, dass sie das Passagegeld nicht zurückerhalten würden. Noch einmal blickte Viet verstohlen zur Kapitänsfrau und versuchte ihr Gesicht unterzubringen. Wo war er ihr bloß begegnet?

Külper ging zur Tür, hielt sie mit Druck gegen den Sturm fest und fragte das davor stehende Paar: »Stimmt das? Ihr wollt nicht mit? Dann gibt's aber auch kein Geld zurück! Das hatte ich vorhin schon erklärt!«

Der Mann nickte, fuhr dann aber um Verständnis ringend fort: »Herr Kapitän, mein Name ist August Kunze. Meine Frau und ich kommen aus Kurhessen. Sie schafft die Reise unter den hier vorliegenden Umständen nicht. Sie ist wegen ihrer Krankheit schon jetzt am Ende ihrer Kräfte. Wissen Sie, unser kleiner Hof in Kurhessen ernährte uns schon lange nicht mehr. Dazu war der Acker, den Vater uns vererbt hatte, viel zu klein.« Er schwieg einen Augenblick, um nach passenden Worten zu suchen: »In Australien, diesem gelobten Land, wollten wir unser Glück finden. Außerdem sollte das Klima gut für unsere angeschlagene Gesundheit sein, hat man uns gesagt. Die Passagetickets nach Australien haben wir schon in Kassel gekauft. Doch dann wurden wir auf der Reise nach Hamburg bestohlen, und damit war unser letztes bisschen Geld futsch. – Geht es denn wirklich nicht, dass Sie uns die Passagekosten zurückerstatten? Wenigstens einen Teil? Wir stehen jetzt ganz ohne einen Pfennig da.«

Jetzt schob sich die Frau an ihrem Mann vorbei, obwohl sie nach wie vor schluchzte, sich immer wieder schnäuzte und Tränen trocknete. Ihr Schultertuch hatte sie schamvoll halb vors Gesicht gezogen: »Bitte, bitte, Herr Kapitän«, flüsterte sie durch das Tuch, »geben Sie uns unser Geld zurück! Wenigstens einen Teil! Bitte! Wir haben doch nicht mal die paar Pfennige, um in einer schäbigen Absteige zu nächtigen oder etwas Essen zu kaufen!« Daraufhin warf sie sich vor Külper auf die Erde und umklammerte seine Knie ganz fest, von Weinkrämpfen geschüttelt.

»Leute, das geht nicht! Das hättet ihr euch früher überlegen müssen! Jetzt ist es zu spät!«, stellte Külper nochmals fest und suchte die Frau von seinen Knien zu lösen und ihr auf die Beine zu helfen. »Es geht wirklich nicht, beste Frau. Mir sind die Hände gebunden!«

Einen Moment lang war es still.

Dann richtete sich die Frau plötzlich auf, stellte sich kerzengerade vor Külper, schlug das Tuch zurück und schaute ihn mit funkelnden Augen an, aus denen Hass, unendlicher Hass loderte. Jetzt war sie ganz Racheengel. »Wenn das so ist, Kapitän, verfluche ich dieses Schiff, verfluche ich dich bis ans Ende deiner Tage. Mögest du und die Deinen auf dem Grund des Meeres schmoren, auf ewig!«

Nach diesem Fluch ging das Paar wortlos die Gangway hinab an Land.

Viet schauderte. Eine Gänsehaut lief ihm über den Rücken.

»Was wird nun aus diesen armen Leuten?«, fragte er seinen Kapitän.

»Weiß ich doch nicht!« war dessen flapsige Antwort.

Auch seine Frau Lisette erkundigte sich mitfühlend: »Hättest du denen nicht irgendwie helfen müssen, Jacob?«

Worauf Külper abweisend entgegnete: »Was meinst du wohl, was die Godeffroys dazu sagen würden? Schließlich fahren wir für die in Charter. Das sind knallharte Burschen, sag ich euch. Von denen gibt es nichts gratis.« Und zu Viet gewandt meinte er: »Ich zeige Ihnen kurz Ihre Kajüte, denn gleich müssen Sie Ihre erste Wache übernehmen.«

Aber Lisette ließ nicht locker: »Könntest du nicht irgendwie dafür sorgen, dass die Passagiere etwas Licht und Luft ins Zwischendeck bekommen? Das Schiff gehört doch dir und nicht den Godeffroys. Du entscheidest hier ganz allein, was zu tun und zu lassen ist!«

»Vielleicht kann der Schiffszimmerer ein Skylight in den Lukendeckel bauen?«, unterstützte Viet den Vorschlag der Kapitänsfrau. »Ein Dachfenster, das etwas Licht reinlässt und bei ruhiger See zum Lüften geöffnet werden kann.«

»Hmmmm! Im Augenblick geht das aber nicht!«, grummelte der Käpten. »Jetzt brauch ich all hands an Deck. Bei dem Sturm!« Diese Antwort war ein halbes Ja. Lisette und Viet schauten sich für Sekunden an.

Nachdem von Appen den Seesack in seiner Steuermannskajüte abgesetzt hatte, ging er aufs Achterdeck zum Rudergänger Peter Diercks aus Oevelgönne. Der beobachtete die Übernahme der Schleppleine zur Dampfbarkasse. Langsam kam die CERES vom Kai frei. Gut, wie der Rudergänger diese Aufgabe erledigte, registrierte Viet.

Mit einsetzender Dunkelheit hatte sich das Wetter ein wenig beruhigt. Die bisher dichte Wolkendecke riss manchmal sogar auf. Es war Rückseitenwetter, das Dickste war vorbei. Es stürmte allerdings immer noch. Einige Sterne kamen zum Vorschein. Ein Glück, dachte er, auf diese Weise können wir die Fahrrinne bei der vorherrschenden Dunkelheit leichter finden! Doch das war Aufgabe der Dampfbarkasse VORSETZEN, die die CERES zog. Diercks musste nur darauf achten, dass ihr Schiff gut im Heckwasser der Barkasse blieb. So hatte der frischgebackene Steuermann Zeit, sich in seine neue Aufgabe zu finden.

Erst vor wenigen Tagen hatte Viet noch über seiner Steuermannsprüfung geschwitzt. Viele der Aufgaben hatte er der Genauigkeit wegen auswendig lernen müssen, weil die Prüfer die Texte aus dem Lehrbuch hören wollten. Ein Beispiel dafür war »die Woge« und wie sie entsteht. Der Text ging so: »Die Wogen der See, die Meereswellen, entstehen durch den Wind, welcher auf die Wasserfläche in einem spitzen Winkel trifft. Mit der Bewegung der Luft, mit der Stärke des Windes nimmt auch die Bewegung des Wassers zu. Die Wasserberge wachsen und üben einen immer größeren Druck aus. Deshalb werden die Wellen immer höher. Mitunter kann starker Sturm die Wellen aber auch unterdrücken, so dass sie ihre größte Höhe erst erreichen, wenn sich der Sturm vermindert oder plötzlich ganz legt. Diesen Zustand der Wellen nennt man ›hohle See‹. Die kolossalsten Wogen werden in den offenen Meeren aufgebaut, die an der Südspitze Afrikas und Amerikas zu finden sind.« Dieser Text saß immer noch.

Am späten Nachmittag des gestrigen Tages hatte er dann schwarz auf weiß erfahren, dass er die Steuermannsprüfung bestanden hatte. Allerhöchste Zeit. Und welch ein Glück! Was, wenn er durchgefallen wäre? Schließlich hatte er die Heuer auf der CERES schon vor drei Wochen angenommen. Aber es war müßig, darüber zu spekulieren. Eigentlich, dachte er, eigentlich müsste ich Onkel Claus in Chile über meine bestandene Prüfung informieren. Schließlich hat er mir das Geld für die Seefahrtsschule geschenkt.

HEIMWEG NACH BLANKENESE

Inzwischen hatte Viets Schwester Herta die Palmaille erreicht. Sie spürte weder Regen noch Sturm. Weil sie in ihren Gedanken immer noch bei Viet und auch dem gestrigen Abend, seinem Abschiedsessen war. Mutter hatte ihm seine Lieblingsspeise gekocht: Rochen in Senfsoße mit Salzkartoffeln. »Deine Henkersmahlzeit!«, hatte sie gemurmelt und dabei gelächelt, während sie den Fisch auftrug. Dennoch, der Rochen hatte nicht nur ihm, sondern der ganzen Familie geschmeckt. Auch Sören Sörensen war gekommen, Viets bester Freund, mit dem er zusammen auf der COMET gefahren war.

Herta hatte ihrem Bruder zum bestandenen Examen eine Überraschung geschenkt: eine dunkelblaue Schiffermütze für Steuerleute. Mit schwarzem Lackschirm und einem Anker im goldenen Eichenkranz. Der frischgebackene Steuermann zierte sich zwar noch, sie aufzusetzen. »Wenn er erst mal auf See ist, wird er das schon machen«, tröstete sie sich. »Da braucht er 'ne Kopfbedeckung. Und zwar eine, die seine Autorität unterstreicht.«

Sören war, nachdem Viet und er vor einem halben Jahr in Hamburg festgemacht hatten, zu seinen Eltern nach Sonderburg getippelt. Doch dann hatte er sich entschlossen, lieber in Altona als Zimmermann zu arbeiten. Immerhin hatte er den Beruf erlernt, bevor ihn die See rief. Jetzt war es für ihn die Rettung, nachdem seine Stimmbänder bei diesem schrecklichen Unfall vor Buenos Aires an Bord der COMET zerstört worden waren. Auf einem Schiff konnte man ihn jedenfalls nicht mehr gebrauchen. Viet hatte Baumeister Kröger aus Altona überredet, seinen stummen Freund für ein paar Tage zur Probe arbeiten zu lassen. Der hatte sich murrend bereit erklärt, war dann aber mit Sörens Leistung so zufrieden, dass er ihn vom Fleck weg einstellte.

Herta erinnerte sich immer wieder gern, wie sie Sören kennengelernt hatte. Viet und Sören trafen sich häufig – mal auf ein Bier, oder sie spielten zusammen Schlagball. Sonntags spazierten sie über den Fischmarkt und dann die Flottbeker Chaussee entlang nach Blankenese. Denn für Sören gab es sonntags nur dieses eine Ziel: Viets Familie im Fischerhaus zu besuchen.

Dort war er immer willkommen, weil er bescheiden war, sehr aufmerksam höflich, und weil er auch ungefragt zupackte. Viets Geschwister hatten sich bald an seine Besuche und auch an seine Röchellaute gewöhnt, ja, sie freuten sich auf ihn. Bald wetteiferten sie, wer am besten von seinen Lippen lesen konnte. Irgendwann hatte Herta gemerkt, dass Sören an ihr interessiert war. Das schmeichelte ihr. Denn er war so reif, hatte die ganze Welt befahren, war ein tüchtiger Zimmermann und sah auch noch gut aus. Doch mit sechzehn sei Herta eigentlich noch zu jung für was Ernstes, hatte Mutter ihre Bedenken geäußert. Ganz anderer Meinung war da Hertas Stiefvater Hannes, der von Sörens Interesse geradezu begeistert war. »Dann hab ich wohl bald einen Esser weniger!«, hatte er gesagt und auf baldige Heirat gedrängt.

Dabei arbeitete Herta während der Sommermonate, Frühjahr und Herbst eingeschlossen, im »Fährhaus« bei Mutter Mohrmann als Lüttmaid und hätte sich von ihrem Verdienst beinahe selbst ernähren können. Doch sie musste ihrem Stiefvater das sauer verdiente Geld auf Heller und Pfennig abliefern. »Schließlich steckt sie die Beine immer noch unter meinen Tisch!«, hatte er gesagt.

Herta hoffte, demnächst das ganze Jahr über im »Fährhaus« arbeiten zu können. Denn es hieß, dass Mutter Mohrmann, die Eigentümerin der Wirtschaft, ihr Restaurant und Grundstück für 42 000 Thaler an Wilhelm Sagebiel von der Hamburger Drehbahn verkauft habe. Der glaubte, aus dem etwas verstaubten Fährkrug eine Goldgrube machen zu können. Spekulierte, dass ihm die neue Eisenbahn mehr als genug Gäste liefern würde, genau wie die zahlreichen Ausflugsdampfer, die die Blankeneser Brücke jetzt schon anliefen. Deshalb hoffte Herta, in Zukunft rund ums Jahr bei ihm arbeiten zu können. Für den Fall, hatte Herta mit Sören besprochen, würde sie ihren vollen Lohn in die neu entstehende Familienkasse fließen lassen. Der Stiefvater sollte endlich leer ausgehen.

»Warum treibst du dich bei dem Schietwetter denn hier herum?«, wurde Viets Schwester von einer alten Frau mit Kiepe angesprochen. Es war Mutter Wichmann aus Blankenese, die den kleinen Laden unterhalb vom Süllberg hatte! Noch bevor sie antworten konnte, hielt die Alte sich ein Nasloch zu und blies das andere rotzfrei. Nachdem die Nasenreinigung beendet war, antwortete ihr Herta: »Ach, Mutter Wichmann, ich hab gerade unseren Viet auf seinem Schiff abgeliefert. Er geht doch heut auf See. Als frischgebackener Steuermann. Nach Australien! Wer weiß, vielleicht ist er wieder Jahre fort! Hoffentlich, hoffentlich kommt er heil zurück! Der Gedanke macht mir das Herz so schwer!«

»Das kenn ich nur zu gut, mein Deern!«, meinte die Alte mitfühlend. »Auch mein Vater war Seemann und ist kaum zu Hause gewesen. Manchmal war er für Jahre fort, und unsere Mutter musste zusehen, wie sie sich und uns Gören über die Runden brachte. Kam er doch mal, brachte er Leben in die Bude, schenkte uns Kindern Muscheln und anderen Zinnober, lehrte uns unanständige Lieder, sang und soff. Von seiner Heuer hat Mutter nie einen Heller gesehen. Die hat er in fremden Ländern durch die Kehle laufen lassen oder mit leichten Mädchen durchgebracht. Dafür war sie, wenn er wieder auf See war, mit dem nächsten Geschwisterkind schwanger. Mit achtunddreißig ist er abgesoffen. Wie zwei meiner Brüder auch.«

Herta wurde vom Redeschwall ihrer neuen Weggefährtin geradezu überrollt. Offenbar kam es Mutter Wichmann gut zupass, sich die Tippelzeit etwas kurzweilig zu gestalten.

Schon setzte sie fort: »Mein Peter war zwar Schneider, kam nie aus Blankenese raus, verstarb aber trotzdem schon vor dreizehn Jahren. Nach seiner Beerdigung stand ich – wie so viele Seemannswitwen auch – vor dem Nichts. Denn in meinem damals schon fortgeschrittenen Alter fand ich keinen, der mich noch heiraten und versorgen wollte. Die Brüder von meinem Peter waren alle längst verheiratet, einige sogar schon tot. In meiner Not kam ich auf die Idee, in unserem Hausflur ein kleines Ladengeschäft zu eröffnen, um für mich und Carl, meinen Jüngsten, den Lebensunterhalt zu verdienen. Das reicht zum Überleben.«

Herta und Mutter Wichmann hatten jetzt den Anstieg nach Altona in Angriff genommen. Herta war erstaunt, wie gut die ältere Frau zu Fuß war. Aber Mutter Wichmann war eben gut im Training.

»So wie heute tippel ich jeden Mittwochnachmittag nach Altona oder Hamburg, um für die Blankeneser Kundschaft günstige Waren einzukaufen. Jetzt ist meine Kiepe schon wieder fast voll und reichlich schwer. Dabei muss ich noch einige Krüge in Ottensen abholen. Und das bei diesem Schietwetter. Aber nun hab ich ja deine Gesellschaft!«

Die Wichmann nutzte die Gelegenheit, schnell noch ein paar Fragen zu stellen: »Auf welchem Schiff hat euer Viet denn angemustert?« Als Herta den Namen der CERES fallen ließ, schaltete sie sofort: »Ach, dann fährt er unter Kapitän Jacob Külper! Der hat doch erst vor kurzem 'ne ganz Junge gefreit! Die könnt' seine Tochter sein. Na ja, wo die Liebe hinfällt. Bin gespannt, wie alt sein erstes Kind sein wird, wenn er Hamburg wieder anläuft!« Danach erkundigte sie sich, ob Külper wirklich in Charter für Godeffroy fuhr. Als Herta das bestätigte, kam ein bedenkliches Grummeln.

Dann schnitt sie ein neues Thema an: »Und wie steht es bei dir mit einem Schatz? Hast du einen?« Damit riss sie Herta aus ihren Träumen. Natürlich hatte sie einen, aber das würde sie der Wichmann nicht auf die Nase binden. Dann wüsste es morgen ganz Blankenese! »Man hört ja so einiges!«, kam es verschwörerisch von der Alten. »Dein Schatz soll der stumme Freund deines Bruders sein. Sören Sörensen aus Sonderburg. So heißt er doch, oder?«

Woher wusste die Wichmann denn das? Herta war wie vor den Kopf geschlagen. Sören konnte nichts erzählt haben, das war klar. »Ach, was die Leute immer reden! Glauben Sie man nicht alles, Mutter Wichmann!« Danach waren sie schweigend weitergegangen.

Nachdem sie die Christians-Kirche passiert hatten, bog Witwe Wichmann rechts ab, um die weiteren Waren abzuholen, die sie in ihre schon beinahe volle Kiepe packen wollte.

RICHTUNG SPANIEN

Die Dampfbarkasse, von Einheimischen auch »Smeuk-Ewer« genannt, durfte nur mit kleiner Kraft fahren, damit die Manilatrosse, mit der sie die CERES schleppte, nicht brach. Doch trotz geringer Fahrt war es nicht einfach, den Schleppzug bei diesem Sturm unbeschadet nach Cuxhaven zu bringen. Die schwere Bark bäumte sich in den ungewöhnlich hoch gehenden Elbwellen immer wieder auf oder gierte nach Backbord oder Steuerbord, so dass sich die Trosse zum Zerreißen spannte. Selbst als sie Blankenese passierten, fand Viet keine Zeit, nach winkenden Freunden oder Verwandten am Ufer länger Ausschau zu halten. Für ihn ging es allein darum, die CERES und ihre Passagiere heil die Elbe abwärts und zur offenen See zu bringen.

Schiffsjunge Carl hatte die Aufgabe, die Trosse zwischen der CERES und der Dampfbarkasse zu beobachten. Sie sollte möglichst gleichmäßig gespannt sein und durfte nicht ruckartig belastet werden. Sonst könnte sie brechen und die Bark – von Sturm und Tide getrieben – auf einem der Sände stranden oder mit einem anderen Schiff kollidieren. Doch bei diesem Wetter war es schwer, die Trosse im Auge zu behalten, denn beim Eintauchen in große Wellen wurden Gischtschauer himmelhoch geworfen und übers Deck gepeitscht. Dann kniff Carl die Augen ganz fest zu, während ihm die Wassertropfen wie Schrotladungen ins Gesicht und aufs Ölzeug prasselten. Und das, obwohl der Sturm bereits im Abflauen begriffen war. Aber das war relativ, mit gut 8 Windstärken wehte es sicherlich noch. Auch wenn die Wolkendecke aufriss.

Der frischgebackene Steuermann machte seine Runde über das Schiff und traf am Ruder auf Hein Lindemann. Während Viet ihn noch musterte, flachste der gegen Sturm und Regen an: »Jetzt op See – und denn keen Schipp!«, nickte mit dem Kopf und griente über sein vor Nässe glänzendes Gesicht.

Trotz des heftigen Windes fuhr Lindemann fort: »Als wir letzten Januar aus Hamburg kamen, fror es Stein und Bein. Und das bei so 'nem Kuhsturm wie dem, den wir gerade abreiten. Dabei vereiste unser Schiff. Und unserm Rudergänger froren beide Hände an diesem Steuerrad hier fest.«

Viet betrachtete einen Augenblick das vor Nässe glänzende Messingrad und erschauderte – ob die Geschichte nun stimmte oder nicht! Es war denkbar und fürchterlich. Lindemann war noch nicht am Ende der Erzählung, als er Viets Reaktion sah, fuhr er gleich fort: »Unser Alter hatte das gottlob mitbekommen und dem Mann befohlen, ja nicht zu versuchen, die Hände vom Rad zu reißen. Damit würde er sich die Handinnenflächen für immer und ewig zerstören. Külper lief zur Kombüse, um warmes Wasser zu holen. Währenddessen versuchte ein Matrose schon, dem Rudergänger mit körperwarmem Urin zu helfen. Doch dafür war der Sturm zu stark. Sein Pinkelstrahl zerstob sofort. Der Pisser hätte auch viel höher stehen müssen, um die festgefrorenen Hände zu treffen. So wurde das arme Schwein von Rudergänger nur untenrum besprüht.

Käpten und Smut schleppten schließlich einen schwappenden Bottich warmen Wassers an und gossen das rettende Nass langsam über die festgefrorenen Hände. Das alles bei minus 17 Grad, Glatteis, zehn Windstärken und der ständig wechselnden Lage des Schiffs. Aber unser Alter schafft so was. Der festgefrorne Kamerad war über seine Rettung mehr als froh. Das kann man sich ja denken. Der hatte sich nämlich schon ohne Hände gesehen. Nur das mit der Pisse fand er überhaupt nicht witzig.«

Viet fragte sich: Warum gab es auf Frachtseglern eigentlich keine Ruderhäuser wie auf modernen Dampfschiffen? Dagegen spräche doch nichts? Dann wäre der Mann am Ruder vor jedem Wetter geschützt! Eigentlich braucht es noch nicht mal ein Häuschen, sondern nur eine Schutzwand gegen überkommende Seen und Gischtschauer. Das würde schon helfen. Lindemann sah das genauso.

Am Abend gegen zehn ankerte die CERES vor Cuxhaven. Die Dampfbarkasse hatte ihre Aufgabe erfüllt und kehrte zurück. Auf der Bark wurden jetzt Segel gesetzt, während Viet die erste Freiwache auf dieser Reise zunächst in seiner Steuermannskajüte verbrachte. Doch er fand keinen Schlaf. Zu sehr beschäftigte ihn die peinigende Unterbringung der Auswanderer im Zwischendeck. Und dann gab es ein weiteres Problem – eigentlich war es das Gegenteil von einem Problem und hinderte ihn auf angenehme Weise am Einschlafen: Olga. Er hatte sich verliebt. Bis über beide Ohren und zum ersten Mal – wenn man von seinem Jugendschwarm Anna absah.

Mit vollem Namen hieß die Angebetete Olga Bruns, kam auch aus Blankenese und besuchte eine Haushaltsschule in Altona, während er dort zur Steuermannsschule gegangen war. Olga! War das nicht ein wundervoller Name? Er flüsterte ihn in sich hinein. Schon vorhin hatte seine Verliebtheit bei ihm Purzelbaum geschlagen. Als Rudergänger Diercks den Ortsnamen Brunsbüttel fallen ließ, hatte Viet nur den ersten Teil des Wortes gehört und war sofort ins Träumen geraten … Dabei hatte Diercks nur darauf hingewiesen, ihre Wache ende dort, in Brunsbüttel. Dann könne man sich endlich aufs Ohr hauen.

Olga wohnte mit Eltern und Geschwistern an der Wedeler Landstraße. Ihr Vater war ein hoher Beamter der neuen preußischen Verwaltung, die 1867 die dänische, respektive österreichische Verwaltung in Altona abgelöst hatte. Zum ersten und einzigen Mal war Viet Olgas Familie beim sonntäglichen Kirchgang in der Nienstedtener Kirche begegnet. Dafür hatte er sich umso öfter mit Olga getroffen. Heimlich am Elbufer, da, wo es einsam war. Einmal lagen sie an einem heißen Sommertag im Gebüsch des Elbstrandes. Viet erzählte von seiner ersten großen Reise, von Brasilien und von den Piranhas, die Kinder beim Waten im Fluss angefallen hatten. »Bitte, bitte, erzähl mehr davon!«, flehte Olga und öffnete das ihr zu engs Oberteil. Sie musste bei dieser Hitze Luft haben – und sie wollte Viet wohl auch gefallen. Um sich weiter zu erfrischen, lüftete sie auch ihre Rockschöße, streifte die langen Strümpfe ab und watete am Ufersaum im seichten Elbwasser. Viet tat es ihr gleich, auch er wollte sich erfrischen.

Als sie dann im Sand lagen und Olgas Kleid weit übers Knie gerutscht war, nahm sich Viet ein Herz und fragte: »Und wenn man nun mal aufs Paddemang muss ... ich mein, mit dem Höschen? Wie macht man das?« »Dann kann man diese Klappe hier runterlassen!« Dabei wies Olga auf die beiden Knöpfe vor dem Bauch, die sie mit zwei schnellen Griffen öffnete. Viet verschlug es die Sprache. Das war die Ouvertüre zu einem Erlebnis, von dem er später immer wieder träumte.

Die Realität an Bord war weit weniger traumhaft. Bei Böen holte das Schiff weit über. Im Zwischendeck rutschte alles, was nicht niet- und nagelfest war, auf die Leeseite des Schiffs: Menschen, Bänke, Koffer, Bündel. Aber auch das Geschirr von den Tischen und nicht weggeräumte Lebensmittel. Alles und jedes bewegte sich in die eine Richtung. Und jedes Mal schrien die Frauen und Kinder laut auf. Viet hörte das. Daran würden sich die Leute gewöhnen. Er setzte seinen Rundgang fort und traf vor dem Niedergnag zum Zwischendeck auf ein paar Passagiere.

»Leute, ihr dürft jetzt weder an Deck noch vor den Niedergang treten. Nicht bei diesem Wetter!«, wiederholte er Külpers Anweisung. »Das ist lebensgefährlich!« Dann raunte er ihnen beschwichtigend zu: »Sobald das Wetter besser wird, kriegt ihr ein Skylight. Das ist eine Art Dachfenster. Der Zimmermann arbeitet schon daran. Dann fällt mehr Licht ins Zwischendeck, und bei ruhigem Wetter könnt ihr lüften!«

»Herr Steuermann, wir halten den Gestank da unten einfach nicht mehr aus! Kommen Sie mit runter, dann wissen Sie, warum wir unbedingt an die frische Luft wollen!«

Das war für Viet ein weiterer Anstoß, öfter über das Wohl der Passagiere nachzudenken. In diesem Zusammenhang beschloss er, vor jeder Wache ins Zwischendeck zu steigen, um sich nach den Leuten zu erkundigen. Auch überlegte er, die Menschen kürzer, dafür aber öfter an Deck zu lassen. Bei ruhigem Wetter sollten es nach seinem Plan so viele wie möglich sein. Denn frische Luft würde der Gesundheit der Passagiere guttun, und das wiederum käme ihnen als Schiffsleitung zugute. Eine weitere Idee war, ein Stück Leinwand über dem Skylight quer zur Windrichtung zu spannen, um frische Luft ins Innere des Zwischendecks zu leiten. Das würde nichts kosten, aber einen zusätzlichen positiven Effekt haben. Doch zunächst musste er dafür die Erlaubnis des Kapitäns einholen. Für die Anfrage würde er einen Augenblick abpassen, in dem Lisette Külper, die Kapitänsfrau, dabei wäre. Sie würde ihn mit Sicherheit unterstützen.

Bis zum Englischen Kanal gab es keine besonderen Vorkommnisse. Dover mit seiner weißen Steilküste kam in Sicht. Hier drehte der Wind auf West, und sie mussten kreuzen. Nun hieß es alle paar Stunden »klar zum Wenden«. Das Schiff ging über Stag. Fleißig wurde an den Brassen gerissen. Spritzer klatschten übers Deck. Die CERES kam nur langsam voran.

Dann artete der Wind erneut zum Sturm aus. Die nächste Front hatte sich schnell genähert. Die Segel wurden bis auf die Sturmsegel weggenommen, und schließlich mussten sie in den Downs bei Deal vor Anker gehen. Sie lagen bei 60 Faden, und die Ankerkette war zum Zerreißen gespannt. Neben ihnen hatten weitere Schiffe Schutz gesucht. Manchmal kamen englische Bootsleute längsseits. So war es möglich, Tauschhandel mit Tabak zu treiben. Viele Engländer wussten den Bremer Tabak zu schätzen. Von hier verschickte Viet seinen ersten Brief an Olga. Damit ihre Eltern davon nichts erführen, sandte er ihn an einen Laden in ihrer Nachbarschaft, wo ihn Olga ungesehen in Empfang nehmen konnte.

Endlich wurde das Wetter besser. Die Segel wurden wieder gesetzt. Der Wind kam immer noch aus West. Deshalb musste fast der ganze Kanal durchkreuzt werden. Bald waren sie an der französischen, bald an der englischen Küste. Erst als der Kanal nach Süden hin breiter wurde, brauchten sie nicht mehr so oft über Stag zu gehen.

Während einer Wache kam Erich Clasen, der Bootsmann, auf ihn zugeeilt. »Steuermann, ich war eben unten und hab erfahren, dass eines der Kinder hohes Fieber hat. Schauen Sie sich das doch mal an!«

Also stieg Viet die Leitern ins zweite Zwischendeck zu dem fiebernden Jungen hinab, der wohl neun Jahre alt war. Seine Mutter versuchte eilfertig, Gepäckstücke für den Herrn Steuermann aus dem Weg zu räumen, damit er leichter zu dem kleinen Kranken gelangen konnte. Trotzdem musste er über einen Schrankkoffer und mehrere Bündel klettern.

»Halten Sie das Licht mal höher, damit ich dem Jungen in den Mund schauen kann!«, befahl Viet der Frau. »Und du, mach deinen Mund weit auf! Wunderbar. Das klappt ja großartig.« Er klopfte dem Kleinen auf die heiße Wange. Doch als er sich dessen Brust anschaute, wusste er, worum es sich handelte. Die roten Punkte sprachen Bände. Ihm wurde hundeelend, weil er ahnte, was das bedeutete. Doch zunächst wollte er die Diagnose noch einmal im Handbuch nachschlagen, um sie dann mit Kapitän Külper zu besprechen. »Ich komm gleich wieder! Machen Sie dem Jungen inzwischen Wadenwickel!« Das konnte nicht schaden.

In seinem medizinischen Handbuch stand, dass die Inkubationszeit von Masern, darum handelte es sich zweifelsfrei, etwa acht bis zehn Tage dauern würde. Masern waren hochansteckend. Besonders bei Kindern. Bei der Enge im Zwischendeck würde das bedeuten, dass in ein paar Tagen eine ganze Reihe von Kindern, vielleicht auch einige Erwachsene, von dieser Krankheit befallen sein würden. Er ging deshalb auf direktem Weg zu Külper. Wirkte der Fluch etwa schon, mit dem die Kunze Schiff und Kapitän vor der Abreise verwünscht hatte? Nach kurzem Überlegen schob er diesen Gedanken beiseite.

Viet meldete seinem Käpten den Fall und fragte, wie er sich verhalten solle. Külper blickte suchend um sich, wollte im eigenen Handbuch nachschlagen, verwarf das aber, als Viet betonte: »Kein Zweifel! Es handelt sich um Masern. Ich habe nachgesehen. Es beginnt mit trockener Bronchitis. Dann tritt ein Zustand ein, den man als verrotzt, verheult, verschwollen beschreiben kann, gefolgt von hohem Fieber. Dazu gesellen sich Übelkeit, Hals- und Kopfschmerzen. Und die bekannten roten Punkte. Meist endet die Krankheit tödlich.« Auch das hatte Viet auf der Steuermannsschule gelernt und nun bei dem kleinen Bengel diagnostiziert. Wie die Krankheit aber zu therapieren war, das stand partout nicht in seinem schlauen Buch. Gab es denn eine Chance für den Jungen?

Külper gab Anweisung, nichts von einer Masern-Diagnose verlauten zu lassen, damit keine Panik im Zwischendeck ausbräche. Denn, darin war auch er sich sicher, in den nächsten Tagen würden weitere Masernfälle auftreten.

Dass ihm, Viet von Appen, etwas so Schlimmes gleich zu Beginn seiner ersten Reise als Steuermann widerfahren musste! Was sollte er bloß machen? Er hatte das dringende Bedürfnis, abermals ins Zwischendeck zu gehen, um zu helfen. Aber wie?

Um überhaupt etwas zu tun, wollte er dem Jungen weitere Wadenwickel verordnen, aber dessen Mutter wusste es besser: »Das sind doch Masern, Herr Steuermann! Sehen Sie das denn nicht? Da nützen Ihre Wickel herzlich wenig!«

Viet wurde speiübel. Still verzog er sich an Deck.

Sie schrieben den 20. Oktober, als an Steuerbord ein dunkler Landstreifen auftauchte. Die Küste Irlands. Der frische Wind hatte gedreht und ließ inzwischen auf eine schnellere Reise hoffen. Doch der infizierte kleine Junge war gestorben, und weitere drei Kinder lagen im Fieberdelirium. Der Leichnam des Jungen wurde in Segeltuch genäht und zum Achterdeck des Schiffs gebracht. Dort sprach der Kapitän ein letztes Gebet. Dann wurde der kleine Leichnam von zwei Matrosen den Wellen übergeben. Der kohlebeschwerte Leinensack versank augenblicklich in der gurgelnden See. Dabei hielt die Mutter ihr Taschentuch vor den Mund gepresst und lehnte sich schutzsuchend an ihren Mann. Als der Segeltuchsack im Meer versunken war, brach sie laut jammernd in Tränen aus und sank ohnmächtig auf die Planken. Ihr Mann nahm sie behutsam auf und trug sie ins Zwischendeck.

Am 1. November gerieten sie in absolute Windstille. Es lief dabei eine hohe Dünung nach, eine Kombination, die für Segler beinahe scheußlicher ist als ein herzhafter Puster mit überschlagender See. Hunderte von Blöcken und Ketten, von Bolzen und Schäkeln knarrten und schlugen in der Takelage. Die Segel klatschten gegen Masten und Stagen, das Schiff knarrte in seinen Verbänden. Die große Glocke auf der Back weinte und jaulte wie ein mondsüchtiger Köter, wenn sich ihr Klöppel am Messing rieb. Das war die Zeit, in der Lindemann das Skylight aufs Zwischendeck setzte und – auf Viets Anweisung und mit Lisettes Unterstützung – eine zweite Leiter ins erste und eine ins untere Zwischendeck baute. Damit die Auswanderer schneller herauf- und hinunterkommen konnten. Das würde bei einem Notfall lebensrettend sein. Aber gegen die vorherrschenden Masern nützten diese Verbesserungen gar nichts.

Drei Tage dauerte die Windstille, dann schob sie ein kräftiger Hauch mit rauschender Bugwelle durch die Biskaya. Inzwischen waren sechs Kinder verstorben. Sechs junge Leben wurden von den Masern ausgelöscht. Einer der Väter warf sich während der an Deck gehaltenen Trauerrede heulend über seinen aufgebahrten Sohn. »Wir verstehen Ihren Schmerz, aber Sie müssen sich jetzt zusammenreißen!«, zischte Külper. Doch seine Worte zeigten kaum Wirkung. Der Vater schien sich zunächst erheben zu wollen, um sich dann erneut und abermals laut jammernd auf den Leichnam seines Sohns zu werfen. Noch bevor sein Körper dem Meer übergeben wurde, brachten Mitpassagiere den jammernden Mann ins Zwischendeck.

Viet war tief betroffen, genau wie Lisette Külper, die noch während des Essens ihre Tränen abtupfen musste.

Ihr Mann dagegen reagierte kühl: »1863, also vor gut vier Jahren, versank an dieser Stelle der Godeffroy'sche Großsegler WILHELMSBURG auf der Fahrt nach Queensland in Australien. Neben der Besatzung kamen zweihundertsiebenundvierzig Auswanderer ums Leben! Damals starben zweihunderteinundsechzig Menschen auf einen Schlag. Das sollte sich dieser Vater mal vor Augen halten!«

Doch seine Bemerkung ging gründlich daneben. »Das gibt's ja wohl nicht. Das hat doch nichts miteinander zu tun! Beides ist schrecklich!«, warf ihm seine Frau wütend an den Kopf. »Wie kannst du nur so herzlos sein?« Und nachdem sie sich gefasst hatte, erklärte sie weiter: »Ich kann die Trauer dieses Mannes gut verstehen, auch wenn mich sein unbeherrschtes Benehmen abstößt.«

Viet saß stumm am Tisch. Aber innerlich stimmte er ihr zu.

Genau in diesem Augenblick durchfuhr ihn ein Erkenntnisblitz: Lisette! Das war doch die Tochter des Wirts von Lüdemanns Gasthaus aus der Bergstraße in Altona. Ein paarmal war er mit Sören auf ein Bier dort eingekehrt. Bei der Gelegenheit, erinnerte er, war er der heutigen Kapitänsfrau begegnet, die zu jener Zeit im Kittel hinterm Tresen stand, Bier zapfte und an den Tischen bediente. Sie hatten miterlebt, wie sie in der Gaststube energisch für Ordnung sorgte und sogar mit betrunkenen oder renitenten Gästen umzugehen wusste.

Ein Kneipenbesucher hatte ihnen an einem jener Abende gesteckt, dass die tüchtige Wirtstochter mit jeder Faser nach Höherem strebe und deshalb jedem schöne Augen mache, der sie diesem Ziel näher bringen würde. Auf diese Weise soll sie einige Enttäuschungen erlebt haben. Trotzdem: Die perlten an ihr ab wie Regen von einer Ölhaut. Denn sie wollte unbedingt raus aus diesem Milieu. Des Weiteren, ließ sich ihre Kneipenbekanntschaft aus, wisse Lisette beinahe alles durchzusetzen, was sie sich in den Kopf gesetzt habe. Selbst vor gemeinen Intrigen scheue sie nicht zurück.

Na, wenn ihr Informant da man nicht maßlos übertrieben hatte, dachte Viet. Immerhin hatte sie es geschafft, der verräucherten Kneipe zu entkommen, und hatte mit Kapitän Külper eine gute Partie gemacht.

Ihr Ehemann besaß neben dem Schiff auch ein halbes Fischerhaus in Blankenese, hieß es. Dass er so viel älter war als sie, schien sie nicht zu stören. Sie trug feine Kleider, ihre Haare waren sorgfältig aufgesteckt, und sie bemühte sich um eine gewählte Sprache und höfliches Benehmen. Viet gefiel, dass sie Mitgefühl zeigte und sich schon mehrfach für die Auswanderer eingesetzt hatte. Er konnte sich überhaupt nicht vorstellen, dass sie intrigant sein könnte.

Endlich hatten sie den Atlantischen Ozean erreicht. Das grasgrüne Wasser war verschwunden. An seine Stelle trat ein tiefes Blau. Man konnte glauben, in ewige Tiefen zu blicken. Wer das zum ersten Mal sah, war verzaubert. Steven und Heck stiegen wieder und wieder aus den klaren Fluten. Welch einmaliges Erlebnis, wenn sich schaumgekrönte Wellen am Schiffsbug austobten und ihn immer wieder in zarte Gischt hüllten.

Viele der Zwischendecker hatten sich für die erste Reisezeit Verpflegung mitgebracht. Doch die war längst aufgezehrt. Nun mussten sie – wie alle anderen auch – von hartem Schiffsbrot und Gepökeltem leben. Denn im Gegensatz zur Mannschaft erhielten die Passagiere nur kalte Verpflegung. Dass das vielen nicht behagte, lässt sich denken. Immerhin gab es abends wie morgens ein Heißgetränk. Zumindest wenn es das Wetter zuließ. Doch um welche Art von Getränk es sich dabei handelte, blieb ein Geheimnis des Smuts.

Dafür wurde Viet von mehreren Auswanderern lobend auf den Einbau des Skylights und der zusätzlichen Treppen angesprochen, die das Zwischendeck besser belüfteten und für mehr Lichteinfall im oberen Deck sorgten.

Der Wind wusste in diesen Tagen nicht, was er wollte. Schließlich kam ein leiser Zug aus nördlicher Richtung. Viet hörte Külper wie im Selbstgespräch sagen: »Na, komm man. Diese Windrichtung kann uns passen.«

Und sie passte. Sie segelten bald vor dem Wind. Das ging wie die Feuerwehr. Lag die CERES beim Kreuzen schief auf der Seite, hielt sie sich bei diesem Wind waagerecht. Später wurde die See höher. Dann schlingerte ihr Kahn, und man musste seinen Gang übers Deck danach ausrichten, sich irgendwo festhalten zu können, damit man das Gleichgewicht nicht verlor.

Schiffsjunge Carl hatte den Auftrag, die Kloeimer in beiden Zwischendecks regelmäßig zu leeren. Das sollte mehrmals täglich passieren. »Immer haben sie mich damit am Arsch!«, stöhnte er und hob einen bis an den Rand gefüllten Behälter aus dem Paddemang des oberen Zwischendecks, wollte ihn an Deck wuchten, um die stinkende Kloake ins Meer zu schütten. Jedes Mal eine Sauarbeit – auch im übertragenen Sinn. Und obendrein wurde diese unangenehme Aufgabe von tausend tumben Ermahnungen und Ratschlägen besorgter Passagiere begleitet: »Pass bloß auf, dass du nichts verschüttest!« Als ob er das nicht selbst wüsste.

Dieses Mal war der Eimer aus dem oberen Zwischendeck besonders voll und das Meer ungewöhnlich rau. Nachdem Carl die ersten wackeligen Schritte mit dem schwappenden Eimer zurückgelegt hatte, wäre er beinahe ins Straucheln geraten. Doch er konnte sich im letzten Augenblick fangen. »Jung, wenn du nicht aufpasst, kriegst du ein Fell voll!« Das war eine weitere Verwarnung.

Plötzlich wurde das Schiff von zwei, drei wuchtigen Seen getroffen, die die CERES durchschüttelten und tief in ein Wellental stürzen ließen, um sie im nächsten Augenblick auf die schwindelnde Höhe des nächsten Wellenkamms zu heben. Mit diesen Schiffsbewegungen hatte keiner gerechnet. Geschirr schepperte zu Boden, Menschen stolperten und flogen durch den Raum. Und Carl geriet mit seinem Goldeimer vollends aus dem Tritt. Ein in den Weg ragendes Gepäckbündel gab ihm den Rest. Er knallte hin, und mit ihm kippte der randvolle Eimer aus. Mitten ins obere Zwischendeck. Parallel zu der sich rasend ausbreitenden Kloake erhob sich ein immer lauteres Geschimpfe. Zunächst nur im oberen Deck, dann auch aus dem unteren. Denn der flüssige Teil des Eimers war augenblicklich durch die Bretterritzen in das untere Deck getropft. Carl wäre am liebsten liegen geblieben und hätte Kopf und Ohren mit beiden Armen vor Schlägen und wüsten Beschimpfungen geschützt, doch er lag mitten in der üblen Brühe und sprang genauso schnell auf, wie er hingeknallt war, während der nun beinahe leere Eimer von den Schiffsbewegungen nach links und rechts getrudelt wurde und damit den restlichen Inhalt verteilte.

Carls Hose, sein Hemd, seine Schuhe waren über und über mit Jauche besudelt. Einige Auswanderer, die ihn zu packen und zu schlagen suchten, ließen deshalb lieber von ihm ab. Diese Chance nutzte der Junge und schlüpfte wie ein geölter Blitz die rettende Leiter empor, um bei Kapitän oder Steuermann Schutz vor der aufgebrachten Menge zu suchen. Das wäre ihm auch gelungen, hätte ihn nicht jemand an seinen Hosenbeinen festgehalten, als er schon auf der Leiter war.

Jetzt haben sie mich!, war Carls panischer Gedanke. Da hatte er die Eingebung, seinen Hosenknopf zu lösen, während er gleichzeitig mit aller Kraft versuchte, sich die Leiter weiter emporzuziehen. Der Mann, der ihn an der Hose zurück ins Zwischendeck zerren wollte, hatte plötzlich nur noch seine verschmutzten Beinkleider in der Hand. Durch diese rettende Idee erreichte der Schiffsjunge das Deck. Wutentbrannt und grölend kamen ein paar der Auswanderer hinter ihm her.

Carl rannte in seinem stinkenden wie hosenlosen Aufzug zu Viet, den er um Hilfe anflehte. »Steuermann, die Leute wollen mir was antun!«

»Er hat den vollen Goldeimer mitten im Deck ausgekippt. Damit versaut uns der Scheiß nicht nur unser Gepäck und unsere Betten, sondern unseren einzigen Aufenthaltsraum hier auf dem Schiff. Obendrein ist die Soße auch ins untere Deck gelaufen. Da ist es doch wohl klar, dass wir dem Bengel erst mal eine Abreibung verpassen wollen. Denn wie sollen wir unsere Decks jemals wieder sauber kriegen?«

Während sie das vorbrachten, versuchten sie, auf Carl einzuschlagen. Der bückte sich und hielt seine Arme schützend über dem Kopf. Viet schob sich zwischen seinen Schiffsjungen und die Auswanderer. »Nun mal langsam, Leute. Wir hatten eben ein paar starke Seen, die unsere CERES ein wenig durchgeschüttelt haben. Bei Wellen wie diesen kann es leicht passieren, dass man aus dem Tritt kommt. So wird es vermutlich auch bei Carl gewesen sein. Richtig?«

Carl nickte verschüchtert.

»Ich schlage deshalb vor, dass sich Carl zunächst wäscht, umzieht und euch dann bei der Reinigung hilft. Er kann wirklich nichts für das Unglück. Da mir aber schon öfter Klagen über die Kloeimerleerung zu Ohren gekommen sind, ordne ich hiermit an, dass ihr von nun an selbst für die Entsorgung der Eimer zuständig seid.«

Damit war das Problem für Carl gelöst. Als einer der Männer dennoch versuchte, Carl ein paar Ohrfeigen zu verabreichen, stellte Viet unmissverständlich fest: »Wer sich an dem Jungen vergreift, schlägt mich! Verstanden? Und wer die Hand gegen mich erhebt, den lass ich in Eisen legen und setz ihn augenblicklich in der Bilge fest!« Die immer noch aufgebrachten Passagiere zogen daraufhin leise murrend ab.

Tatsächlich dauerte es Tage, bis die Zwischendecks wieder gereinigt waren. Und noch länger hing die mühsam gereinigte Auswandererwäsche zum Trocknen an Deck. »Welche Wirkung so ein kleiner Zwischenfall haben kann!«, wunderte sich Kapitänsfrau Lisette und musste schmunzeln. Sie war schließlich nicht davon betroffen.

Auf der Höhe von Vigo, Nordspanien lag backbord, hörte Lisette ein paar Passagiere zweistimmig singen: »Am Brunnen vor dem Tore, da steht ein Lindenbaum ...« Zauberhaft klang das. Und ein wenig unwirklich – so mitten in der unendlichen Weite des Meeres. Das brachte sie auf eine Idee, die sie mit Viet besprach: »Könnte man die untätigen Menschen da unten im Zwischendeck nicht zum Singen anhalten? Der eine oder andere brächte bestimmt Erfahrungen aus einem Kirchenchor oder Gesangsverein mit. Dann hätten die Leute wenigstens was zu tun!«

Gleich nachdem Viet bemerkt hatte, dass er die Kapitänsfrau aus ihrem früheren Kneipenleben kannte, beschloss er, das nicht durchblicken zu lassen. Das würde vermutlich nur Ärger bringen. Er tat also ganz harmlos und konnte sich im Übrigen auch für Lisettes Gesangsidee erwärmen, besonders nachdem er festgestellt hatte, dass einer der Passagiere Kantor war. Also übertrug er Kantor Rottweil die Aufgabe, mit den Passagieren Lieder einzustudieren. »Auch wenn wir erst November schreiben, Rottweil, wir werden Weihnachten noch auf See sein. Deshalb sollten sie schon jetzt Advents- und Weihnachtslieder mit den Leuten einüben. Denn Kapitän und Mannschaft erwarten, dass Sie uns die Festtage mit deutschen Liedern versüßen!« war Viets nicht ganz ernst gemeinter Vorschlag, zu dem er schelmisch lächelte. Wenn man danach übers Deck ging, drangen aus dem Niedergang heimatliche Melodien. Rottweil ließ aber auch an Deck üben.

»Nein!« Rottweils Taktstock klopfte auf Holz und ließ den Gesang verstummen. »Nein, diese Stelle noch mal! Das muss sanfter klingen. ›Alles schläft!‹ Da muss man die Ruhe des Hauses spüren. Kein Schläfer darf geweckt werden. Schon gar nicht das Jesus-Kind. Erst dann folgt das ›traute hochheilige Paar‹, das in kalter Winternacht friert. Wir beginnen noch einmal mit ›alles schläft‹!«

Der Gesang hob erneut an. Merkwürdigerweise gab es fast niemanden, der sich dem Singen entzog, obwohl manche Männer nur brummen konnten. Einer der Auswanderer besaß eine Waldzither, ein anderer ein Bandoneon, mit denen sie den Gesang begleiteten. Wenn dann bei Äquatorschwüle »Stille Nacht, heilige Nacht« erklang, – war das ein eigenartiges Erlebnis.

Es geschah an einem dieser ruhigen Tage bei achterlichem Wind. Die Passagiere waren so gut wie alle an Deck, vergnügten sich mit Karten- oder Brettspielen, manche unterhielten sich, während einige Kinder ihre Kreisel mit kleinen Peitschen traktierten. Jedes wollte seinen Kreisel am längsten in Bewegung halten. Doch die entspannte Stimmung, die über dem Schiff lag, wurde plötzlich durch wüstes Schimpfen unterbrochen, das aus dem Niedergang heraufdrang. Unvermittelt sauste ein schlanker Kerl wieselflink an Deck und suchte sich zu verstecken. Ihm folgte, in gehörigem Abstand, der Bauer, der zu Anfang der Reise den Kapitän mit heftiger Kritik überschüttet hatte. Ehrmann war sein Name, hatte Viet damals in Erfahrung gebracht.

»Haltet ihn! Haltet den hundsgemeinen Dieb!«, rief Ehrmann und wischte sich den Schweiß von der Stirn, während er schnaufend stehen blieb und suchend um sich sah. Wo war der Schurke geblieben, den er verfolgte? Wollte er etwas über Bord werfen? Möglicherweise einen Gegenstand, den er erbeutet hatte?

Hein Lindemann schoss gerade Taue auf, als er bemerkte, dass der Fliehende versuchte, sich in einem leeren Fass zu verstecken, das zum Austrocknen an Deck lag. »Komm da raus, wird's bald?«, kommandierte Hein und zog den Mann an den Beinen aus seinem Versteck, packte ihn am Kragen und schleppte ihn zu Ehrmann.

Külper war gerade in ein Gespräch mit Viet vertieft, als er die Aufregung bemerkte. »Was ist denn da los?«, wollte er wissen. »Was machen Sie mit dem Mann?«

Ehrmann trat mit dem schmächtigen Kerl am Schlafittchen vor Kapitän und Steuermann und begann nach tiefem Luftholen: »Wir haben seit Wochen bemerkt, dass bei dem einen oder anderen Wertsachen verschwinden. Das wurde uns zu dumm. Deshalb haben wir heimlich einen Wachdienst organisiert. Eben hatte ich Wache und musste mit ansehen, wie dieser Kerl mein Gepäck durchwühlte. Er hatte mich nicht bemerkt, sondern vermutet, alle Passagiere seien an Deck, und fühlte sich wohl unbeobachtet. Jetzt möchte ich nachschauen, was er mir gestohlen hat. Könnten Sie ihn hier oben solange festhalten? Vielleicht hat er seine Beute ja auch im Fass dort drüben versteckt, aus dem er eben gezogen wurde.«

»Hein Lindemann«, ließ sich der Käpten vernehmen, »du passt auf den Mann auf, während Peter Diercks das Fass absucht. Steuermann, Sie gehen mit Ehrmann ins Zwischendeck und durchsuchen das Gepäck des Beschuldigten. Wenn Sie damit fertig sind, sehen wir weiter.« Und den Beschuldigten fragte er: »Wie ist überhaupt Ihr Name?«.

»Theodor Wenk« antwortete dieser.

Diercks kam unverrichteter Dinge zurück. »Im Fass ist nichts!«

»Dann schau doch mal in der Umgebung nach. Vielleicht findest du da was!«

Kurz darauf schwenkte Dierks ein kleines Säckchen in der Luft. Das war das Signal für Frau Ehrmann, sich lautstark zu melden: »Herr Kapitän, Herr Kapitän, das ist mein Schmuck!«

Wenk stritt ab, den Schmuck jemals an sich genommen zu haben. Doch wie sollte er sonst neben das Fass gelangt sein, in das er sich geflüchtet hatte. Und warum wollte er sich gerade dort verstecken?

»Weil ich mal für mich allein sein wollte. Nicht immer zusammen sein mit dieser Menschenmasse!«, lautete seine Ausrede.

Erst als Viet und Ehrmann aus dem Zwischendeck zurückkamen, knickte Wenk ein. Denn beide legten Geldscheine und Schmuckstücke auf den Lukendeckel, die sie in Wenks Bündel gefunden hatten. Die Geldscheine sicherten sie vorsichtshalber mit einem Belegnagel vor dem Wegfliegen.

Jetzt meldeten sich Passagiere, die ihre vermissten Wertsachen erkannten. Viet protokollierte den Vorgang. Das Schriftstück sollte später der Polizei samt Dieb übergeben werden. Bis Külper schließlich zu einem silbernen Kruzifix kam. »Und wem gehört das?«, fragte er und hielt es zwischen Daumen und Zeigefinger. »Kennt jemand dieses Kreuz?«

Als sich keiner meldete, fühlte sich Wenk veranlasst auszurufen: »Da sehen Sie, es gehört mir. Genau wie das Geld da auf dem Luk!«

Külper ignorierte den Zwischenruf und hielt das kleine Kreuz weiter hoch: »Vermutlich ist es der Anhänger einer Halskette.« Er schaute in die Runde.

Schließlich meldete sich eine Frau aus der hinteren Reihe, schaute sich das Kruzifix noch einmal genau an und behauptete dann steif und fest: »Uns gehört es nicht, Herr Kapitän. Aber ich weiß, wem es gehört.«

Külper und die Umstehenden blickten sie neugierig an. »Es gehört Karla Kunze. Karla ist die Frau, die kurz vor unserer Abreise mit ihrem Mann von der Fahrt zurückgetreten war. Ihnen wurde ihre Barschaft im Zug nach Hamburg gestohlen. Das Kruzifix bewahrte sie zusammen mit ihrem Geld auf. Es sollte ihr kleines Vermögen auf der Reise schützen. Das alles weiß ich so genau, weil wir auch aus Fritzlar kommen und ich mit Karla seit Kindesbeinen befreundet war. Jeden Sonntag hab ich sie mit dem Kreuz in der heiligen Messe gesehen. Wenn jetzt ihr Kruzifix aufgetaucht ist, muss Wenk auch ihr Geld geklaut haben!«

»Alles Lüge!«, heulte der Dieb auf. »Man will mir nur was unterschieben. Schließlich kann ich beweisen, dass ich nicht mit dem Zug gefahren bin. Denn ich hab das ganze letzte Jahr über in Hamburg gearbeitet und war während der Zeit nie außerhalb.«

Als er nach seinem Arbeitgeber gefragt wurde, kam ein kleinlautes: »Bahnhof Klostertor in Hamburg!«

Damit war die Sache klar. Wenk hatte die Kunzes nicht im Zug, sondern auf dem Bahnhof in Hamburg bestohlen.

Viet musste die sichergestellte Barschaft zählen und in einer Tüte versiegeln, damit sie den Kunzes nach Fritzlar, Kurhessen, geschickt werden konnte.

Der Dieb wurde nachts in Ketten gelegt und musste tagsüber niedere Arbeiten verrichten: Ankerketten entrosten und streichen, Messingteile polieren und das Deck Stück für Stück mit Sandpapier abschleifen, um es hinterher zu ölen.

Külper wollte ihn in Kapstadt einem nach Hamburg gehenden Schiff überantworten, damit der Spitzbube in der Hansestadt abgeurteilt werden konnte.

Wie zufällig blickte Viet aufs Meer und sah einen jungen Blauwal, der aus dem Wasser sprang und klatschend zurück in sein Element fiel.

Ein freudiger Aufschrei der Passagiere folgte dem Schauspiel. Solche Begebenheiten hatten ihn auf seiner ersten Reise maßlos gefesselt. Doch jetzt dachte er fast ausschließlich an das Schiff und seine Passagiere. Und heimlich auch an Olga. Immer wieder an Olga. Olga. Olga. Ob auch sie an ihn dachte?

Als Viet einmal wieder Wenks Arbeit kontrollierte, schoss ihm durch den Kopf: Durchsuch doch noch mal sein Gepäck. Diesmal aber gründlich. Als er das tat, entdeckte er zwar kein weiteres Diebesgut, dafür aber aufschlussreiche Papiere, die er zunächst nicht beachtet hatte. Es handelte sich um den Schriftwechsel der Kunzes, der dem Dieb mit Geld und Kruzifix in die Hände gefallen war. Eines der Schriftstücke war die Abschrift des Antrags zur Entlassung aus der kurhessischen Staatsbürgerschaft. Albert Kunze hatte ihn letztes Jahr, im Jahre des Herrn 1867, gestellt:

»Der Eingesessene Albert Hermann Kunze und seine Ehefrau Karla, geborene Wilhelm, bitten um Erlaubnis zur Auswanderung nach Australien. Der Unterzeichner Albert Hermann Kunze, früher Landmann, erlaubt sich ergebens, bei Ihrer Kurfürstlichen Hoheit um die Erlaubnis anzusuchen, baldmöglichst – wegen Gesundheitsberücksichtigungen – mit seiner Frau eine andere Heimath gründen zu dürfen. Die Ehefrau und der Genannte leiden sehr an einer Brustkrankheit, die auf Anrathen der Ärzte am besten zu vertreiben sei auf einer Seereise und dem Aufenthalt in Australien. Diesem will derselbe sich gern unterwerfen, wenn nur seine geliebte Frau und er dadurch die Gesundheit wiedererlangen können. Die hohe kurfürstliche Landesregierung wird unterthänigst ersucht, dem Unterzeichneten die erg. Bitte zu gewähren, ihm zu dieser Reise nach Australien die Erlaubnis zu ertheilen.

Fritzlar, im Octbr. 1867«

Aus beiliegenden Briefen ging hervor, dass den Kunzes eine kleine Hofstelle bei Fritzlar gehört hatte, die stammte aus einer geteilten Erbschaft, war so winzig, dass sie die Kunzes nicht zu ernähren vermochte. Deshalb hatte er sich zusätzlich als Knecht verdingt. Ihre kargen Besitztümer hatten sie verkauft, nachdem sie vom Landesherrn die Entlassungsurkunde aus der Staatsbürgerschaft erhalten hatten. Sollte sich ihre Entscheidung, zur anderen Seite der Erde auszuwandern, als richtig herausgestellt haben, beabsichtigten einige von Kunzes Brüdern und Schwestern, mit ihren Familien nachzukommen. Durch den Diebstahl und die schlechte Unterbringung auf der CERES waren diese Pläne schon im Vorfeld gescheitert.

Viet packte den Schriftwechsel zu den Unterlagen, die mit dem nächsten Schiff von Kapstadt nach Hamburg zur Firma Joh. Ces. Godeffroy & Sohn geschickt werden sollten. Die würden das gesamte Konvolut weiter nach Fritzlar leiten.

Während seiner nächsten Freiwache wurde Viet auf die ungewohnten Lieder aufmerksam, die vom Mitteldeck heraufschallten. Wieso probte Rottweil norddeutsches Liedgut? Shantys, gesungen von Hessen und Württembergern!? Diese Küstenlieder konnten unmöglich zu Rottweils Fundus gehören! Es war dann auch Hein Lindemann, der den Leuten vom Zwischendeck »My bonnie is over the ocean, my bonnie is over the sea ...« und den vielstrophigen Song »Vun Herrn Pastor sin Koh« beibrachte. »Sing man toh, sing man toh ...« Durch Lieder wie diese flohen alle düsteren Gedanken, fand Viet und dankte Hein im Stillen. Das war eine hübsche Idee. Auch im Hause von Appen waren Shantys und Volkslieder sehr beliebt.

Als Viet eines Nachts Wache mit Hein Lindemann hatte und nichts, aber auch gar nichts außer dem Klatschen und Rauschen der Wellen und dem Knarren von Tauwerk und Segeln passierte, unterhielten sie sich wieder einmal über die Marotten einzelner Besatzungsmitglieder. Dabei kam das Gespräch irgendwann auch auf den Kapitän. Hein wollte von einem Bekannten erfahren haben, dass Külper in jungen Jahren ein ziemlich aufbrausender und wetterwendischer Raufbold gewesen sei. Als Bootsmann habe er seine Matrosen bei der kleinsten Kleinigkeit verprügelt und seine Meinung so oft geändert, wie der Aprilwind seine Richtung. Immer so, wie es ihm gerade passte. Und wehe, man ahnte nicht, wohin seine Meinungsänderung gehen würde. Dann bekam man Ärger der Windstärke zwölf.

Nach seiner ersten Heirat hofften alle, seine junge Frau würde ihn zu zähmen wissen. Doch leider starb sie bald darauf im Kindbett. Und der ersehnte Stammhalter sei eine Totgeburt gewesen, hatte ihm seine Schwester nach Le Havre geschrieben. Danach sollen Külpers

Launen noch übler geworden sein. Doch der Alte blieb nicht lange Witwer. Ein Jahr später war er abermals unter der Haube. Denn er wollte unbedingt einen Stammhalter haben. Doch auch diese Frau erlebte das Ende des ersten Ehejahres nicht. Sie starb ebenfalls bei der Geburt ihres ersten Kindes. Und die frisch geborene Tochter war auch bald tot.

Nach dem Ableben auch seiner zweiten Frau wurde Külper noch unberechenbarer und brutaler. Bei einem seiner Wutausbrüche schlug er einen Schiffsjungen aus nichtigem Anlass halb tot. Damals war er schon Steuermann. Der Vorfall passierte im Hafen von Rotterdam. Der Junge versuchte in seiner Verzweiflung, sich mit einem Sprung über Bord zu retten, war dabei aber ertrunken. Diese Tat hatte für Külper Folgen, auch wenn sie niemals vor ein Gericht kam: Der Kapitän des Schiffes ließ Külper dafür beinahe kielholen. Danach sei er umgänglicher geworden.

Im vergangenen Frühjahr habe er dann zum dritten Mal geheiratet. Wahrscheinlich ist, dass er zum wiederholten Mal für männlichen Nachwuchs sorgen will. »Da kann man nur hoffen, dass es diesmal ein Sohn wird.« Hein Lindemann wünschte dem Alten jedenfalls alles Gute, damit diese zu fürchtenden Wutausbrüche bei ihrem Käpten nicht wieder anfingen.

Im Südatlantik bekamen sie harte Winde und mussten reffen. Nach 50 Tagen hatten sie beinahe das Kap der Guten Hoffnung erreicht. Zwei Segeltage waren es noch bis dahin, als sich Viet eines Morgens fragte, wo eigentlich dieser Wenk stecke. Er hatte ihn noch nicht gesehen. Der Gefangene war im Morgengrauen aus seinem Verlies in der Bilge zum Arbeiten an Deck geführt worden. Schleifpapier, Spachtel und Handfeger lagen noch an der Stelle, die er heute abschleifen sollte.

Zunächst fragte der Steuermann den Rudergänger nach seinem Verbleib. »Weiß ich doch nicht!«, erhielt er pampig zur Antwort. Auch Passagiere, die schon eine Weile an Deck standen und rauchten, wollten den Dieb nicht gesehen haben. Viet ging in die Kombüse und scheuchte die herumlungernden Wachen auf. »Könnt ihr mal wahrschauen, wo dieser Wenk steckt! Aber ein bisschen dalli!« Also zogen drei Mann los, ihn zu suchen.

Nach einer halben Stunde trudelte zuerst der Schwede Sven, dann

Hein Lindemann und schließlich Peter Diercks ein, und jeder machte Meldung. Nirgends hatten sie Wenk gefunden. Daraufhin alarmierte Viet den Kapitän und ging mit ihm zum Rudergänger.

Külper war aufgeregt. »Mit Ihnen hat man nichts als Ärger, von Appen! Erst machen Sie mit meiner Frau gemeinsame Sache. Dann schmieden Sie – hinter meinem Rücken – Pläne gegen mich. Und jetzt das. Ich will hier und jetzt von Ihnen wissen, wo dieser Kerl steckt! Das kann doch wohl nicht schwer sein. Haben Sie mich verstanden? Und dass Sie sich nicht noch einmal unterstehen, irgendwelche Pläne gegen mich zu schmieden! Das kann leicht als Meuterei ausgelegt werden!«

Viet meinte, nicht richtig gehört zu haben. Was war denn jetzt bloß in den Alten gefahren? Er – Viet – sollte mit seiner Frau heimlich Pläne geschmiedet haben? Er hatte ja nie mit ihr allein gesprochen. Ob er vielleicht die Skylights für die Auswanderer meinte? Tatsächlich hatte Lisette die gleiche Meinung vertreten wie er. Aber das war doch reiner Zufall. Külper hatte wirklich alles in den falschen Hals gekriegt. Oder es steckte was ganz anderes dahinter. Ob der Alte vielleicht eifersüchtig auf ihn, den Jüngeren, war, der fast das gleiche Alter wie seine Frau hatte?

Inzwischen waren sie beim Steuerrad angekommen und erfuhren von dem dort diensttuenden Ernst auch nichts Erhellendes. Zur Probe stellten sie sich hinter ihn, um sein Blickfeld übers Deck bis zum Klüver einzuschätzen. Von hier aus konnte man tatsächlich über das ganze Schiff blicken, auch zur derzeitigen Arbeitsstelle Wenks. Jede Person, die an Deck stand, war von hier aus zu sehen. Selbst jedes Kind. Und wenn Wenk seinem Leben ein Ende gesetzt hätte und über Bord gesprungen wäre, dem Rudergänger wäre es aufgefallen. Außerdem machte Wenk nicht den Eindruck, als wolle er seinem verpfuschten Leben ein Ende setzen. Aber man steckt ja nicht in den Menschen. Trotz dieser Erkenntnis blieb die Frage: Wo war er dann?

Der Anschiss des Käptens war Viet an die Nieren gegangen. Was konnte er für die kleinen und großen Pannen, die seit ihrer Abreise passiert waren? Dass Ernst wieder mal von der Polizei arrestiert worden war? Dass sich die Passagiere über ihre katastrophale Unterbringung beschwert hatten und die Kunze Schiff und Kapitän verflucht hatte? War das etwa seine Schuld? Oder nicht doch die des Kapitäns selbst? Und die an Masern verstorbenen Kinder, wurden ihm die etwa auch angelastet? Das war doch Schicksal. Die Krönung aber war, dass er angeblich mit Lisette gemeinsame Sache gegen ihn als Kapitän gemacht haben soll. Viet nahm sich vor, künftig nur noch im Beisein des Käptens mit Lisette zu reden. Sicher war sicher. Lindemanns Erzählungen über den Jähzorn des Alten klangen ihm noch im Ohr.

Doch jetzt musste er Mannschaft und Passagiere befragen. Eine sehr zeitaufwendige Arbeit. Danach hatte er immerhin eine Liste der Personen aufgestellt, die kurz vor Wenks Verschwinden an Deck waren. Das war aber auch alles. Keine weiteren Hinweise, keine aufschlussreichen Widersprüche hatten sich ergeben. Deshalb ging er noch einmal zu Wenks Arbeitsplatz und überlegte. Er hockte sich auf alle viere, als wolle auch er das Deck abschleifen. Aus dieser Stellung konnte man den Rudergänger nicht sehen. Und umgekehrt konnte der Rudergänger nicht die hier hockende Person ausmachen. Er stand auf, schaute um sich, blickte durchs Speigatt auf die außenbords vorbeirauschenden Wellen und zu den gurgelnden, schäumenden Wellenköpfen. Dabei musste er sich wegen des arbeitenden Schiffs an den Belegnägeln einer Nagelbank festhalten und starrte ins Wasser, als ob Wenk zwischen dem Wellengetose zu finden sei.

Hatte sich jemand an dem Dieb gerächt und ihn über Bord gestoßen? Hatte er Selbstmord verübt? Wie sollte er das jemals klären?

»Ich geh davon aus, dass Wenk Selbstmord begangen hat! Nichts anderes. So hab ich es übrigens auch ins Logbuch eingetragen!«, bemerkte der Käpten. »Da Theodor Wenk nicht mehr an Bord ist, werden wir Kapstadt auch nicht anlaufen. Dazu besteht jetzt keine Notwendigkeit mehr! Das Geld und die Unterlagen der Kunzes können wir genauso gut von Australien nach Hamburg schicken. Außerdem müssten wir in Kapstadt für zwei Wochen in Quarantäne! Wegen der Masernfälle, falls Sie das vergessen haben!«, mokierte sich Külper gehässig, nachdem ihn Viet über den Stand seiner Ermittlungen unterrichtet hatte. Viet war von Külpers Handlungsweise nicht überzeugt. Er hätte Kapstadt angelaufen. Aber was sollte er machen? Lieber dachte er an Olga im heimatlichen Blankenese als an den immer übellauniger werdenden Külper.

OLGA

Auch Olga dachte an ihren Liebsten. Am intensivsten in den abendlichen Stunden im Bett. Dann lag sie über Stunden wach, um von ihrem Schatz zu träumen, von seinen feuerroten Haaren und seinen strahlend blauen Augen. Aber auch tagsüber waren ihre Gedanken ständig bei ihm. Immer öfter wurde sie deshalb als »Träumerchen« geneckt. Das passierte ihr sogar in der Haushaltsschule. Da waren die Berufungen allerdings strenger und manchmal mit einem Donnerwetter verbunden. Aber was soll's? Nicht allein sein Aussehen gefiel ihr. Darauf kam es im Grunde gar nicht an. Ihr Dienstmädchen Minna hatte das mit folgendem Satz bestätigt: »Von schönen Tellern kannst nich essen!« Ja, diese Ansicht teilte sie. Auf den Charakter kam es an, nicht auf die äußere Schale.

Olga liebte Viets zupackenden Charakter, seine geradlinige Art, seine Ehrlichkeit. Wenn er doch nur bald zurückkäme. Hoffentlich, hoffentlich dauert es keine fünf Jahre, bis sein Schiff wieder in Hamburg festmacht. Soooo lange würde sie es ohne ihn nicht aushalten. Und hoffentlich gelänge es, ihre Eltern davon zu überzeugen, dass Viet der Richtige sei. Bisher hatten sie einen Seemann als Schwiegersohn rundweg abgelehnt.

Sie hatten sich kennengelernt, als er im letzten Februar bei den Hochwasserschäden am Elbhang von Ottensen zupackte. Ihre Freundinnen und sie hatten damals zugeguckt, wie die Männer die Schäden der Naturkatastrophe beseitigten. Und dabei war ihr Viet aufgefallen. Irgendwann hatte er sie angesprochen. Und seit jener Zeit ... Aber das durfte keiner wissen. Das war ihr Geheimnis. Denn sie war schließlich erst sechzehn. Und ihre Eltern wären ganz sicher gegen eine Verbindung mit ihm. Übrigens: Den Zeitungsartikel, der die Katastrophe am Elbhang beschrieb, hatte sie ausgeschnitten und hütete ihn wie eine Reliquie. Schade, dass ihr Schatz darin nicht namentlich erwähnt wurde. Verdient gehabt hätte er es. Sie kramte das Zeitungsstück unter einem Wäschestapel im Schrank hervor und las es zum soundsovielten Mal:

»Starke Regengüsse und Hochwasser haben im Februar am Elbhang in Neumühlen schwere Schäden angerichtet. So ist der größte Teil der Mauer des ehemaligen Rainville'schen Grundstücks auf einer Breite von 40 Fuß abgesackt. Auch die Fahrstraße über Meinholds Terrasse ist um etwa 15 Fuß verrückt. Und der Neubau der Gas- und Wassergesellschaft an der Geneigten Ebene senkt sich ebenfalls. Daher ist ein Einsturz des Hauses zu befürchten. Durch herabstürzende Mauerstücke der Brücke, die über die Geneigte Ebene führt, wurden auch die Schienenstränge verschüttet. Der Verkehr der Industriebahn musste daher eingestellt werden. Der Elbberg wurde für den gesamten Warenverkehr gesperrt, da sich ein Riss quer über die Straße gebildet hat und sie zeitweise 12 ½ Fuß hoch überschwemmt war. Die Gasleitung unterhalb von Meinholds Terrasse ist ebenfalls zerstört. Um ein Austreten des Gases zu verhindern, wurde das Gasrohr abgesperrt. Man versucht zunächst, Gräben zu ziehen, um das Wasser zu den Sielen hin abzuleiten. Die Wiederherstellung der durch den Erdrutsch zerstörten Eisenbahnanlage am Elbberg wird mit erheblichen Kosten verbunden sein.«

Merkwürdig, dass sich Viet während seiner Zeit als Steuermannsschüler immer wieder für diese und andere Bürgerinteressen eingesetzt hatte. Wo er doch wegen der anstrengenden Büffelei für sein Patent kaum freie Zeit besaß. Und in diesen wenigen freien Stunden hatten sie sich, sooft es ging, getroffen. Bei dem Gedanken bekam sie noch nachträglich ein schlechtes Gewissen. Denn sie hatte ihn wahrscheinlich zu oft mit Beschlag belegt.

Es war sein Einsatz für andere Menschen, der ihr imponierte. So hatte er sich erst im letzten März hervorgetan, als junge Brieten Ottensen aufmischten. Die Randalierer richteten schwere Schäden an. Türen wurden von ihnen ausgehoben und Dachrinnen abgerissen. Als sie die Scheiben einer Lehrerwohnung einschlugen und in die Wohnung eindringen wollten, konnten sie von Viet daran gehindert werden. Er brachte den Anführer der Jugendbande mit ein paar Ohrfeigen zur Räson. Danach redete er ihm und seinen Kumpanen ins Gewissen. Mit seiner sachlichen Art löste Viet Konflikte wie diesen überraschend schnell. So war er nun mal!

»Olga! Olga! Wo steckst du denn? Kannst du kurz mal kommen? Ich brauch deine Hilfe!« Das war Mutter. Schnell schob Olga den Zeitungsartikel unter ihre Wäsche und lief die Treppen hinunter. Beim Springen die Stufen hinab fiel ihr ein, dass sie Minna etwas Intimes fragen müsse. Sie hatte nämlich ihr Monatliches nicht bekommen. Drei Wochen war es schon überfällig. Vielleicht wusste das lebenstüchtige Dienstmädchen Rat?

Schon kurz darauf ergab sich die Gelegenheit, Minna zu fragen. Nach Olgas Bericht kam es vom Dienstmädchen wie aus der Pistole geschossen: »Hast du etwa einen Freund?«

»Wieso meinst du?«

»Setz dich und hör gut zu!« war der schulmeisterliche Auftakt, mit dem sie Olga in die Geheimnisse der Liebe einweihte. Jedenfalls soweit sie es wusste.

Olga wurde während Minnas Vortrag immer kleiner und ängstlicher. Sollte sie etwa schwanger sein? Noch während das Dienstmädchen die Aufklärungsstunde mit zahlreichen Beispielen aus dem prallen Leben garnierte, entwickelte sich das neue Wissen bei Olga zu einem bedrohlichen Szenario, zu einer möglichen Katastrophe, die sie zu überrollen drohte.

»Nun mach dir mal keinen Kopp, Kind. Wenn du wirklich schwanger bist, weiß ich sehr ordentliche Leute in Dockenhuden, die Bankerts aufziehen. Die Frau war Zofe bei den Godeffroys und genießt einen durch und durch guten Ruf. Soweit ich weiß, hat sie neben ihren eigenen Kindern drei uneheliche aufgenommen, die sich bei ihr alle sehr wohl fühlen.«

Doch dieser Tipp war alles andere als ein Trost für die heulende Olga.

KÜLPER KOMMT INS GRÜBELN

Immer wieder wurde Külper von Kopfweh geplagt. Ob es daran lag, dass er die Schiffsposition zu oft mit dem Oktanten hatte festlegen müssen? Dabei musste man nämlich direkt in die Sonne gucken. Aber über dieses kleine Wehwehchen wollte er mit niemandem sprechen, solange er nichts Näheres von einem Arzt erfahren hatte. Auch seine Frau sollte davon nichts wissen. Weil sie dann sofort »Nun geh doch endlich mal zum Doktor, Jacob!« sagen würde. Die Leier kannte er.

Manchmal dämmerte es ihm im wahrsten Sinne des Wortes, dass es mit seiner Sehkraft nicht mehr weit her war. Vielleicht lag das auch an ganz anderen Ursachen. Wenn er mal etwas mehr Zeit hätte, würde er zu einem Arzt gehen und sich etwas verschreiben lassen. Jetzt allerdings musste er sich vorrangig um seine junge Frau kümmern. Die verlangte schließlich seine ganze Aufmerksamkeit. Vor allem in ihrem Zustand.

Wie einen Sack Flöhe musste er sie hüten. Besonders wegen seines jungen Steuermanns. Der Kerl war schließlich im gleichen Alter wie seine Lisette und sah aus, als würde er Weiber reihenweise vernaschen. Ein typischer Frauenheld: immer mit einem Lächeln auf den Lippen, mit feuerroten Haaren, und obendrein verstand er es, den Frauen charmant um den Mund zu gehen. Dem musste er zeigen, was eine Harke ist, damit er nicht auf dumme Gedanken käme. Das sei wichtig, hatte ihm sein Trauzeuge noch vor der Hochzeit mit Lisette gesteckt: »Sobald ein junger Bengel auf der Bildfläche erscheint, musst du ihm sofort zeigen, wer der Platzhirsch ist. Egal wer er ist und was er tut. Du weißt doch, bei uns Menschen läuft es wie im Tierreich, wenn es ums Paarungsverhalten geht.« Der Trauzeuge war übrigens Förster.

Sein junger Steuermann musste noch viel lernen, hatte er festgestellt. Vor allem, wie man mit Zwischendeckspassagieren umspringt. Da war er ein richtiges Weichei. Voller Rücksichtnahme und Gefühlsduselei für das dumme Volk da unten. Dabei zahlten die Zwischendecker – bei aller Liebe – keine Erste-Klasse-Preise und konnten deshalb auch keine feudalen Kabinen und keine fürstlichen Menüs erwarten. Aber von Appens Art kam bei den Leuten an. So tun, als ob man Gutes für die armen, armen Leutchen da unten machen wolle. Wenn der junge Mann eine Ahnung davon hätte, wie seine Zwischendeckskalkulation aussieht, er würde Bauklötze staunen.

Gut, ein Skylight mochte der Schiffszimmermann noch aufs Zwischendeck setzen, genau wie den zweiten Niedergang einbauen. Der Mann war ohnehin an Bord, und das Holz fischten sie unterwegs auf, wenn sie mal wieder über eine Havarie hinzukämen. Aber mehr, mehr war wirklich nicht drin. Nicht, dass von Appen seine Lisette mit seiner Gefühlsduselei ansteckte. Oder umgekehrt. Und sich dann beide gegen ihn verbündeten. Das wäre aus seiner Sicht Meuterei. Deshalb musste er diesem jungen Hüpfer zeigen, wo es längs ging. »Immer feste druff!«, hatte einer dieser Preußen-Heinis doch gesagt und damit nicht nur den Kampf gegen seine Feinde, sondern in erster Linie die Einschüchterung der eigenen Leute gemeint.

Seefahrt war eben ein knallharter Beruf. Deshalb musste jede Jungmannschaft lernen, wer das Sagen hatte. Nicht das kleinste bisschen durfte man als Käpten da durchgehen lassen. Letztlich galt das auch für Lisette. Schließlich hieß es auch in der Bibel, dass die Frau dem Manne untertan sei.

Was den Fluch anging, vielleicht glaubt von Appen ja, dass die Hexe damit Unglück über das Schiff und seinen Käpten bringen würde. Altweibergeschwätz, konnte er dazu nur sagen – Spökenkiekerei. Die wollte sich doch nur wichtig machen. Was sollte denn schon passieren? Er besaß ein gutes Schiff und hielt seine Leute unter Wind. Und außerdem war er vorsichtig. Aber wenn der Fluch der Alten nun doch …? Schließlich würden sie noch mindestens ein Jahr auf See sein. Beim Klabautermann, es würde schon schiefgehen!

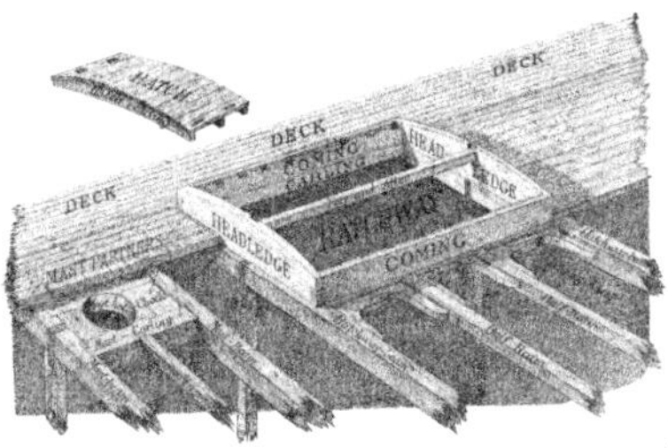

UMS KAP DER GUTEN HOFFNUNG

Als Viet zum Essen in die Kapitänskajüte gehen wollte, stieß er auf den Käpten, der schon von weitem lospolterte: »Steuermann, meine Frau fühlt sich nicht. Vorläufig sollten Sie deshalb nicht mit uns, sondern allein essen.«

Als ihn Viet fragend anschaute, fügte der Kapitän hinzu: »Das gilt bis auf Weiteres!« und wischte sich seine tränenden Augen trocken. Vielleicht hat er Zug bekommen, dachte Viet. Der Käpten schien nicht gut sehen zu können.

Die neue Maßnahme konnte man verstehen, aber sie barg auch Probleme. Kapitän und Steuermann aßen ja nicht nur zusammen, sondern besprachen bei der Gelegenheit auch anstehende Fragen der Schiffsführung. So war es in der Seefahrt üblich. Überall. Und jetzt das. Aber Viet hatte diese Entwicklung nach Külpers Anschiss geahnt. Pflichtgemäß hatte er mit Lisette danach kaum noch ein Wort gewechselt, schon gar nicht zum Thema Passagiere. Seitdem wurde sie ihm gegenüber immer schnippischer, um nicht zu sagen zickiger.

Ohne die gemeinsame Tischrunde würde es für ihn noch einsamer werden. Er müsste seine Mahlzeiten allein zu sich nehmen, als Steuermann durfte er sich nicht mit dem Schiffsvolk einlassen, auch nicht mit ihm essen. Und zum Kapitän und seiner Frau gab es von nun an nur noch dienstliche Kontakte. Aber wann, bitte schön, sollten die täglichen Aufgaben der Schiffsführung besprochen werden? Davon hatte Külper nichts gesagt.

Viet war der Appetit vergangen. An Essen mochte er im Augenblick nicht denken, dafür bereitete er sich auf die schwierige Fahrt ums Kap der Guten Hoffnung vor. Das lag gar nicht weit voraus, nämlich bei 34° 21´25´´ Süd, 18° 28´26´´ Ost. Während er über Karte und Büchern brütete, kam Lisette plötzlich auf ihn zu und versuchte ihn zur Rede zu stellen. »Was denken Sie sich eigentlich dabei, Kapstadt nicht anzulaufen? Können Sie mir bitte sagen, was diese Entscheidung zu bedeuten hat? Bei der Gelegenheit hätten wir endlich wieder frisches Wasser bunkern und Verpflegung übernehmen können!«

Das schlug dem Fass dann doch den Boden aus! Nein, Viet durfte und konnte dazu nichts sagen. Ganz offenbar hatte Külper, aus welchem Grund auch immer, ihm die Entscheidung angelastet. »Das müssen Sie mit Ihrem Mann, dem Kapitän, besprechen!« Was für eine seltsame Situation! Was für ein Spiel spielte der Kapitän? Lisette jedenfalls zog voller Wut auf ihn ab.

Plötzliche Aufregung an Deck lenkte Viet ab. Mannschaft und Passagiere starrten auf einen gigantischen Fisch, schrien aufgeregt und zeigten auf eine immer wieder auftauchende überdimensionierte Haifinne, so groß wie ein Wagenrad, aber deutlich in der Form, die man nur von Haien kennt. Sie war in vielleicht 200 bis 300 Meter Entfernung auszumachen. Die Schwanzfluke des Megafischs war mehr als 10 Meter von der Rückenfinne entfernt. Passagiere, die noch nie Haie gesehen hatten, zeigten sich weniger erschrocken als die Männer der CERES. Haie waren normalerweise nicht dermaßen groß! Was war das für ein Biest?

Zum Glück kam der Käpten darüber zu; und selbst er staunte nicht schlecht. Allerdings hatte er einen Verdacht. Er ließ sofort seine Frau rufen und begann, noch ehe sie da war, zu erzählen: »Von diesem Fisch hab ich neulich erst gelesen. Er wird von Wissenschaftlern als äh, als Ca... Ca... Carcharodon Megalodon oder so ähnlich bezeichnet.« Bei diesem schwierigen Namen kam er ins Stottern. »Das ist die größte Haiart, die es jemals auf Erden gegeben hat. Sie gilt seit der Vorzeit als ausgestorben. Bisher hat man nur Zähne und Knochen von diesem Giganten gefunden. Doch hier sehen wir, dass diese Spezies heute noch lebt. Wir alle hier an Deck können bezeugen, dass das Biest an die zwanzig Meter lang ist. Es soll sich von Walen, Seekühen, Kraken und Haifischen ernähren. Davon werde ich unserem Dienstherren Godeffroy umgehend schreiben.« Die Leute an Bord staunten über diese Sensation. Die Aufregung blieb noch eine ganze Weile lebendig.

Ein paar Stunden später bekamen Auswanderer wie Mannschaft Gelegenheit, das hohe Kliff am Südende der Kap-Halbinsel mit seinen vorgelagerten Felsbarrieren zu bestaunen. Es liegt etwa 25 Seemeilen südlich von Kapstadt und dem Tafelberg. Das Kap ist die stürmische Nase, mit dem die afrikanische Küste ihren Schwenk nach Osten beginnt und die Passage in den Indischen Ozean frei gibt. Unmittelbar vor der Küste konnte Viet die für Seefahrer gefährliche Felsenlandschaft erkennen, die sich unter Wasser weit ins Meer schob. Vor dieser Gefahr wurde immer wieder gewarnt. Denn die meisten Felsenriffe lagen nicht sichtbar unter Wasser. Sie ragten selbst bei Niedrigwasser kaum, manchmal auch gar nicht aus den Wellen. Wenn die Segler keinen weiten Abstand hielten, konnten sie – bei vorherrschend auflandigem Wind – auf die Küste gedrückt werden, gegen die Felsen prallen und unrettbar verloren gehen.

Die vielen hier untergegangenen Schiffe sprachen Bände. Und noch etwas hatte er erfahren: Hier war die Wahrscheinlichkeit, auf Monsterwellen zu treffen, größer als irgendwo sonst auf den sieben Weltmeeren.

Viet hatte schon am Tag zuvor die Anweisung von Külper erhalten, das Schiff ums Kap zu führen. Warum, wusste er nicht so genau, obwohl ihm aufgefallen war, dass der Alte nun ständig seine Augen auswischen musste. Aber das konnte ihn ja wohl kaum so stark beeinträchtigen? Viet hatte die Bark jetzt also übernommen. Gottlob konnten sie den südlichsten Punkt Afrikas tagsüber umrunden und nicht etwa bei Nacht. Davor hätte sich Viet gefürchtet. Bei Tageslicht war das Schiff besser zu übersehen und leichter zu manövrieren. Und nicht nur das.

Es wurde immer wieder davor gewarnt, dass in manchen Nächten ein gespenstisch erleuchtetes Schiff um das Kap der Guten Hoffnung schwirren würde. Der »Fliegende Holländer«, das Phantomschiff, das bis in die Ewigkeit verdammt ums Kap geistert. Viet lag eine Meldung der britischen Fregatte HMS INCONSTANT vor, die dazu folgende Beobachtung gemacht hatte: Um vier Uhr früh erschien vor deren Bug ein seltsames rotes Licht, wie von einem glühenden Geisterschiff, vor dem sich Masten, Spieren und Segel der etwa 200 Yards entfernten Brigg klar abzeichneten. Als sie sich von Backbord näherten, konnte der wachhabende Offizier auf der Brücke die Brigg ganz deutlich ausmachen, ebenso der Achterdeck-Fähnrich, der sogleich auf das Vordeck geschickt wurde. Doch als er dort ankam, war von einem körperhaften Schiff nichts mehr zu sehen. Nicht die Spur. Weder nah noch am fernen Horizont, obwohl die Nacht klar und die See ruhig war. Insgesamt 13 Personen hatten das Schiff gesehen. Am nächsten Morgen um 10.45 Uhr stürzte der Matrose, der den »Fliegenden Holländer« in den Nachtstunden als Erster ausgemacht hatte, von der Saling der Vor-Marsstenge und wurde völlig zerschmettert.

Man erzählte sich, dass die Mannschaft des Geisterschiffs aus höchst brutalen Kerlen bestehe. Ein einziger Blick auf sie genüge, um Böses nach sich zu ziehen. Manchmal lässt der »Fliegende Holländer« ein Beiboot zu Wasser, und eine Geisterhand überstellt Briefe, die alle – wie sich später herausstellt – an längst Verstorbene gerichtet sind. Die Briefe musste man mit Vorsicht behandeln. An den Mast nageln oder verbrennen. Denn sonst geschähe ein weiteres Unglück. Überhaupt galt die Begegnung mit dem »Fliegende Holländer« als düsteres Omen. Angeblich kündigte es den Untergang des Schiffs oder wenigstens ein bevorstehendes großes Unglück für seine Besatzung an.

Der CERES blieb eine Begegnung mit dem vermaledeiten Geisterschiff erspart. Die Passagiere aus dem Zwischendeck ahnten ohnehin nichts von dieser Legende. Sie waren ja Landratten. Dafür lieferten Seelöwen und Delfine eine abwechslungsreiche Unterhaltung, dazu unglaublich große Schwärme hungriger Möwen und Pelikane, die sich im Sturzflug in die kabbelige See stürzten, um Fische zu erbeuten.

Was Viet bei den Vorbereitungen zur Umrundung des Kaps erstaunte, war die Tatsache, dass das Sturmkap – so war es 1487 zu Recht von Bartolomeo Diaz genannt worden – nicht die südlichste Ecke Afrikas war. Das war Kap Agulhas, das Nadelkap. Später hatte der portugiesische König Johann II. dem gerade entdeckten Sturmkap den Namen »Kap der Guten Hoffnung« zuteil werden lassen. Denn er hoffte inständig, damit sei der Seeweg ins unermesslich reiche Indien gefunden und für den König selbst der Weg zu unglaublichem Reichtum zugänglich. So war es dann ja auch.

Nachdem auch Kap Agulhas achteraus im Glast der untergehenden Sonne versunken war, wurde von den dankbaren Passagieren eine Andacht gehalten. Abschließend sang man »Großer Gott, wir loben dich«. Es herrschte eine fröhliche Stimmung, denn mit der Umrundung Afrikas lag die Hälfte der Reise hinter ihnen.

Da das Barometer weiterhin auf »Hoch« stand, tummelten sich die Passagiere von morgens bis abends an Deck. Seit neuestem vergnügte sich eine Reihe Jungen mit einem Ball. Woher sie den plötzlich hatten, blieb ein Rätsel, aber Viet war froh darüber. Denn er wertete es als gutes Zeichen, dass sich die Passagiere an der frischen Luft bewegten, besonders die kleinen. Das stabilisierte ihre Gesundheit. Während eines dieser Spiele kam ein Vater aufgeregt auf ihn zu, er vermisste seinen Sohn, den kleinen Franz. »Seit einer Stunde suche ich den Bengel überall. Aber meinen Sie, ich finde ihn? Inzwischen mach ich mir große Sorgen.«

»Waren Sie schon im Zwischendeck?«, erkundigte sich Viet.

Selbstredend hatte Franzens Vater auch dort schon gesucht.

»Manchmal verstecken sich Jungen einfach nur, um Erwachsene zu necken oder zu beobachten. Lassen Sie uns deshalb noch mal runtergehen und beide Decks gründlich absuchen.«

Kaum waren sie im ersten Zwischendeck, kam ihnen Franz mit hochrotem Kopf entgegen, er wirkte verstört und scheu. Der besorgte Vater wollte zunächst schimpfen, nahm dann aber seinen vermissten Filius glücklich in die Arme und herzte ihn. Doch Viet war es, als habe er weitere Geräusche aus dem unteren Deck gehört. Deshalb stieg er tiefer hinab und begann auch die zweite Ebene abzusuchen. Noch während er dies tat, schlich sich eine Person die Leiter hinauf. War das nicht Ernst? »Halt! Bist du es, Ernst? Warst du etwa eben mit dem kleinen Franz hier unten?!«, begann Viet. »Ich wollt' den Jungen an Deck holen, weil er hier im dunklen Mief gespielt hat. Frische Luft ist doch viel besser für so einen kleinen Knirps!«, war Ernsts eilfertige Antwort. Ohne sich auf weitere Diskussionen einzulassen, packte Viet ihn am Kragen und schleppte ihn zu Külper. Der Fall war klar. Ernst hatte sich – trotz einer am Anfang der Reise ausgesprochenen klaren und sehr ernsten Warnung – an einem Jungen vergangen. Für diese fatale Neigung war er Viet leider schon von seiner ersten Fahrt mit der COMET bekannt. Der Kapitän entschied deshalb, dass der Matrose Ernst für die ganze nächste Woche jeweils drei Nachtwachen hintereinander Dienst tun müsse. Ohne Unterbrechung. Zwölf Stunden lang. Weil er so nicht in Versuchung käme, sich Knaben zu nähern. Tagsüber lief sein Dienst normal weiter. Also vier Stunden Wache, vier Stunden Freiwache. Weiter wurde er auf halbe Heuer gesetzt. Und im nächsten Hafen würde seine Heuer enden. Dann könne er sich ein neues Schiff suchen. Das waren Külpers Worte.

Die nächsten Tage brachten eine weitere sehr unangenehme Überraschung. Das Trinkwasser-Hauptfass war so gut wie leer. Jetzt musste

Wasser aus dem an Deck angelaschten Reservefass entnommen werden. Doch als der Smut den Behälter öffnete, staunte er nicht schlecht: Er war kaum mehr ein Viertel voll. Das Fass musste ein Leck haben, wodurch das kostbare Nass ausgelaufen war. Mit dieser Wassermenge würden sie auf keinen Fall bis Australien kommen. Das stand fest. Deshalb wäre es das Beste, Wasser auf Réunion zu übernehmen, denn dort konnte man die Quarantänezeit mit ein wenig Glück umgehen. Leider war das ein ziemlicher Umweg.

Viet ahnte, dass er wegen des Wasserverlusts den nächsten Ärger bekommen würde. Und richtig, der Anpfiff kam nicht nur vom Käpten, sondern in verschärfter Form von dessen junger Frau. »Jacob, ich hab ihn noch zur Rede gestellt, hab gefragt, warum wir nicht Kapstadt anlaufen. Weiter hab ich auf die Übernahme von Frischwasser hingewiesen. Weißt du, was er mir geantwortet hat? Ich soll dich fragen! Sag mal, ist er nun Steuermann auf diesem Schiff oder nicht?«

Külper hörte sich die Vorwürfe seiner jungen Frau an, während er in die Weite blickte. Sein Gesicht zeigte keine Regung, nur die Augen tränten. Viet entdeckte dabei zum ersten Mal die vielen Falten um seine grauen Augen und auf der Stirn und bekam ein wenig Angst vor seinen riesigen grauschwarzen Brauen, die die Augen wie graue Bürsten krönten. Er entdeckte einen dicken, schwarzen Mitesser über der Nasenwurzel, umgeben von gelber Haut. Zum ersten Mal nahm er auch die Haarbüschel wahr, die aus seiner Nase sprossen und in den Bart übergingen. Kurz gesagt, Viet bemerkte jetzt alles an Külper, was ihn unsympathisch machte.

Plötzlich kam Leben in das steinerne Kapitänsgesicht, und er legte nach: »Da hören Sie es, von Appen. Sogar meine Frau würde Ihre Aufgaben besser machen! Wie konnte es nur angehen, dass Sie sich noch nicht mal um unseren Wasservorrat gekümmert haben? Was machen Sie eigentlich den lieben langen Tag, Sie … Sie Heiopei!« Damit drehte er sich um und ging zum Ruder, während Viet wie ein begossener Pudel dastand. Heiopei. Das Wort saß. Das durfte er sich eigentlich nicht bieten lassen.

Die CERES nahm also Kurs auf Réunion, eine zum Archipel der Maskarenen gehörende Vulkaninsel, um die Wasservorräte zu ergänzen. Drei Wochen dauerte die Fahrt dorthin. Dabei herrschte eine unglaubliche Hitze, zumal hier auf der Südhalbkugel Hochsommer war. Zum Glück konnten sie wegen der meist ruhigen See die Luken des Skylights geöffnet halten, um Frischluft ins Zwischendeck zu leiten.

»Land in Sicht«, schallte es übers Deck, als der Ausguck die Spitzen des Pitou des Neiges sichtete. Immerhin war der Bergriese über 3000 Meter hoch und die Spitze des Pitou de la Fournaise mehr als 2500 Meter. Sie waren also kurz vor Réunion. Ein Aufatmen ging durchs Zwischendeck. Dass diese Ecke der Welt eine höchst gefährliche Zyklonregion war, in der Stürme von bis zu 300 Stundenkilometern keine Seltenheit waren, wo die Erde immer wieder bebte und wo es, wenn es regnete, gewaltig schütten konnte, wussten die Passagiere nicht. An keinem Ort auf dem Globus fiel mehr Regen an einem Tag als auf Réunion. Sie steuerten den im Süden der Insel liegenden Hafen SaintPierre an.

Bei den Passagieren war alles Ungemach der Seefahrt vergessen. Sie genossen das unvergessliche Bild, das sich ihnen beim Einlaufen in den Hafen bot. Dabei bemerkte kaum einer, dass der laue Wind manchmal aussetzte und das Schiff in den Momenten nicht mehr steuerbar war. In solchen Augenblicken überflutete Gluthitze das Deck, weil die Brise nachließ. Bald schien es, als würden sie Schiffbruch an der Hafenmole erleiden, so gefährlich nahe kamen sie ihr. Aber rechtzeitig setzten Strom und ein leiser Windzug wieder ein, und sie kamen frei. Am Nachmittag gingen sie im Hafen vor Anker. Külper ließ das Beiboot aussetzen, um sich bei den französischen Behörden zu melden und Proviant und Wasser zu kaufen. Zum Glück gelang es ihm dabei, die Maserntoten vom Anfang der Reise herunterzuspielen. Dabei halfen auch ein paar Scheine, die unter dem Tisch ihre Besitzer wechselten. So ersparte man sich die langwierige Prozedur der Quarantäne.

Im Stadtbild von Saint-Pierre waren nur wenige Europäer zu sehen. Meist begegnete man Indern oder Schwarzen aus Madagaskar und Ostafrika. Währenddessen setzte an Bord lebhafter Tauschhandel ein. Eingeborene kamen mit ihren Booten längsseits und boten Trockenfrüchte, Zuckerrohr und Kokosnüsse an. Im Tausch erhielten die Kreolen billigen Glas-Tand, der von einer deutschen Kirmes zu stammen schien. Zur Verständigung benutzte man die Fingersprache. Bald jedoch wurde das Beiboot wieder an Deck geholt. Sweet Potatoes und echte Kartoffeln, Fisch, Fleisch und was sonst noch angeboten wurde, gab es plötzlich reichlich zu essen. Nach der langen Zeit der Salzkost: ein Traum! Während sie ihre Mahlzeit an Deck einnahmen, sahen sie in den Kokospalmen um den Hafen Affen herumturnen.

Am nächsten Morgen wurde der Anker aufgeholt und die Segel gesetzt, nachdem die Mannschaft endlich eine ungestörte Bauernnacht hatte genießen können. Bauernnächte waren für Seeleute die Nächte, in denen nur ein oder zwei Mann Wache auf dem Schiff gingen, während alle anderen – vom Abend zum Morgen – ganz ohne Unterbrechung schlafen konnten.

Mit leichter Brise liefen sie aus dem Hafen. An einer besonders schwierigen Stelle allerdings, für die sie keine Spezialkarte besaßen, musste das Beiboot noch einmal zu Wasser gelassen werden und der CERES vorausrudern, um immer wieder die Tiefen zu loten. Was Kapitän Külper auf Réunion bewusst vergaß, war, Ernst abmustern zu lassen. Denn man hätte in den kaum 16 Stunden Aufenthalt keinen Ersatz für ihn finden können. Für den Törn nach Australien brauchte man einen Matrosen wie ihn. Ernst war froh, weiter an Bord bleiben zu dürfen, auch wenn er auf halbe Heuer gesetzt war.

Sie waren wohl den dritten Tag auf See, da setzten bei einer der beiden Schwangeren die Wehen ein. Viet hatte das erwartet und sich anhand seines Handbuchs vorbereitet. Immer wieder war er den Geburtsablauf durchgegangen. Die Drehung des Kindes, den Wehenbeginn, das Platzen der Fruchtblase ... Theoretisch wusste er alles. Doch er hatte keine Vorstellung, wie er sich in der Praxis verhalten müsse. Ihm war die Situation äußerst unangenehm. Doch dazu kam es nicht, denn es hatten sich ein paar Frauen aus dem Zwischendeck gemeldet: »Wir kümmern uns um die Entbindung. Darin haben wir Erfahrung. Einen Wunsch hätten wir allerdings: Ist es möglich, Ihre Kabine für die Wöchnerin zu benutzen?« Dagegen war nichts einzuwenden. Auf der COMET wurde das genauso gehandhabt, dass man Verletzte und Kranke in der Kabine des Steuermanns behandelte. Für die Zeit zog also Viet ins Mannschaftslogis vor den Mast.

Was er bei der Gelegenheit unter der Hand erfuhr: Auch Lisette, die Kapitänsfrau, war schwanger. Schon in der zehnten Woche. War er deshalb aus der Mittagsrunde ausgeschlossen worden? War das der Grund, warum sie in letzter Zeit so komisch zu ihm war? Vielleicht änderte sich das ja wieder nach der Geburt? Bei Schwangeren kam es bekanntermaßen zu starken Stimmungsschwankungen.

Die anstehende Geburt dauerte nicht lange, wenngleich die Schmerzensschreie der Gebärenden laut über das Schiff hallten. Das kannte er von zu Hause. Wenn es da eine Geburt gab, nahm das ganze Fischerhaus mit seinen acht Familien an den Vorbereitungen, den Abläufen und natürlich auch an allen Geräuschen des Ereignisses teil. Und hinterher feierte man gemeinsam den neuen Erdenbürger.

Nach ein paar Tagen konnte Viet zurück in seine Kajüte. Der dort geborene Junge wurde vom Käpten auf die Vornamen Heinrich Ceres getauft. Ceres nach dem Schiff, auf dem er zur Welt gekommen war. Zwei Wochen später begannen auch bei der zweiten Frau Wehen. Bei ihr viel zu früh. Es wurde eine sehr lange und schmerzvolle Geburt, an der wiederum alle akustisch teilhatten. Nachdem Mutter und Kind zu guter Letzt aber wohlauf waren, atmeten Mannschaft und Passagiere auf. Natürlich hatte Viet seine Kajüte auch für diese Geburt zur Verfügung gestellt.

Sie kamen in den Kalmengürtel, die windstille Region in Äquatornähe mit Treibhauswärme, blitzdurchglühten Nächten, bleigrau und ölig dünendem Meer und rauschenden Regenfällen. Die ersten Sturzbäche überraschten sie völlig unvorbereitet, so dass sie keine Maßnahmen treffen konnten, das kostbare Nass aufzufangen. Bootsmann Clasen versuchte noch, auf Deck stehendes Regenwasser mit Schaufeln in Eimer zu schippen. Doch dieses Wasser war ungenießbar. Da das Deck häufig von Seen überspült wurde, lag ein hauchdünner Salzfilm darauf und verdarb das Regenwasser.

Später fingen sie Regen in aufgespannten Segeln auf und kippten es in ihren Frischwassertank. Sobald es regnete, wurde gewaschen und gebadet, dass man den Eindruck gewinnen konnte, es seien Reinigungsorgien ausgebrochen.

Kaum war der Sturzregen vorbei, lag die Lufttemperatur wieder bei 40 Grad. Die brüllende Hitze und die atemberaubende Luftfeuchtigkeit lähmten jede Kreatur. Alles und jedes war glühend heiß. Die Türgriffe und Taue, die hölzerne Reling, die Zwischendecks und das Logis. In den Kojen stand die Hitze wie in einem Backofen. Decken und Kissen blieben feucht vom Schweiß der Schlafenden. Nichts wollte bei der hohen Luftfeuchtigkeit trocknen. Selbst das Meerwasser, mit dem die Schiffsjungen das Deck schrubbten, schien kochend heiß zu sein.

Endlich kam der Passat auf. Hell strahlte abends das Kreuz des Südens. Der Große Bär zog seine Bahn nur noch in ganz kleinen Bögen über den Horizont. Häufig fingen sie eine Hechtart, zu der die Matrosen »Silberschlange« sagten. Sie schmeckte recht gut. Ansonsten erhielt die Mannschaft, wie es die Seemannsordnung in ihrer Speiserolle vorschrieb, täglich ein Pfund Salzfleisch oder ein Dreiviertelpfund Salzspeck. Dazu Erbsen, Bohnen, Graupen oder Grütze. Kartoffeln und frisches Gemüse waren längst aufgebraucht.

An einem Sonntag trafen sie auf die englische Bark MAJESTY. Sie lagen beigedreht, und die Kapitäne verglichen mithilfe von Signalflaggen ihre Chronometer, ohne deren genaues Arbeiten eine exakte Navigation nicht möglich war. Viet ließ das Fernrohr des Alten nicht von den Augen. Denn er fand es zu spannend, wieder einmal andere Menschen als die vertrauten Gesichter der eigenen Mannschaft und der Auswanderer zu sehen. Darüber versäumte er seinen Freiwache-Schlaf.

Nachts wurde es windstill. Die fehlende Ruhe machte sich bei ihm bemerkbar. Er nickte auf Wache ein. Hein stieß ihn an. »Steuermann, Sie denken zu viel an zu Hause!« So formulierten sie es, wenn einer im Dienst geweckt werden musste.

Da Viet von Lisettes Schwangerschaft erfahren hatte, konnte er ihre Handlungsweisen besser verstehen. Nun war ihm auch klar, warum sie manchmal schon vor dem Frühstück an der Reling stand. Immer mit einem Taschentuch in der Hand oder vor dem Mund. Sie litt an der Übelkeit einer Schwangeren. Ohne Zweifel.

Von einem Tag auf den anderen lag Külper plötzlich krank in seiner Koje. Fiebrig und schweißnass. Lisette saß oft auf einem Stuhl neben ihm, tupfte den Schweiß mit ihrem Spitzentaschentuch von seiner Stirn oder reichte ihm einen Becher kalten Tee. Er konnte nur krächzend flüstern, als Viet zu ihm gerufen wurde. Und seine Augen tränten ununterbrochen. Nur so viel verstand der Steuermann: »Übernehmen Sie fürs Erste das Schiff, Steuermann!«

Woran mochte der Käpten leiden? Viet schaute in sein Handbuch, aber unter den Stichwörtern der Symptome wurden zu viele Krankheiten aufgeführt. Ob es etwas Ernstes war? Hätte Külper nicht schon vor Réunion erkranken können? Da gab es Ärzte. Aber nein! Gerade jetzt, während des längsten Törns auf See, konnten sie keinen Hafen anlaufen. Ausgerechnet auf diesem Trip musste er schwer erkranken!

Wieder dachte Viet an die Kunze und ihren Fluch. Ob was daran war?

Längst schon wehte kein Passat mehr. Dafür briste es frisch und stürmisch aus West und trieb eine lange, hohe Dünung vor sich her. Das ganze Jahr über wehte in diesen Breiten ein frischer westlicher Wind, der oft genug zu Sturm gedieh. Einige Kapitäne, deren Schiffe nach Osten bestimmt waren, nutzten diese starken Winde, auch wenn sie gefährlich waren. Absichtlich fuhren sie in diese stürmische Westwindregion, um glänzende Zeiten auf ihren Reisen nach Osten zu erzielen.

Das war die Zeit, in der Külper jämmerlich fror. Er lag im Fieber. Gegen den Schüttelfrost nützten auch die vielen Decken nichts, in die er eingewickelt war. Der Käpten brauchte dringend einen Arzt, wahrscheinlich starke Medikamente. Das wurde Viet mit jedem Tag klarer. Er musste so schnell wie möglich mit der CERES Australien erreichen. Das hieß: Er musste das große Risiko eingehen. Er musste die volle Kraft des Sturmes nutzen.

Viet gab das Kommando, alle Segel zu setzen. Und er genoss es, wie der Sturm in die Segel knallte, die CERES sich in den Wind legte, die Wellen schnitt und der Segler seinem Ziel entgegenjagte. Das Heulen des Sturms, das Rauschen der Wellen, das Knattern der Segel, das Sirren der zum Zerreißen gespannten Schoten, die zischende Gischt, es war Musik in seinen Ohren, wie ein riesiges Orchester. Ja, das war es, wovon schon Vater, erst recht Großvater gesprochen hatte, dieses unglaubliche Glücksgefühl, eins zu sein mit seinem Schiff und durch, nein, über das Wasser zu fliegen.

Sie waren ein gewaltiges Stück vorangekommen. Doch irgendwann legte sich der Sturm, ruhte die See, und der Weg bis an die Südostküste Australiens war noch immer unendlich lang.

Im Auswandererdeck gab es Grippe-Erkrankungen. Jeden Morgen wurden mehr Befallene gemeldet. »Die Leute haben einfach keine Widerstandskraft mehr. Kein Wunder bei dieser einseitigen Kost! Seit beinahe drei Monaten gab es weder Obst noch Gemüse zu essen. Ausgenommen auf Réunion!«

In der Tat, das war richtig. Außerdem gab es für Kranke keine leichte Kost. Sie mussten sich weiter mit Schiffsbrot und Speck begnügen oder ganz aufs Essen verzichten. Das galt auch für die kranken Kinder. »Kam doch neulich eine Mutter bei mir an und wollte Hühnersuppe für ihr krankes Kind! Manchmal glaube ich, die Leute spinnen. Ich kann doch nicht für über neunzig Leute ein Hühnervolk und vielleicht auch noch eine Kuhherde halten! Was denken die sich bloß!«, lamentierte der Smut. Die Mannschaft dagegen bekam regelmäßig Gemüse und Zitrusfrüchte, wenn auch nur in kleinen Portionen. Dadurch waren sie bisher gut über die Runden gekommen.

In den letzten Tagen hatten viele Passagiere zur Grippe Fieber und Schüttelfrost bekommen, schnieften und hatten Durchfall. Jetzt hieß es für Viet »Augen zu und durch«, denn helfen konnte man den Kranken nicht. So sah es auch Kapitän Külper. Beim morgendlichen Rundgang trat Ehrmann, der Sprecher der Auswanderer, vor Viet und meldete mit Grabesstimme: »Steuermann, ich hab eine traurige Nachricht: Heute Nacht ist eines der an Influenza erkrankten Kinder gestorben. Ein kleines Mädchen von elf Jahren. Ich fürchte, es wird nicht das einzige bleiben.«

Viet ging mit Ehrmann zu den Eltern des Kindes und kondolierte. Die zarte Kleine lag wächsern in ihrer Koje, Kerzen beleuchteten das traurige Bild. Frauen, Kinder und einige der Männer umringten das Totenbett – so gut es die beengten Raumverhältnisse zuließen. »Wegen der Andacht melden wir uns!« waren die leise gesagten Worte des Steuermanns, bevor er wieder zurück an Deck wollte.

Doch die Eltern mochten ihr verstorbenes Kind nicht der See übergeben, sondern wollten es in der gesegneten Erde eines Friedhofs zur letzten Ruhe betten. »Wie stellen Sie sich das vor? Hier gibt es kein Land, keine Insel, keinen Hafen. Und der Körper Ihres Kindes verwest bei den tropischen Temperaturen ganz schnell. Deshalb müssen wir Ihre Tochter – so leid es mir tut – heute noch der See übergeben.«

Doch die Eltern wollten das nicht einsehen, hielten ihn wieder und wieder mit der Forderung auf, die Tochter in einem Erdbegräbnis zu bestatten. Schließlich gelang es Viet, die Eltern mit einem anderen Vorschlag umzustimmen: »Ich denke, wir sollten den Chor bei der Aussegnung singen lassen. Vielleicht: Näher, mein Gott, zu dir?« Dazu wolle er gleich mit dem Kantor sprechen.

Er erstattete dem Kapitän an dessen Koje Rapport. Der nahm die Nachricht mit düsterem Gesicht zur Kenntnis. Noch während der Andacht für das kleine Mädchen wurde Viet überbracht, dass ein weiterer Todesfall zu beklagen war: Diesmal handelte es sich um einen älteren Mann, der abberufen worden war. In den Tagen darauf starben zwei weitere Personen, die mit Andachten und dem immer besser singenden Chor der See übergeben wurden. Allmählich war die Abschiedszeremonie zur traurigen Routine geworden.

Der Anblick der ersten Albatrosse hob die Stimmung ein wenig. Ohne jeden Flügelschlag glitten sie dahin. Ihre schmalen, eleganten Schwingen waren gestreckt, der Kopf mit dem hakenförmig gebogenen Schnabel ragte beim Fliegen weit vor. So segelten sie über dem Schiff. Sie schienen sich nicht im Geringsten zu bewegen. Aufmerksam beobachteten ihre bernsteinfarbenen Augen die Vorgänge an Deck. Ohne Flügelbewegung jagten sie dahin, kreuzten den Steven in weitem Bogen, kehrten in hinreißendem Schwung zurück und strichen so tief über das Heck, dass man sie beinahe mit der Hand fassen konnte. Ein Bild vollendeter Meisterschaft.

Woher mochte der Glaube stammen, dass die Seelen ertrunkener Seeleute in Albatrossen weiterleben? Vielleicht hatte das ein Zeitungsschreiber erfunden, nur um sich mit einer Sensation zu brüsten? Auf jeden Fall lachten Janmaaten über solchen Unfug. Manchmal spaßten sie sogar, wenn sie einen alten, grauköpfigen Albatros neben ihrem Schiff vorübergleiten sahen: »Dat is ’nen ollen Kaptein west und de Lütt dor boben sien Schippsjung.« Doch das hinderte sie nicht, bei Gelegenheit einen oder zwei zu fangen und als »Gänsebraten« zu verspeisen.

In den nächsten Tagen wehte es mit orkanartiger Stärke. Bei solchem Wetter durften unerfahrene junge Leute nicht ans Ruder, denn die hinter dem Schiff herlaufenden Seen drückten mit Urkräften auf das Ruderblatt. Deswegen bedurfte es aller Geschicklichkeit und Erfahrung, den unglaublich starken Stößen des Steuerrades zu widerstehen. Schon mancher Rudergänger war vom herumwirbelnden Rad erfasst und emporgeschleudert worden, um auf der anderen Radseite nach unten gerissen zu werden und mit zertrümmertem Schädel liegen zu bleiben.

Vier Tage lagen sie unter Sturmsegeln beigedreht. Dann kam eine bessere Zeit, deren Höhepunkt der Heilige Abend mit Kuchen und Glühpunsch war. Doch in der Heiligen Nacht jagten abermals pfeilschnelle Wolkenfetzen vor die blanke Mondscheibe. Und der Christmorgen war noch nicht angebrochen, da raste der Sturm wilder als je zuvor. Das lange geübte Weihnachtssingen fiel aus.

Doch auch der längste Sturm flaut irgendwann mal ab. Am Silvesterabend saß die Mannschaft vergnügt beim Bier, das vom Käpten gestiftet worden war. Der Neujahrstag war ein Sonntag. Die Luft war lind, Meer und Himmel blau. Schwärme fliegender Fische blinkten vor dem Steven, als hätte jemand eine Handvoll Brillanten in den blauen Grund geworfen. Alle Gesichter strahlten. Die Auswanderer sangen unter Rottweils kundiger Leitung Weihnachtslieder, und die Janmaaten machten sich an die Zeugwäsche, wie es sich für ordentliche Seeleute an Sonntagen gehört. Und wer keine Seife und keinen Tabak mehr besaß, dem halfen Kameraden aus.

Einen Tag später kam Bootsmann Clasen und meinte, er könne schon Land riechen. Richtig – die sinkende Sonne beschien an Backbord einen niedrigen violetten Streifen: die australische Küste. Nachts sahen sie Feuer und Rauch über Land. Es mochte ein Buschbrand sein. Sie liefen weiter südlich von Australien. Schwere Gewitterschauer begleiteten sie. Nun steuerten sie nach Norden. Von Tag zu Tag wurde es wärmer. Mit großen Augen starrte Viet auf die Seekarte, auf der sich das gewaltige Ausmaß des australischen Kontinents zeigte. Ein paar Tage später ging es vorbei an ausgedörrten Inseln und weiß schimmernden Riffen, über denen milchig und zart die Brandung wogte. Nach 23 weiteren Tagen und Nächten war es so weit. Sie hatten das erste Ziel ihrer Reise erreicht: die Bucht von Sydney. Und gottlob: Der Käpten zeigte sich an Deck!

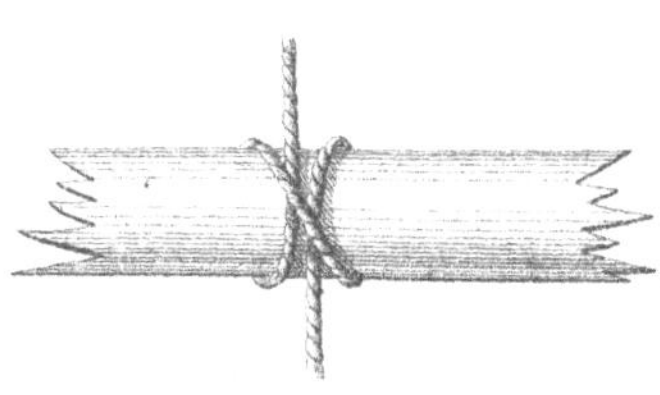

JOHANNES KALDEWEI AUS RÜGENWALDE

Als Viet eines Abends seinen regelmäßigen Gang ins Zwischendeck machte, sprach ihn eine junge Frau an: »Guten Abend, Herr Steuermann. Können Sie bitte mit zu meinem Bruder kommen? Ich fürchte, er ist sehr krank!« Also stieg Viet über Koffer und Bündel, um zu Johannes Kaldewei aus Rügenwalde zu gelangen. Der korpulente Kaldewei lag apathisch auf der oberen Koje eines Stockwerkbetts und stöhnte.

»Johannes, der Steuermann ist jetzt da und will schauen, was du hast!« Hannes schlug die Augen auf. »Ist 'ne Unpässlichkeit, weiter nichts. Hab mir den Magen verdorben! Meine Schwester macht viel zu viel Lärm darum.«

»Nein, Herr Steuermann, mein Bruder hat seit vorgestern Schmerzen. Erst um den Nabel, dann im rechten unteren Bauch! Da sitzt doch nicht der Magen! Außerdem hat er Schmerzen beim Gehen, und ihm wird immer wieder übel.«

Viet schaute sich den stämmigen Mann an. »Alles Quatsch. Ich hab Kopfweh!«, kam es von Kaldewei. Doch Viet drückte ihm unverhofft auf die Stelle, die ihm auf der Seefahrtsschule gezeigt worden war. Der Dicke krümmte sich und schrie: »Mann, sind Sie wahnsinnig?«

»Blinddarmentzündung!«, diagnostizierte der Steuermann und kratzte sich am Kopf. Das hatte ihm noch gefehlt. Er wusste, dass er nicht helfen, sondern nur beten konnte. »Am besten kommt er zu mir in die Steuermannskajüte! Dann schauen wir mal, was wir für Ihren Bruder machen können. Das wird schon wieder!«

Die Geschwister Kaldewei kamen aus Hinterpommern. Östlich von Stettin an der Ostsee lag ihr Heimatstädtchen Rügenwalde, bekannt für deftige Wurstwaren. Jetzt wollten beide nach Australien. Als frischgebackener Fleischermeister sah er dort gute Chancen für sich und seine Schwester. Er würde schlachten und erstklassige Wurstwaren herstellen und sie seine Fleischwaren verkaufen und die Buchführung machen.

»Ich heiße Else Kaldewei und bin Johannes' Schwester.« Sie knickste höflich und fuhr dann fort, nicht ohne sich eine blonde Strähne aus dem breiten Gesicht zu streichen: »Meinen Sie wirklich, Herr Steuermann, dass mein Bruder was Ernstes hat?«

»Nun, mit einer Blinddarmentzündung ist nicht zu spaßen! Aber ich hoffe, dass er sie gut übersteht. Helfen können wir ihm im Augenblick nicht – nur abwarten.« Viet klopfte ihr ermutigend auf den Arm und ließ ein »Schaffen Sie Ihren Bruder zu mir in die Kajüte. Vielleicht geht es ihm morgen früh schon besser!« vernehmen, um seinen Rundgang übers Deck fortzusetzen. Als er nach Wachende wieder vor seiner Kajüttür stand, hörte er den Fleischermeister stöhnen. Behutsam öffnete er deshalb die Tür.

Johannes Kaldewei lag mit schmerzverzerrtem Gesicht auf der Koje und presste die Hände auf den Bauch. Während sich Viet leise ein Wolldeckenlager für seine Freiwache auf dem Fußboden bereitete, fing Kaldewei plötzlich an zu reden:

»Wissen Sie, mein Leben ist bisher sehr zufriedenstellend verlaufen. Meine Eltern haben eine gut gehende Fleischerei in Pommern. Ich selbst hab das Handwerk natürlich auch erlernt. Danach wurde ich zu den Preußen nach Kolberg gezogen. Nach dem dreijährigen Militärdienst stieg ich in den elterlichen Betrieb ein. Den hatte mein ältester Bruder damals schon übernommen. Als Geselle hätte ich bei ihm bis ans Lebensende arbeiten können. Nicht aber als Meister. Denn für einen weiteren Meister – neben Vater und Bruder – gab es in unserer Firma keinen Platz.«

Der Mann wollte ganz offenbar, dass jemand seine Geschichte hörte. Doch vielleicht ging es auch um etwas anderes? Viet hörte weiter zu:

»Da ich mich aber mit meiner Schwester schon immer gut verstanden habe und wir gemeinsam viele tolle Ideen hatten, wollten wir die auch verwirklichen. Beispielsweise was die Arbeitsabläufe in der Fleischerei betrafen. Und politisch träumten wir von einem demokratischeren Preußen. Doch das alles behielt man besser für sich, um weder in der Familie noch bei der Regierung in Stettin anzuecken. Das waren die ausschlaggebenden Gründe, warum sich Else und ich entschlossen haben, unser Glück auf dem Fünften Kontinent zu suchen. Eine Anzeige im ›Tageblatt‹ hatte uns darauf gebracht.«

Kaldewei drehte sich zu Viet, um ihn anzuschauen. Das konnte er im Augenblick schmerzfrei machen: »Der Weg mit der Bahn von Rügenwalde über Stettin nach Berlin und weiter nach Hamburg war ganz schön umständlich. Aber immerhin, früher hätten wir die Strecke laufen müssen, wie es Vater auf seiner Wanderschaft gemacht hat. Und da wir schon drei Tage vor Abfahrt der CERES in Hamburg eintrafen, konnten wir die Zeit bis zur Abreise des Schiffs in einem Logierhaus für Auswanderer wohnen. Das war im Passagepreis inbegriffen. Dort hingen auch die Regularien zur Behandlung von Auswanderern. Hier, müssen Sie mal lesen. Und hinterher sagen Sie mir dazu Ihre Meinung.«

Seltsamerweise trug Kaldewei das Papier bei sich. Zwanzig Paragrafen umfasste das »Regulativ zum Schutz der Auswanderer« vom 26. August 1852. Die Verordnung war immer noch gültig. Er überflog die ersten, wenig verständlich formulierten Absätze. Bis ins Kleinste regelten sie Einzelheiten für die Beförderung von Auswanderern auf Dampf- und Segelschiffen. Das war wohl auch nötig, denn viele Reedereien transportierten die aus ihrer Heimat Fortgehenden unter hanebüchenen Umständen. Viet las Paragraf 9 der Regularien. Der schrieb die Zahl der Auswanderer pro Schiff fest:

»Für jeden Zwischendeckspassagier muss ein Raum von mindestens 12 Quadratfuß (1¼ qm) Fläche im Passagierdeck zur Verfügung stehen. Die Höhe des Zwischendecks muss mindestens 6 Fuß (1,80 m) messen und der Fußboden mindestens 1½ Zoll dick sein. Die Kojen müssen mindestens 6 Fuß Länge im Lichten und die Vier-Mann-Kojen mindestens 6 Fuß Breite im Lichten haben. Es dürfen nicht mehr als 2 Kojen übereinander angebracht sein und zwischen den Schlafstellen keine Güter gelagert werden! Das Zwischendeck muss durch zwei starke Laternen gut beleuchtet sein. Außerdem muss für hinreichende Ventilation gesorgt werden. Befinden sich mehr als 125 Auswanderer an Bord, müssen mindestens vier Privets (Toiletten) vorhanden sein.«

Paragraf 10 bestimmte, dass der Beförderungsübernehmer für »hinlänglichen« Proviant zu sorgen habe, und zwar »für die wahrscheinlich längste Dauer der Reise«. Für eine Reise nach Ozeanien waren nach Verordnung als Minimum pro Person an Proviant mitzunehmen: Gesalzenes Ochsenfleisch 75 Pfund, gesalzenes Schweinefleisch (Speck) 30 Pfund, Weißbrot 150 Pfund, Erbsen, Bohnen, Graupen, Reis, Pflaumen, Sauerkohl zusammen 105 Pfund und so weiter.

Natürlich sollte ein »hinreichendes Quantum an Medikamenten für Kranke und Kinder« mitgeführt werden, aber auch Geschirr, Besteck, Hausrat, ja und »Kochapparate und Feuerung zum Kochen«, Essig zum Ausräuchern der Zwischendecks und vieles mehr.

Viet faltete das Blatt nachdenklich zusammen und gab es zurück an Kaldewei. Der schaute ihn fragend an. »Was wollen Sie jetzt von mir hören?«, fragte ihn Viet.

»Ich hab das Plakat damals heimlich von der Wand unseres Logierhauses gerissen und in die Tasche gesteckt. Wer weiß, wozu man das noch mal brauchen kann, hab ich mir gesagt. Darauf steht ja auch, dass es in jedem Hafen, von dem Auswanderer zu anderen Kontinenten aufbrechen, eine Behörde für das Auswanderungswesen geben muss. Diese Behörde muss im Abfahrtshafen auch für die Unterbringung der Leute in einem Logierhaus sorgen.

Und was wird uns von den genannten Annehmlichkeiten an Bord der CERES geboten? Drei Monate lang ein armseliger kalter Fraß. Ein schlimmes Verlies, das sich in den Tropen in eine wahre Bruthölle verwandelt hat. Keine Frischluft, kein Sonnenlicht und ein viel zu enges Lager, das man mit anderen teilen muss. Zwei Scheißhäuser für beinahe hundert Passagiere, die mitten im Schlafsaal eingebaut sind. Keine einzige Beförderungsvorschrift der Auswanderungsbehörde wurde hier auf diesem Schiff umgesetzt. Verklagen sollte man Ihren Kapitän. Aber wer will das schon von Australien aus machen, wo man nach Ankunft erst einmal damit beschäftigt ist zu überleben.«

Kaldewei bekam abermals Schmerzen. Er stockte, hielt inne. Als der Schmerz nachließ, setzte er das Thema fort: »Die Verwendung eines zweiten Decks unter dem oberen Zwischendeck, ich glaube, das nennt man Orlop-Deck, ist meines Erachtens auch nicht zulässig. Daran hat man sich ganz offensichtlich nicht gehalten.

Ja, und wenn wir in Australien ankommen? Sydney heißt doch die Stadt, in der wir landen, oder so?« Er konnte den Namen noch nicht richtig aussprechen. »Zunächst werden wir Englisch lernen. Vielleicht können wir das in einer Fleischerei oder wie immer die dort heißt? Englisch lernen und gleichzeitig Geld verdienen, das ist mein Plan für die ersten Wochen. Und danach werden wir uns so schnell wie möglich selbstständig machen! Wie gut, dass Else mitgekommen ist. So können wir uns gegenseitig helfen. Und noch besser ist, dass wir ungebunden sind. Blut ist eben dicker als Wasser.«

Viet bat jetzt um Ruhe und musste schnell eingeduselt sein.

Er wurde davon geweckt, dass sich der Kranke stöhnend meldetete: »Das ist vielleicht ein Mist!«, kam es gepresst. »Jetzt tut es wieder beschissen weh!«, und dabei krümmte er sich. »Aber sagen Sie nichts davon zu meiner Schwester! Die macht sich sonst nur unnötige Sorgen!« Und dann sagte er: »Wenn mir jetzt was zustößt, Steuermann, bitte ich Sie: Kümmern Sie sich um meine Schwester!«

Die inhaltsschwere Bitte wiederholte Kaldewei in der nächsten Stunde drei Mal. Er lag weiter im Fieber, hatte Schweißperlen auf der Stirn.

Bootsmann Clasen klopfte an die Tür und rief: »Steuermann, das Leuchtfeuer von Sydney kommt in Sicht! Nur dass Sie Bescheid wissen!«

Viet registrierte es, blieb aber bei Johannes Kaldewei. Das Leben des großen, schweren Mannes ging so kurz vor Ankunft im gelobten Australien seinem Ende entgegen. Viet wollte ihn in seiner letzten Stunde nicht allein lassen, versprach Kaldewei erneut, sich um Else zu kümmern. Der Dicke sah ihn mit unendlich langem, traurigen Blick an, als Viet dies erneut versprach. Es war sein Abschiedsblick. Er war tot.

Nachdem er noch eine Zeitlang bei dem Toten gesessen hatte, ging Viet raus zum Rudergänger. Es war höchste Zeit, das Schiff vorbei an den Sydney Heads in den Hafen zu führen. Gerade liefen sie in den Parramatta River ein, an dem die australische Metropole lag.

Als Viet beim Rudergänger ankam, stand der Lotse neben dem Käpten. Letzterer war noch ein wenig wackelig auf den Beinen. Viet meldete ihm: »Der Blinddarm ist eben gestorben! So kurz vor dem Ziel!« Külper schwieg mit zusammengekniffenen Lippen. Er wusste, dass das ein weiterer Grund sein würde, ihnen eine lange Quarantänezeit aufzubrummen.

»Und wie geht's Ihnen, Käpten?«

ANKUNFT IN SYDNEY

Kaum war der Anker gefallen, kamen Beamte der Hafen- und Migrationsbehörde an Bord. Nachdem sie von Maserntoten und dem eben verstorbenen Kaldewei gehört hatten, verhängten sie eine vierwöchige Quarantäne über das Schiff, das daraufhin zum Quarantäneliegeplatz verholen musste. »Und was machen wir mit dem Toten?«, fragte Külper die Männer der Hafenbehörde genervt. »Darf wenigstens er zur Beerdigung an Land gebracht werden?« Nein. Auch der Leichnam musste die nächsten vier Wochen an Bord bleiben. Und das bei der brüllenden Hitze.

Beim Einlaufen in den Parramatta River waren die Auswanderer noch aus dem Häuschen gewesen. Australien. Das gelobte Land. Ein Ostpreuße fing an zu singen: »Land der dunklen Wälder und kristallnen Seen«. Andere fielen ein, bis ihnen aufging, dass das Lied nun wirklich nicht zu ihrer neuen Heimat passte. Trotzdem, nach über drei Monaten auf See waren sie am Ziel.

Sie konnten das Land ihrer Träume fast schon berühren, sahen nicht nur die vielen kleinen Boote, die den Fluss belebten, sondern konnten Spaziergänger, Pferdewagen und Kutschen beobachten und auch hören. Sie rochen den fünften Erdteil, studierten die am Ufer stehenden Häuser und deren Bewohner, erlebten Arbeiter, die ihrem Tagewerk nachgingen. Selbst Liebespaare konnte man sehen. Sie dagegen waren ausgesperrt. Durften nicht in das auserkorene Land. Mussten auf diesem verdammten Schiff mit dem verwesenden und stinkenden Leichnam Kaldeweis ausharren. Dazu war es heiß, so heiß, dass der Aufenthalt an Deck auch nur frühmorgens und ab Spätnachmittag zu ertragen war.

»Gottlob wissen sie noch nicht, dass sie danach für weitere vier Wochen ins Gefängnis von Fort Denison zur Überprüfung von Personalien und Gesundheit kommen werden! Sonst würden sie anders denken! Gemeinhin werfen die Kolonialbehörden alle aus England hergeschafften Diebe, Hehler und Betrüger in diese Festung, um sie zunächst schmoren und dann erst zum Aufbau des Landes rauszulassen. Das Gleiche machen sie mit den Einwanderern auch!«, raunte Külper, der jetzt öfter an Deck kam.

Immerhin ordnete der Käpten an, das Deck durch ausgespanntes Segeltuch weitgehend vor direkter Sonneneinstrahlung zu schützen. Und Rottweil ließ wieder singen, um den ungeduldigen Auswanderern die Zeit zu vertreiben. Adventslieder, Weihnachtslieder und alles, was man sonst noch geübt hatte. »Geh aus, mein Herz, und suche Freud in dieser schönen Sommerzeit«. Immerhin, das war passend. Die Australier freuten sich am schönen Gesang, der vom Schiff zu ihnen herüberklang.

Es war die dritte Nacht, in der sie vor Anker lagen, da hämmerte die Wache an Viets Kabinentür. »Steuermann, schnell! Kommen Sie! Dringend!« Viet sprang in seine Hose und lief an die Reling, wo der wachhabende Hein Lindemann auf etwas Dunkles im Wasser zeigte, von dem deutsche Hilfe-Rufe kamen. »Ich glaub, jemand hat unser Boot geklaut und ist damit abgehauen!«, meldete Hein. Sie hörten andere Boote, die eilig auf das Ereignis zuruderten. Doch das Geschehen blieb für Hein, Viet und den ebenfalls hinzutretenden Kapitän undurchsichtig. Nur eines war klar: Es war ihr Beiboot, das fehlte. Das musste dort drüben beteiligt sein. Und es wurde in deutscher Sprache um Hilfe gerufen. Der immer noch kränkelnde Külper verabschiedete sich nach einigem Zuwarten mit den Worten: »Wenn Sie Näheres wissen, informieren Sie mich, Steuermann!«

Der wollte abwarten, bis es hell würde. Doch dann löste sich eines der Ruderboote und kam auf die unter Quarantäne liegende CERES zu. Viet ließ sich eine Laterne reichen und fragte in holprigem Englisch, was passiert sei. Im Licht der Petroleumlampe erkannte er neben den Ruderern zwei Personen, die tropfnass im Heck des Bootes hockten. Von einem der Ruderer erfuhr er: Sechs ihrer Auswanderer hatten sich des Beiboots bemächtigt, um im Dunkel der Nacht und gegen alle Verbote australischen Boden zu betreten.

Ein hinzutretender Zwischendecker berichtete Viet, dass die sechs in der nächstbesten Pinte ein Bier trinken wollten. Damit hatten sie gestern Abend jedenfalls geprahlt. Dass dieses Abenteuer wegen der beschränkten Öffnungszeiten australischer Pubs nicht möglich war, wussten sie natürlich noch nicht. Da die Ausreißer übermütig und außerdem ungeübt im Rudern waren, bekamen sie Probleme. Zumal sie allerhand Unsinn auf dem Boot trieben. Jedenfalls kenterte der Kahn. Die beiden Geretteten hatten sich am Kiel festhalten können. Die anderen waren vermutlich ertrunken. Oder waren sie Opfer eines Haiangriffs geworden? Genaueres konnte man im Augenblick noch nicht sagen. Viet unterrichtete den Käpten. Dem war klar, dass eine gepfefferte Strafzahlung und viel Ärger auf ihn zukommen würden. Denn die sechs hatten gegen die australischen Einwanderungs- und Quarantänebestimmungen verstoßen. Da kannten die hiesige Behörden keinen Spaß.

Wie immer bei allen düsteren Ereignissen während dieser Reise musste Viet auch jetzt wieder an den Fluch denken, den die Kunze vor Auslaufen über die CERES und ihren Kapitän ausgestoßen hatte. Hatten sie deshalb so viel Pech auf der Reise?

Der Steuermann hatte jetzt mehr als genügend administrative Arbeiten zu erledigen, die durch die Ausreißer, die Todesfälle an Bord sowie die Quarantäne verursacht waren. Er konnte das Versprechen deshalb nicht einlösen, sich um die hinterbliebene Else zu kümmern.

Nach vier Wochen durften sie endlich an eine Pier verholen. Vertreter der Einwanderungsbehörde kamen an Bord – begleitet von mehreren Soldaten – und gaben ihre Anweisungen, die Viet für die Passagiere übersetzen musste. Die Anwärter für eine Einwanderung sollten Ruhe bewahren. In wenigen Stunden würden sie abgeholt und könnten mit ihrer gesamten Habe das Schiff verlassen. Sie würden zum Überprüfen ihrer Papiere und Gesundheit zum Fort Denison geleitet, wo sie auf die Einwanderung vorbereitet würden.

Der stark aufgedunsene Leichnam Kaldeweis wurde von einem Bestatter abgeholt. Aus den Augenwinkeln sah Viet Else tränenüberströmt dem Sarg folgen.

Am Nachmittag waren die Zwischendecks geräumt, bis auf die beiden Ausbüxer, denen die Einreise nach Australien auf Lebenszeit verboten war. Welch ungewohnte Stille lag über dem Schiff. Die Mannschaft hatte keinen Dienst. Nach der vierwöchigen Quarantäne hatten die Männer nichts Eiligeres zu tun, als auf dem schnellsten Wege die Stadt Sydney mit ihren Verlockungen unsicher zu machen. Sie verließen das Schiff in Hochstimmung.

Ganz anders als die Auswanderer, die von ihren Lasten gebeugt, von einem Zug Soldaten eskortiert, den Weg in eine immer noch ungewisse Zukunft antraten. Die Information, dass es von ihren Papieren und ihrer Gesundheit abhinge, ob sie in Australien willkommen geheißen würden, hatte die Leute total verunsichert.

»Und was passiert mit denen, die abgelehnt werden?« Mit dieser Frage kamen etliche zu Viet. Er fühlte mit ihnen. Denn er hatte die Passagiere während der langen Reise kennengelernt – in guten wie in schlechten Tagen. Wie wacker hatten sie die vielfältigen Entbehrungen ertragen: Enge, Hunger, Durst, Krankheiten und Todesfälle. Wie großartig hatten sie zusammengehalten, so wunderbar gesungen, sich organisiert und immer wieder gegenseitig gestützt, wie zum Beispiel die Geburtshelferinnen oder wie gerade im aktuellen Fall: Einer der übermütigen und dann ertrunkenen Männer hatte seine junge Frau und Mutter von zwei Kleinkindern zur Witwe gemacht. Am Morgen hatte sie aller Mut verlassen. »Wie soll ich es allein schaffen, im fremden Land zurechtzukommen!«, klagte sie und wollte an Bord bleiben. Das aber ließen die anderen nicht zu, besonders ein älteres Ehepaar meinte: »Du bleibst bei uns. Wenn du magst, möchten wir für deine Kleinen die Großeltern sein.«

Zu seiner Verwunderung stellte Viet fest, dass ihm »seine Passagiere« jetzt schon fehlten. Trotzdem wünschte er allen, dass sie von den Behörden akzeptiert und nicht zurück aufs Schiff gebracht würden. Während er noch den Kopf hängen ließ und sich seinen Gedanken hingab, wurde er angesprochen: »Können Sie mich wohl nach Hamburg mitnehmen?«

Schon ein zurückgeschickter Fahrgast?, fragte Viet sich automatisch und blickte auf. Dann erkannte er die blonde Else Kaldewei, um die sich zu kümmern er versprochen hatte. »Hat die Einwanderungsbehörde Sie etwa abgewiesen? – Das tut mir aber leid!«

Doch die junge Frau schüttelte den Kopf und erklärte, seit dem Tod ihres Bruders habe sie nur den einen Wunsch: zurück. Zurück nach Rügenwalde. Ohne ihren Bruder sehe sie für sich keine Zukunft in Australien.

»Haben Sie sich das wirklich gut überlegt? Ich weiß nicht, ob das auf unserem Schiff überhaupt möglich ist, Fräulein Else. Wir haben schon zwei weiße Passagiere, die Überlebenden des Bootsunglücks.

Außerdem werden wir mehr als hundert Kanaken im Zwischendeck nach Melanesien bringen. Ich glaube, es ist besser, Sie sprechen mit Kapitän Külper. Der kann Ihnen eine verbindliche Antwort geben.«

»Ich hab da noch was auf dem Herzen! Haben Sie einen Augenblick Zeit?« Sie hatte ihre Stimme gesenkt. Viet stand kurz auf und wies auf den Platz neben sich. Else benötigte einige Momente der Sammlung, um mit einem Stoßseufzer zu beginnen:

»Wissen Sie, mein Gewissen quält mich Tag und Nacht. Denn es ist auf der CERES etwas Furchtbares geschehen. Wir hatten uns vor unserer Abreise in Hamburg mit diesem Ehepaar Kunze angefreundet, das dann doch nicht mitgekommen ist. Ein paar Gründe kennen Sie ja. Mehr als drei Tage wohnten wir zusammen im Auswandererlogis und wollten Hamburg gemeinsam erkunden. Sie waren zunächst im Auswandererzug ausgeraubt worden, hieß es. Da der Zug übervoll mit Reisenden aus Russland, Polen, Galizien, der Ukraine und Österreich-Ungarn und natürlich auch aus allen deutschen Gauen war, lag die Vermutung nahe, wo der Diebstahl passiert sein könnte. In dem Gedränge war vieles möglich gewesen. Die Fahrt hatte den Kunzes viel Angst gemacht, zum ersten Mal in ihrem Leben hatten sie in einem Feuer und Rauch speienden Lindwurm gesessen.

Im Logierhaus erlebten sie die nächste Katastrophe, als ihnen zu verstehen gegeben wurde, dass sie viel zu viel Gepäck bei sich hätten. ›So viel dürfen Sie keinesfalls mitnehmen!‹, hieß es. Deshalb mussten wir ihnen helfen, viele ihrer armseligen Habseligkeiten zu verkaufen, besser gesagt: verschleudern. Gottlob hatten sie keine Tiere dabei wie eine andere Familie, die mit ihrer Kuh nach Amerika auswandern wollte.

Ihr Australientraum hatte sich immer mehr in Luft aufgelöst. Das hat meinen Bruder und mich tief bewegt. Als sich später herausstellte, dass Wenk der Dieb ihres Geldes war, beschloss Johannes, ihm einen kräftigen Denkzettel zu verpassen. So war er nun mal. Jetzt, wo er nicht mehr lebt, kann ich das ja sagen.

Tagelang hat er ihn beobachtet. An dem Tag, als Wenk verschwand, ist Johannes früh an Deck, hat sich umgeschaut und außer dem knienden Dieb nur den Rudergänger gesehen. Dann hat er so getan, als binde er seinen Schuh zu, und ist geduckt in Wenks Nähe geschlichen. Der musste das Deck auf allen vieren abschleifen und war so mit seiner lärmenden Tätigkeit beschäftigt, dass er weder etwas sah noch hörte. Mein Bruder ist von hinten an ihn ran, hat sich einen dort steckenden Stock gegriffen und ihm über den Kopf gezogen. Er ist wohl gleich bewusstlos gewesen und in diesem Zustand in das Loch in der Bordwand gekippt. Von Panik ergriffen, hat Johannes ihn mit einem letzten Stoß ins Meer befördert. Keiner hat davon was mitgekriegt. Ich selbst hab das alles auch erst sehr viel später von meinem Bruder erfahren.«

Viet war überrascht von dieser Mitteilung, obwohl er einen ähnlichen Tatablauf ja schon vermutet hatte. So mochte es gewesen sein. Else sagte ganz offensichtlich die Wahrheit. Der »Stock« war ein Belegnagel und das »Loch in der Bordwand« ein Speigatt. Alles das passte zu seinen Vermutungen.

»Ich musste das endlich loswerden, denn Sie glauben nicht, wie sehr mich die Tat meines Bruders belastet! Auch wenn ich selbst nicht dabei war, jede Nacht erscheint das Bild von Wenk vor meinen Augen, und ich erlebe, wie er besinnungslos im Meer versinkt. Ich hab Johannes natürlich die schwersten Vorwürfe gemacht, aber da war die Tat nicht mehr rückgängig zu machen.«

Else tat ihm leid. »Wenn Sie den Kapitän nach Rückreisemöglichkeiten fragen, erzählen Sie ihm bloß nichts von dem, was Ihr Bruder angestellt hat! Dann können Sie die Rückfahrt mit der CERES nämlich gleich vergessen. Außerdem ist Külper der Meinung, Wenk habe Selbstmord begangen. Dabei sollten wir es belassen.«

Er schaute auf die Hafenkulisse und hoffte, dass ihm zum Thema Heimreise noch etwas einfiele. In diesem Augenblick ergriff Else seine Hand und flüsterte: »Was soll ich bloß machen! Ohne meinen Bruder schaff ich es hier in der Fremde nicht. Ich kann doch kein einziges englisches Wort. Deshalb will ich nur noch nach Hause! Ich fühl mich so ungeheuer allein!«

Viet hielt notgedrungen ihre Hand und ging mit Else zur Kapitänskajüte, um sie beim Alten zu melden. Er wollte solange vor der Tür warten.

Nach einer guten Weile trat sie wieder heraus und ging ein wenig lächelnd auf ihn zu. »Der Kapitän kennt einen deutschen Makler, den er fragen will, ob ich die nächsten Wochen bei ihm im Haushalt arbeiten kann. Später soll ich eine Schiffspassage bis Apia auf Samoa buchen. Dort will er mich in ein paar Monaten aufsammeln und mit nach Hamburg nehmen.«

Als Kapitän Külper seinem Agenten die Reisedokumente übergab, staunte der nicht schlecht: »Donnerwetter, Külper! Da muss ich Ihnen ein dickes Kompliment machen! Ich weiß ja, die Sterberate auf Godeffroy-Auswandererschiffen liegt bei durchschnittlich nur 20 Prozent. Ganz im Gegensatz zu den Auswanderschiffen anderer Reedereien und Nationen. Die liegen bekanntlich weit darüber. Aber von so wenig Toten, wie Sie sie auf dieser Fahrt hatten, hab ich mein Lebtag nicht gehört!«

Külper war erstaunt über das Kompliment, denn seiner Meinung nach – so hart er auch nach außen hin wirken konnte – waren es viel zu viele Menschen, die auf der Fahrt das Zeitliche gesegnet hatten.

SCHMERZLICHE POST

Während der Liegezeit wurde Viet vom Käpten aufgefordert, die Mahlzeiten wieder regelmäßig mit ihm und seiner Frau einzunehmen. Darüber war er sehr erleichtert. Denn er hatte unter der Spannung mit dem Kapitänspaar gelitten. Während der ersten gemeinsamen Mahlzeit erfuhr er, dass sich der Käpten deutlich besser fühlte. Külper wusste aber weder seine Krankheit zu benennen, noch was ihn therapiert hatte. Als Viet vorsichtig anregte, in Sydney einen Arzt aufzusuchen, reagierte Külper mit einem unwirschen Brummen. Das hatte Lisette wohl auch schon vorgeschlagen. Der Steuermann fragte sich erneut, warum der Käpten so launisch war.

Die Ladung der CERES war gelöscht. Neben den Auswanderern hatten sie 20 Kisten Rotwein, 10 Kisten Kerzen, 125 Kisten Zucker, 5 Fässer Zement und etliche Kisten gemischter Ware mitgebracht. Dafür übernahmen sie von einem anderen Segler Kupfer aus der Godeffroy'schen Bora-Bora-Mine in Nordaustralien. Das Kupfer war für die Elbkupferwerke in Hamburg bestimmt, die ebenfalls Godeffroy gehörten.

Dann wurde das Zwischendeck für eine ganz neue Passagiergruppe vorbereitet: Sie bekamen den Auftrag, 131 Kanaken von Sydney nach Mioka in Mikronesien zu bringen. Die Insulaner sollten nach Erfüllung ihres dreijährigen Arbeitskontrakts in Australien zurück in ihre Heimat gebracht werden. Allerdings würde man auf die neuen Passagiere noch ein paar Wochen warten müssen.

Kapitän und Steuermann machten sich Gedanken darüber, sich für den Fall der Fälle an Bord mit ein paar Schusswaffen zu versehen. Sie kannten diese Menschen nicht und konnten nicht einschätzen, ob es vielleicht zu Spannungen mit der Mannschaft und sogar Streit kommen könnte – egal von welcher Seite er ausgehen würde. Denn Seeleute konnten schnell aufbrausend werden, wenn sie sich jemandem überlegen fühlten, ob zu Recht oder zu Unrecht. Viet wurde beauftragt, als Vorsichtsmaßnahme fünf amerikanische Colts vom Typ Peacemaker zu beschaffen.

Der Päderast Ernst machte sich während der Liegezeit in Sydney so gut wie unsichtbar. Er wollte auf keinen Fall mit Käpten oder Steuermann zusammentreffen, um nicht abgemustert zu werden. Doch dann kamen die beiden jungen Männer zu Külper, die das Bootsunglück überlebt hatten. Sie boten sich als Decksjungen an, um auf diese Weise kostengünstig zurück nach Hamburg zu kommen. Külper fand dieses Ansinnen interessant und beschloss, Ernst dafür abmustern zu lassen.

Kaum war er mit den beiden handelseinig, rutschte einem der jungen Leute heraus, dass sie am liebsten schon in Mioka oder Apia oder wo immer es in der Südsee schön sei, aussteigen und bleiben würden. »Nee, dann kommen wir doch nicht zusammen. Ich brauche Leute, die die Reise bis Hamburg mitmachen. Nichts anderes!« Das war Külpers Schlusswort. Ernst durfte bleiben. Immer noch auf halber Heuer. »Wenn die Herren die Passage zahlen wollen, können sie von mir aus bis Apia oder zu einem anderen Ort mitkommen.« Die beiden wollten – und Viet musste seine Kabine für die zahlenden Gäste räumen. Obwohl Steuermann, musste er wieder ins Mannschaftslogis. Das fiel ihm nicht leicht. Denn er hatte sich an sein kleines Reich gewöhnt, und er genoss es, allein zu sein.

Nach der Ankunft in Sydney hatte Viet einen langen Brief an Olga geschrieben und es geschafft, ihn trotz Quarantäne auf den Weg nach Europa zu schicken. Das hatte ihn ein ganzes Pfund Sterling Porto inklusive Trinkgeld gekostet. Und sie? Hatte sie ihm geschrieben? Als er nach der Quarantänezeit endlich von Bord durfte, rannte er von Pontius zu Pilatus, um an ihn adressierte Post aufzustöbern. Doch nichts war angekommen. Kein einziger Brief. Post aus Europa dauert eben, tröstete er sich, nachdem seine erste Enttäuschung verraucht war.

Es dauerte noch mehr als sechs Wochen, bis Viet endlich Post erhielt. Sein Herz schlug wie ein Dampfhammer, als er den Brief in Händen hielt. Keine Frage, er musste von Olga sein! Er schnüffelte ein wenig am Kuvert und glaubte, Olgas Seifenparfum riechen zu können. Ganz fest drückte er das Schreiben an seine Brust und eilte zum Schiff, um die Botschaft seiner Liebsten in Ruhe zu genießen. Als er ein stilles Plätzchen gefunden hatte, nahm er sein Takelmesser und wollte das

Schreiben gerade aufritzen, da erst las er den Absender: »Herta von Appen, Blankenese bei Altona«. Welche Enttäuschung! Warum schrieb ihm Olga nicht?

Aber immerhin: Es gab Post von zu Hause. Neugierig faltete er das Blatt auseinander und las: »Mein lieber Bruder, uns allen geht es gut. Mutter, den Brüdern, Lisa und mir. Wir sind gesund und munter. Und trotzdem musste ich meine Kollegin Gesine bitten, diesen Brief zu schreiben. (Du weißt ja, ich kann das nicht!. Ich hab Dir nämlich was sehr, sehr Wichtiges mitzuteilen. Bis gestern wusste ich nicht, dass Du einen Schatz hast. Und zwar einen ganz besonderen. Dann hab ich Deine Olga im ›Fährhaus‹ kennengelernt. Sie hatte nach mir gefragt. Da gerade mein Feierabend angebrochen war, konnten wir uns in aller Ruhe unterhalten. Sie ist – nun setz Dich erst mal – sie ist schwanger von Dir.«

Viet ließ den Brief für Augenblicke sinken und starrte über die weite Bucht. Er wurde Vater? Und Olga war die Mutter? Dann las er schnell weiter:

»Leider hat sie das Kind schon im zweiten Monat verloren. Das haben ihre Eltern mitbekommen, und Olga hat einen Riesenkrach gekriegt. Tagelang wurde sie eingesperrt und hat geweint, geweint, geweint, weil sie Dich nie wiedersehen darf und ihr auch nicht mehr erlaubt ist, Dir zu schreiben. Deshalb hat sie mich gebeten, Dir dies alles mitzuteilen. Sie wünscht Dir für Deinen weiteren Lebensweg alles erdenklich Gute.

Nun sei nicht traurig, lieber Bruder. Auch wenn Olga die Frau ist, die gut zu Dir gepasst hätte, es gibt noch so viele andere, die sich um Dich reißen werden!

Deine Dich liebende Schwester Herta.«

Viet ließ den Brief sinken und war wie vor den Kopf geschlagen. Olga schwanger? Von ihm schwanger? Er konnte den Briefinhalt nicht fassen. Wieso hat sie das Kind dann verloren? Was hieß das überhaupt? Hatte sie etwa eine Fehlgeburt? Und dann wird sie auch noch von ihren Eltern eingesperrt und der Kontakt zu ihm verboten? Wieso das? War er etwa als angehender Kapitän nicht standesgemäß? Das wollte ihm nicht einleuchten.

Er musste ihren Eltern schreiben, um die Dinge ins rechte Licht zu rücken und sie davon überzeugen, dass er der Richtige für ihre Tochter sei. Noch am gleichen Abend beschaffte er sich eine Flasche Whisky und verfasste ein langes Schreiben, während er immer wieder an dem scharfen Seelentröster nippte. »Wollen doch mal sehen, ob wir das nicht wieder zurechtrücken können!« war seine durch die Whiskylaune optimistische Sicht der Dinge. Später warf er den Brief in einen der feuerroten Briefkästen Sydneys.

DURCH DIE SÜDSEE

Eine von Viets Befürchtungen war nicht eingetreten: Er hatte felsenfest angenommen, dass das eine oder andere Besatzungsmitglied versuchen würde, sich an die Auswanderermädels und -frauen heranzumachen. Sicher, die Kerls hatten den Frauen nachgestarrt, sie manchmal mit Blicken ausgezogen. Aber im Wesentlichen konnte man sagen, dass sie sich den Passagieren gegenüber einigermaßen korrekt verhalten hatten. Ernst mal ausgenommen. Aber das war ein anderes Kapitel. Dafür nutzten die Männer den langen Aufenthalt in Sydney, um mal wieder richtig auf die Pauke zu hauen. Sie tranken über den Durst und hatten bei Landgängen ständig kleine Mädchen am Arm. Obwohl es immer hieß, in Australien fehle es an Frauen, dafür gäbe es einen riesigen Männerüberschuss. Der Grund war, dass Großbritannien beinahe alle Gefängnisinsassen in die Kolonie auf der anderen Erdseite abschob, und die waren zur Hauptsache männlich.

Natürlich wollten die CERES-Männer typische Australien-Andenken mit nach Hause bringen. Mit diesem Anliegen wandte sich auch Viet an einen der Aborigenes. Der konnte mit einem gebogenen Stück Holz erstaunliche Kunststücke vorführen. Das Holzstück – er nannte es Bumerang – kehrte nach jedem Wurf wie von Geisterhand wieder in seine Hand zurück. Außerdem war es sehr interessant bemalt. Nach längerer, mit Händen und Füßen geführter Verhandlung verkaufte ihm der Eingeborene einen Bumerang – gegen eine abgetragene Hose. Der stolze Verkäufer mit seiner traditionellen Gesichtsbemalung stieg mit großer Würde in sein neues Stück und sah an sich hinunter. Dann zog ein breites Lächeln über seine Züge; er griff zum Messer und schlitzte die Hosenbeine mit schnellen Schnitten bis zur Hüfte auf. Dann lief er eine Proberunde, wobei die Hosenbeine wie Frackschöße hinter ihm herwehten. Das löste helles Entzücken bei ihm aus. Lächelnd trat er wieder vor Viet, fasste mit der Linken ein Hosenbein, tippte sich mit der Rechten auf seinen Bauch und sagte im Brustton der Überzeugung: »Me king!«

Viet erhielt von Külper die Aufgabe, ins Sydneyer Büro der Deutschen Plantagengesellschaft zu gehen, um die Überfahrt der Kanaken nach Mioka durchzusprechen. Dort sollten sie abgeliefert und anschließend frische Arbeitskräfte für Apia übernommen werden.

Die Firma Godeffroy betrieb auf dem Samoa-Archipel zahlreiche Baumwoll-, Kaffee- und Kokosnussplantagen. Und Apia war deren Hauptstadt. Auch auf den Tonga-Inseln hatte die Firma große Besitzungen. Zur Bewirtschaftung dieser riesigen Ländereien benötigte man jede Menge Arbeitskräfte. Besonders zur Erntezeit. Obendrein besaßen dort auch andere Europäer Farmen. Und alle suchten sie Arbeiter.

Weil die Männer von Samoa und Tonga aber nicht zum Arbeiten zu bewegen waren, blieb den Plantagenbesitzern nichts anderes übrig, als Kräfte von weit entfernten Inselgruppen zu beschaffen. Doch freiwillig war auch dort niemand bereit, für drei lange Jahre zu einem Hungerlohn zu schuften. Deshalb wurden sie zum Arbeiten auf die Inseln oder nach Australien verschleppt. Nicht selten spielten ihre Häuptlinge dabei eine unrühmliche Rolle, indem sie missliebige Stammesgenossen an die Gesellschaften verschacherten. Hier in der Südsee sagte man zu dieser Art von Mitarbeiterbeschaffung »Schanghaien« oder »Blackbirding«. Immerhin: Die Arbeitskräfte durften nicht geschlagen werden – fast ein Zeichen von zivilisiertem Umgang, doch war bei schweren Delikten eine Züchtigung der Missetäter mit der Neunschwänzigen erlaubt.

»Ganz im Ernst, haben Sie auch genügend Waffen an Bord? Ist ausreichend Munition vorhanden, und haben Ihre Leute schießen geübt?«, wurde Viet von Meyer, dem schwitzenden Leiter der Plantagengesellschaft, zu seiner Verwunderung gefragt. Der Dicke transpirierte unglaublich, sein schwarzes Haar klebte ihm am Kopf, sein weißer Anzug war schon jetzt, am frühen Morgen, unter den Armen und auf dem Rücken klatschnass. Doch das kümmerte ihn nicht. Er rauchte seine schwere Zigarre genüsslich weiter und schaute mit väterlichem Blick zu Viet. Nachdem er sich zum wiederholten Mal Frischluft mit einer Akte zugefächelt hatte, fuhr er fort: »Und verschrauben Sie die Fenster des Skylights. Nicht dass Sie die Tür zum Niedergang abschließen und die Kerle klettern Ihnen stattdessen aus dem Oberlicht! Hier draußen sind nur Wilde, Kannibalen, die jedem von uns jederzeit großen Ärger bereiten können! Deshalb müssen Sie auf alles gefasst sein! Ich weiß, wovon ich spreche!«

Der Ratschlag gab Viet zu denken. Ganz offensichtlich gab es enorme Spannungen. Doch Viet mochte nicht glauben, dass die Männer der Pazifikinseln allesamt verschlagene Kerle mit schlechtem Charakter waren. Es handelte sich um andere Völker mit anderen Sitten. Sicherlich, wenn man sie grundsätzlich schlecht behandelte, dann mochte es ihnen gewiss in den Sinn kommen, sich zu wehren. Man denke nur an die von den Dänen unterdrückten Schleswig-Holsteiner, ging es ihm durch den Kopf ...

Meyer fuhr mit einer wahren Gruselgeschichte fort: »Ich hab folgende Begebenheit von meinem Freund, dem Pater Brown von der englischen Mission, gehört, die mir gehörig unter die Haut gefahren ist: Er hatte achtzig Samoaner und Fidji-Leute zu Missionaren ausgebildet und vier davon nach Neubritannien geschickt, um den Wilden Gottes Wort zu predigen. Vielleicht sind die vier mit den Eingeborenen in Streit geraten? Niemand weiß es. Oder die Kannibalen waren scharf auf frisches Menschenfleisch. Tatsache ist, dass mein Freund Brown eines Tages die Nachricht erhielt, dass seine vier Missionslehrer von neubritannischen Menschenfressern verspeist worden sein sollen. Die Nachricht von ihrem grausamen Tod versetzte die hiesige europäische Kolonie in große Aufregung. Viele Weiße planten umgehend einen Rachefeldzug gegen die Menschenfresser. Dazu ist es dann aber nicht gekommen.« Der Dicke schaute minutenlang aus dem Fenster übers Meer. »Obwohl das richtig gewesen wäre.« Viet war sich nicht sicher, wieweit er diesem Bericht wirklich Glauben schenken durfte.

»Da Sie für Godeffroy fahren, noch was: Verhalten Sie sich immer so, wie es Gesandte eines Königs tun! Sie gehören hier zur Elite, bedenken Sie das immer. Godeffroy hat hier draußen mehr als fünfzig Handelsniederlassungen: in Australien, Neuguinea und überall in der Inselwelt des Pazifiks. Er verfügt über siebenundzwanzig eigene und manchmal über mehr als dreißig zusätzlich gecharterte Schiffe. Zu letzter Gruppe gehören auch Sie. Das ist eine gigantische Armada. Deshalb wird Johan César VI. Godeffroy auch nicht zu Unrecht der ›ungekrönte König der Südsee‹ genannt.«

Aber wie verhalten sich königliche Gesandte, fragte sich Viet, wenn sie sich in Gesellschaft feindlich gesinnter Wilder und Kannibalen befinden? Sollte er etwa im Purpurmantel herumlaufen und Krone und Zepter tragen? Oder mit Schießprügel und Peitsche daherkommen? Beides sicherlich nicht! Er hatte eine Vorstellung, wie sich der Steuermann eines von Godeffroy gecharterten Schiffs zu benehmen hatte: erst einmal respektvoll vor fremden Bräuchen, auch wenn man sie nicht auf Anhieb verstand. Denn hatte nicht jedes Land seine eigenen Regeln? Davon aber abgesehen: Die fünf amerikanischen Colts und die dazugehörige Munition hatte er besorgt! Das würde helfen, wenn es denn doch wirklich mal gefährlich werden sollte.

Von Meyer erfuhr Viet erschreckende Hintergründe über die Geschäfte: »Unsere Station in Mioka sammelt und vermittelt gedungene Arbeitskräfte aus New Britain, New Ireland und den Salomonen. Das Anwerben dieser ›labour boys‹, so nennt man die Arbeitskräfte, ist eine nicht ganz ungefährliche Sache, zu der man mutige Leute braucht. Gut bewaffnet müssen die Godeffroy'schen Schiffe – oder wer immer diese Schiffe bereedert – zu ausgewählten Inseln fahren, ihr Schiff in Strandnähe treiben lassen, um ein oder zwei Boote an Land zu schicken. Im ersten Boot sitzen die Unterhändler, auch ›recruiter‹ genannt. Das zweite gibt dem Recruiter-Boot Deckung. Meist empfangen die Eingeborenen die Boote mit ausgelassenen Tänzen, mit Speeren, Keulen sowie Pfeil und Bogen. Da die Recruiter oftmals keine der vielen Inselsprachen beherrschen, hält einer von ihnen drei Finger in die Höhe, was angeblich ›nicht kämpfen‹ bedeutet, weiter heißt es aber auch: ›Wir suchen Arbeiter für drei Jahre‹. Das versteht der zuständige Häuptling insoweit, dass die Weißen die Arbeitskräfte nach ›three follow Yams‹ also nach drei Yams-Ernten, zurückbringen werden. Daraufhin berät sich der Häuptling mit seinen Vertrauten und sucht Leute aus, die er ohnehin gern loswerden will. Anschließend wird über die Bezahlung verhandelt. Alles in Zeichensprache und mit sehr viel Pantomime.

Die Eingeborenen sind an Gewehren, Beilen, Pfeifen und Tabak interessiert. Für drei ›labour boys‹ muss man beispielsweise mit einem Gewehr zahlen. Fünf Pfund Tabak und sechs Kalkpfeifen kostet ein einzelner Mann. Das alles bekommt der Häuptling, der die eingetauschten Gegenstände an seine Freunde und Anhänger verschenkt. Hat man nach geglücktem Handel eine Ladung Kanaken beisammen, segelt man nach Mioka, von wo aus sie nach Apia oder Australien ›vermittelt‹ werden. Der Ordnung halber wird sogar ein schriftlicher Kontrakt aufgesetzt, der den frisch angeworbenen Arbeitern vorgelegt werden muss. Da sie ihn aber weder lesen noch verstehen können, müssen ihn die Betroffenen mit einem Finger berühren. Dazu wird die Frage gestellt: ›You go Samoa? Three follow Yams?‹ (Willst du für drei aufeinanderfolgende Yams-Ernten nach Samoa?), worauf der Betreffende mit kräftigem ›Yes!‹ antworten muss. Nach vorheriger Übung dieser Art Vertragsabschluss …!

Kommt das Recruiter-Schiff aber zu einer Insel, auf der noch nie Weiße gewesen sind und ihre Zeichensprache nicht gedeutet werden kann, müssen sie froh sein, wenn sie lebend zurück an Bord kommen.«

Nachdem auf der CERES die Skylightfenster verschraubt und alle anderen Vorbereitungen für die Abreise getroffen waren, man Wasser und Proviant in genügender Menge übernommen hatte und sich die eingeborenen Passagiere vollzählig im Zwischendeck befanden, kam der Direktor der Neuguinea-Companie und kontrollierte, ob wirklich alles in Ordnung sei. Die zu befördernden Kanaken ließ er noch einmal einzeln an sich vorbeiziehen. Es waren riesenhafte Kerle, schwarz wie Ebenholz, mit Haarbüscheln wie Tschakos. Ihre durchlöcherten Ohrläppchen und Nasen waren mit Muscheln und Schildpatt geschmückt. Dumm wie Bohnenstroh seien sie, behaupteten jene, die mit diesen überrumpelten Menschen ihre dubiosen Geschäfte machten, und obendrein seien sie auch noch Kannibalen. Wenn sie mal Appetit auf Fleisch hätten, so hielt sich das hartnäckige Gerücht, machten sie Raubzüge zu Nachbarstämmen und holten sich Gefangene, die sie ohne Begründung abschlachteten und verzehrten.

Die beiden Überlebenden des Sydneyer Bootsunglücks namens Alfred und Eberhard, die als Passagiere nach Apia mitfuhren, waren entsetzt von den pechschwarzen Mitreisenden. »Wenn wir das geahnt hätten, wären wir nicht mitgekommen!«, trumpfte Alfred auf.

»Was wollen Sie denn damit sagen? Sie durften in Australien wegen Ihres unglaublichen Leichtsinns nicht an Land und hatten deshalb doch gar keine andere Wahl, als die Klappe zu halten und unsere eingeborenen Passagiere zu akzeptieren. Ob es Ihnen passt oder nicht.«

Das war der Kapitän, der die beiden zur Ordnung rief. Ob sie nun Angst vor den Schwarzen hatten oder ob es andere Gründe waren, man sah sie bis Apia so gut wie nie an Deck.

Da die eingeborenen Passagiere drei lange Jahre unter unsäglichen Bedingungen für die Weißen hatten arbeiten müssen, waren sie während ihrer Australienzeit sehr streitbar geworden. Kaum verwunderlich. Viet ließ die Besatzung der CERES Tag und Nacht bewaffnet. Um eine Revolte an Bord so weit es ging zu unterbinden, wurden die Kanaken nur zu ihren beiden Mahlzeiten für jeweils eine halbe Stunde an Deck gelassen. Die übrige Zeit mussten sie im höllenheißen Zwischendeck verbringen. Ein Wunder, dass es dabei noch keine Todesfälle gab. Ihre Zeit an Deck wurde für die Mannschaft jedes Mal zum Nervenkitzel. Sie begann damit, dass einzelne Eingeborene aus dem Zwischendeck gelassen wurden, um das jeweilige Gericht und die Trinkwasserverteilung vorzubereiten. War das geschehen, durfte der Rest der Männer an Deck. Die Belegnägel waren, so weit es ging, schon vor der Abreise in Sydney eingesammelt und an einem sicheren Ort aufbewahrt worden. Den Seeleuten war klar, dass erlittenes Unrecht sich irgendwann in Angriffen entladen konnte. Eigentlich musste.

Es passierte gleich am ersten Abend. Einem dieser gefährlich aussehenden Hünen schien das Essen nicht zu schmecken. Er klatschte seinen Brei unter Zornesrufen aufs Deck, rollte gefährlich mit den Augen und sagte etwas wie ›Bullshit‹. Danach marschierte er auf Külper los. Wollte er dem Kapitän etwa an den Kragen? Seine Kumpane feuerten ihn an. Viet reagierte blitzschnell. Er zog den im Hosenbund steckenden Colt und schrie den Mann an, so laut er konnte: »Stopp! Back. Go back!« Doch der kümmerte sich nicht darum, sondern zog einen gestohlenen Belegnagel aus seiner spärlichen Kleidung und schwang ihn bedrohlich über dem Kopf. Lisette, die das aus der Ferne mitbekommen hatte, schrie laut auf.

Viet feuerte daraufhin einen Warnschuss in die Luft. Der traf zufällig einen Segelblock in der Takelage. Ein Teil des hölzernen Blocks fiel dem Angreifer auf den Kopf. Der Kerl blieb wie vom Donner gerührt stehen, schaute zum Himmel, wusste nicht, was ihm geschehen war, ließ den Belegnagel fallen und griff an seinen Schädel. Dann zog er sich kleinlaut zurück.

»Wie haben Sie das denn hingekriegt, von Appen? Sie sind ja ein Meisterschütze!«, kam es kleinlaut vom Kapitän, dem zum Glück nichts passiert war.

Viet hatte die Schrecksekunde genutzt und den Nagel blitzschnell aufgesammelt. Danach befahl er allen Schwarzen, ihre Blechteller und Becher stehenzulassen und augenblicklich zurück ins Zwischendeck zu gehen. Um seinen Befehl zu unterstreichen, fuchtelte er weiter mit dem Colt herum. »Das hätten wir!« war sein erleichterter Seufzer, als der Letzte den Niedergang hinabgegangen war und sie die Tür von außen abschließen konnten.

Kurze Zeit danach klang dumpfer Gesang aus dem Zwischendeck, der kein Ende nehmen wollte. Die ganze Nacht über war dieser Singsang zu hören, der vom Käpten als Kriegsgesang identifiziert wurde. Die dumpfen Lieder wurden durch rhythmisches Klopfen von Löffeln auf die Bordwand begleitet. Wegen der aufgebrachten Stimmung befahl Viet, Bootsmann Clasen während der Mahlzeiten in den Wanten zu postieren, von wo aus er das Deck unter Beobachtung halten sollte. Am Steven und am Heck stellte er jeweils zwei Wachen mit Colts auf, die darauf zu achten hatten, dass die Schwarzen nicht aus dem mittleren Teil des Schiffes herauskamen.

Nach diesem aufregenden Tag genehmigte sich Viet ein paar Whiskys. Das schottische Getränk ließ ihn danach so tief schlafen, dass er zur nächsten Wache gerüttelt und geschüttelt werden musste, sonst wäre er nicht hochgekommen. Als er das Besteck mit dem Oktanten aufnehmen sollte, war er noch immer so beduselt, dass er vom Auf und Ab des Schiffs hin und her geworfen wurde. Hein Lindemann fragte deshalb: »Ist was, Steuermann? Gleichgewichtsstörungen?«, obwohl er mitbekommen hatte, dass Viet seit Sydney oft, eigentlich fast ständig, von einer Alkoholfahne umweht war. Der Seelentröster war ganz offenbar sein ständiger Begleiter geworden. Doch Viet schien das nicht bewusst zu sein.

Die Kanaken kamen am nächsten Morgen, immer noch ›songs of war‹ singend, an Deck. Einer nach dem anderen. Bald standen 131 bedrohlich wirkende Männer an Deck, die den aufreizenden Rhythmus ihrer ›Songs‹ mit Löffeln auf die Blechteller hämmerten. Die wenigen Weißen wirkten dagegen wie ein kleiner, verlorener Haufen. Der Hüne, der gestern seinen Brei aufs Deck geklatscht und sich so wild benommen hatte, war offenbar ihr Anführer. Er meinte in gebrochenem Englisch, dass die CERES nunmehr ihr Schiff sei und sie direkt zu ihrer Heimatinsel zu fahren habe, nicht erst nach Mioka. Viet sprach beruhigend auf ihn ein und forderte ihn auf, sich zu ihm aufs Deck zu setzen, um einen gemeinsamen Plan zu machen. Nach einigem Zögern setzte er sich. Daraufhin erstarb der Singsang mit dem Löffelklopfen.

Zunächst ging Viet auf die athletischen Körper und die Muskeln der Männer ein und machte deutlich, wie sehr er sie bewundere. Dann lenkte er über zu ihren Frauen und Kindern und dass er Sorge tragen wolle, alle Männer so schnell wie möglich zurück zu ihren Familien zu bringen. Dabei registrierte er, dass der Kanake besser Englisch sprach, als es zunächst den Anschein hatte. Schließlich ließ sich Viet eine Seekarte geben und versuchte dem Mann zu erklären, wo seine Heimatinsel und wo Mioka läge. Daraus würde sich ergeben, dachte Viet, dass sie noch weit, weit segeln müssen, um zu den Hütten der Heimatinseln zu gelangen. Denn Mioka lag auf halbem Weg dorthin. Das war zu viel für den Mann. Wegen seiner mangelnden Vorbildung konnte er nicht folgen. »Want go home!«, forderte er und blickte dabei übers Meer.

Ja, das wollte auch Viet, um bei Olgas Eltern vorstellig zu werden und seine Liebste zu freien. Aber das ging im Augenblick nicht. Deshalb bestätigte er »I understand! We also want to go home!«, reichte dem Schwarzen die Hand, klopfte ihm auf die Schulter, ließ noch mal ein »We too!« vernehmen und zeigte mit dem Finger auf sich. Dann gab er Order, die Morgenmahlzeit auszugeben.

Bevor der Schwarze sein Essen in Empfang nahm, machte er noch eine wichtige Bemerkung: »We home. You home and me home!« Keine weitere Forderung, keine bösen Gesichter wurden mehr gezeigt. Alle wollten sie nach Haus.

Die CERES segelte bei auffrischendem Wind Richtung Ost. Vor ihnen blauten die hohen Berge Neuguineas. Und zur Linken hatte sich bis vor kurzem die Küste von New South Wales als flacher Strich gezeigt. Ein malerischer Anblick. Doch die flirrende Hitze war unbeschreiblich.

»Schauen Sie da!« Es war ein paar Tage später, dass Bootsmann Clasen auf eine Insel zeigte, hinter der eine Reihe lang gestreckter

Boote hervorkam. Es wurden immer mehr. Die Vorder- und Hintersteven waren in kühnen Bögen geschwungen. Bemannt waren sie mit dunkelbraunen Insulanern. Die Eingeborenen hielten im Paddeln inne und äugten aufmerksam zur CERES. Kein Lufthauch wehte seit mehr als einem Glasen. Unbeweglich lag das Schiff wie auf einem Präsentierteller. Sobald Külper davon hörte, ordnete er an, das Schiff umgehend zur Verteidigung klarzumachen.

Gottlob waren ihre Passagiere zu diesem Zeitpunkt noch im Zwischendeck eingeschlossen. Der Käpten ließ seine Jagdflinte holen, der Zimmermann besorgte zwei Beile, und die Männer mit den Colts stellten sich an strategisch wichtigen Punkten des Schiffs auf. Einer davon überwachte den Niedergang ins Zwischendeck. Nicht, dass die unter Deck gehaltenen Männer hervorbrächen und sich mit den Angreifern verbündeten. Aber konnte man 131 zu allem entschlossene Männer wirklich mit einem sechsschüssigen Colt aufhalten? Sicherlich nicht, zum Glück hatten sie weitere Maßnahmen vorbereitet.

Viet klopfte das Herz bis zum Hals. Die Kanus kamen schnell näher. Jetzt konnte selbst er das rhythmische Singen hören, mit dem die Eingeborenen ihr Paddeln begleiteten. Er schüttelte sich, um mit zittriger Hand eine kleine Sprengladung zu zünden, die wie eine Kanone knallte und ebenso blitzte. Rauch breitete sich blitzschnell über dem Deck aus. Aufgeregt schrien die Krieger in den Kanus durcheinander, einige sprangen auf und fuchtelten mit den Armen. Zur Überraschung der Männer auf der CERES ging es aber gar nicht um ihr Feuerwerk.

Nein, es ging um ein mit qualmendem Schornstein am Horizont auftauchendes Schiff. Der Steuermann brauchte in seinem Zustand lange, um das englische Kriegsschiff zu identifizieren, das die Gegend überwachte. Die Insassen der Kanus reagierten wesentlich schneller. Geschickt drehten sie bei und waren im Nu wieder im Schutz der Insel verschwunden.

Als ein Beiboot des britischen Kriegsschiffs zu ihnen herüberkam, berichtete der Offizier, vor kurzem sei die norwegische Bark ANTOINETTE hier zwischen den Inseln überfallen worden. Vermutlich wurde die ganze Besatzung »gekaikait«. Die britische Marine habe das Wrack des Schiffs später gefunden, doch keinen einzigen Mann der Besatzung.

Nachdem Viet das erfahren hatte, war er über den glimpflichen Verlauf ihrer Begegnung mit den Kriegskanus heilfroh. Noch glücklicher aber waren Mannschaft und Kapitän, dass sich ihre eingesperrten Passagiere beim Auftauchen der angreifenden Kanus so ruhig verhalten hatten. Das hätte leicht zur Katastrophe führen können.

Und dann kam abermals Land in Sicht. Eine Insel, an die sie so nahe herangingen, wie es ihr Tiefgang zuließ. Dort ankerten sie und machten die Segel fest. Denn im Widerschein der sinkenden Sonne ließ sich vor dem Steven nichts als Flimmern erkennen. Auch waren die Seekarten dieser Region ziemlich ungenau. Wie leicht hätten sie auf ein Riff segeln können, ohne es wegen der Blendung rechtzeitig zu bemerken. Als die Nacht herabsank, standen sie an der Reling und schauten staunend in das kristallklare, hellgrüne Wasser, blickten auf schillernde Fische und weiße Korallen, rote Seefächer und grün wogende Tangfelder. Der ganze Zauber der Tropen blühte unter ihnen auf. Am nächsten Morgen konnte Viet dann deutlich eine Ortschaft erkennen. Ein Haus – und zwölf Wellblechbaracken. Und über ihnen große Scharen von schreiend kreisenden Krähen: Mioka.

Hier wurden die Kanaken an Land gesetzt. Als die Seeleute das Zwischendeck aufklarten, stürzte Bootsmann Clasen zu Viet: »Steuermann, kommen Sie bloß mal mit runter und schauen Sie, was wir entdeckt haben!« Viet ging hinter dem aufgeregten Bootsmann her. Die Luft unter Deck war brüllend heiß, zum Schneiden dick, und dabei stank es bestialisch. Clasen hob seine Petroleumlampe in die Höhe, deren Licht das Zwischendeck gespenstisch ausleuchtete.

»Nun bin ich gespannt, was Sie mir so Wichtiges zu zeigen haben!«, kam es von Viet, dem die Schwüle zusetzte.

»Schauen Sie da, dort unter der Koje. Können Sie das sehen?«, fragte Clasen aufgeregt.

»Und? Was ist das?«, erkundigte sich Viet ruhig, denn er konnte sich keinen Reim auf das dunkle Etwas machen.

»Das sind tote Kanaken, Steuermann! Die müssen während der Fahrt verstorben sein. Ich vermute, dass sie am Hitzschlag krepiert sind!«

Viet wollte wissen, wie viele Tote da lägen. Doch das konnte der Bootsmann noch nicht sagen. »Sobald wir die Kerls rausgezogen haben, gebe ich Ihnen Nachricht!«

Nach einer Stunde meldete er, dass es vier Tote seien, die unter den Kojen gelegen hatten. »Sollen wir sie über Bord werfen, Steuermann?«

»Nein. Gib sie dem Missionar. Der wird wissen, was mit ihnen geschehen soll!«, befahl Viet. So viel Anstand gebot ihm seine christliche Erziehung und seine Ehre als Seemann. Clasen musste die Anzahl der Verstorbenen später nach oben korrigieren. Tatsächlich waren es neun Eingeborene, die die Fahrt nicht überlebt hatten.

Endlich wurden die Kisten für die Eingeborenen entladen. Während der Reise hatte der Kapitän sie im Unterraum der Bark verstauen lassen und die Schlüssel bis zur Ankunft in Mioka verwahrt.

An Land bekam jeder Mann als Lohn für die geschufteten drei Jahre eine Kiste mit Kleidung, eine Pfeife und Tabak; alles in allem im Wert von 80 Mark. Mit Tabak konnte man den Eingeborenen den allergrößten Gefallen tun. Bares Geld dagegen besaß für sie keinen Wert. Und Spirituosen durften an sie per Gesetz nicht abgegeben werden.

Da sich vom Unterwasserrumpf der CERES einige Kupferplatten gelöst hatten beziehungsweise ganz abgefallen waren, musste dringend Abhilfe geschaffen werden. Denn sie sollten gegen Wurmfraß und Algenwuchs schützen. Külper heuerte dafür zwei Malaien an, die einer nach dem anderen tauchten und unter Wasser vier neue Platten annagelten. Die beiden bewegten sich dabei wie Fische an der Schiffswand entlang und blieben jedes Mal mehr als drei Minuten unter Wasser.

In Mioka erholte sich die Besatzung von ihrer langen und entbehrungsreichen Reise. Am Sonntag darauf wurden sogar Pferde gemietet, und die Janmaaten ritten hoch zu Ross in den Urwald, bis der eine oder andere nicht mehr im Sattel saß, sondern stöhnend am Boden lag. Eine besondere Freude war, dass die Inselschönen alle zu haben waren – und dass die Seelords den Alkohol mal wieder in Strömen fließen lassen konnten.

An jedem lieben langen Abend, den sie im Hafen lagen, ging Viet in die nahe Bar, um den Tag mit einem Sundowner, einem doppelten Whisky oder mehr, zu beschließen. Dort traf er eines Tages auf Carl Heinrich Müller, einen Handelsagenten der Firma Godeffroy. Da an jenem Abend kaum Gäste im Schankraum waren, kam man schnell ins Gespräch. Müller berichtete von den Schwierigkeiten, die es beinahe täglich mit den Eingeborenen gab. »Ich sage Ihnen, das hier sind alles Bestien, alles Menschenfresser!« Nach dieser düsteren Aussage spülte er seinen Frust mit einem Schnaps hinunter. Viet machte sich auf die nächste Gruselgeschichte gefasst. »Gerade hab ich einmal wieder gehört, wozu die fähig sind. Die Sache ist einem englischen Freund passiert, der vor zwei Jahren den Hund eines Eingeborenen erschossen hat. Warum, weiß ich nicht. Tut auch nichts zur Sache. Der wutentbrannte Eingeborene hat daraufhin das Haus des Engländers angesteckt und ihn erschlagen. Als das ruchbar wurde, griff der Kapitän eines britischen Handelsschiffes ein. Der schlaue Seebär verbündete sich vorher mit einem in der Nähe lebenden Eingeborenenstamm und unternahm mit ihm zusammen einen Kriegszug gegen den Mörder und seine Spießgesellen. Er siegte zwar, konnte den Mordbuben und Brandstifter aber leider nicht persönlich bestrafen oder gar einer ordentlichen Gerichtsbarkeit übergeben. Der Kapitän musste sich mit einem Strafgeld von einigen hundert Faden Muschelgeld begnügen und erreichte nur, dass der Folgeagent des Engländers unbehelligt blieb. Nun frag ich Sie: Möchten Sie mit solchen gottlosen Geschöpfen zusammenleben und obendrein Geschäfte machen?«

Als Viet daraufhin – allerdings vor Unverständnis über das verantwortungslose Handeln der Weißen – den Kopf schüttelte, entfuhr es Müllers tiefster Brust: »Sehen Sie, und ich muss mit diesen Viechern täglich zusammenarbeiten und danke unserem Herrgott jeden Abend, wenn ich noch lebe!« Daraufhin hob er sein Glas und trank auf sich, indem er seinem Spiegelbild hinter der Bar zuprostete und den Whisky in einem Zug leerte. »Herr Wirt, noch mal das Gleiche!«, lautete seine folgende Bestellung.

Lisette hatte in den letzten Wochen einen runden Bauch bekommen. Ihre Schwangerschaft war nun nicht mehr zu übersehen. Wenn es die Zeit erlaubte, ging sie mit ihrem Mann im Ort spazieren. »Bewegung tut dem Kind gut!« Doch immer wenn das Paar flanierte, sprachen die Menschen vom Großvater und seiner Enkelin, nicht vom Kapitän mit seiner Gattin. Das war manchmal schon reichlich peinlich. Aber die beiden schienen glücklich zu sein.

Die Passagiere Alfred und Eberhard hatten auf Mioka kaum die Köpfe aus der Kajüte gesteckt. »Wollt ihr nicht wenigstens mal eure Beine an Land vertreten?«, fragte Viet spöttisch. Aber sie hatten nur

Apia im Kopf. »Dort wollen wir einen Handel aufmachen.« Doch womit? Man hatte den Eindruck, das wussten sie selbst noch nicht.

Dann kamen die neuen »Passagiere«. Diesmal waren es nur 90. Auch sie hatte man mit List und Gewalt »schanghait«. Selbst ein Häuptling war mit seinem zehnjährigen Sohn darunter. Die Neuen glaubten beim Einschiffen, sie seien Gefangene, die man in Kürze abschlachten wolle. Deshalb begegneten sie der Besatzung während der ersten Reisetage voller Misstrauen. Das hörte langsam auf. Sieben Mädchen waren unter ihnen, die Külper gleich zu Anfang der Reise mit von ihm ausgewählten Männern verheiratete. Damit es unterwegs keine Streitereien und Schlägereien um die Weiber gäbe.

Zu ihren täglichen zwei Mahlzeiten erhielten die Leute auf dieser Reise eine Kokosnuss pro Kopf. Außerdem wurden die »Passagiere« jeden Morgen zum Waschen an Deck getrieben. Reinlichkeit sei eine wichtige Voraussetzung für die Gesundheit der Arbeiter, hatte Külper von den Auftraggebern zu hören bekommen. Das Abseifen hatte mit scharfen Bürsten und Schrubbern zu geschehen, mit denen sie nicht nur ihre Körper, sondern auch ihre Gesichter malträtierten. Hinterher wurden die frisch Gereinigten mit einer Pütz Seewasser abgespült.

Nach dem Morgenessen führte man alle Kranken und Verwundeten zum Smut, der ihnen Bittersalz oder Kasteröl verabreichte und die Hautwunden verband. Für leichte Wunden nahm er eine einfache Salbe, größere wurden mit Jodoform und schwere mit Blaustein behandelt. Nachdem diese Aufgabe beendet war, holte der Käpten seine Tabak- und Pfeifenkiste, setzte sich auf einen Stuhl auf dem Quarterdeck, ließ alle an sich vorbeimarschieren und gab jedem eine kurze Kalkpfeife und ein Stück Tabak. Das machte die Männer so glücklich wie Kinder am Weihnachtsfest. Einmal erlaubte er ihnen sogar zu tanzen. Als Musikinstrumente dienten ihre Blechteller. Doch sie stampften dabei so auf dem Deck herum, dass die Bark zu zittern begann. Obendrein gab es trotz der Zwangsheiraten beim Tanzen Prügeleien um die sieben Mädchen. Danach musste der Smut neue Wunden verbinden. Darum wurde das Tanzen grundsätzlich verboten, und alle mussten unmittelbar nach dem Vorfall zurück ins Zwischendeck.

Der Häuptling hatte eine unverheilte Speerwunde in der Brust, die von einer kriegerischen Auseinandersetzung stammen mochte. Der

Smut gab sich alle Mühe, sie fachgerecht zu verarzten, schnitt faules Fleisch von den Wundrändern, säuberte sie und legte einen weißen Verband an. Nachdem das geschehen war, verlangte der Häuptling ein Stück Tabak, weil er stillgehalten habe.

Der Sohn des Häuptlings arbeitete die Fahrt über als Messejunge und wischte, putzte und pusselte den ganzen Tag in der Kapitänskajüte, steckte dem Alten und dem Steuermann die Pfeifen an oder half Lisette. Als der Käpten einmal in seiner Kammer badete, durfte der Boy ihm sogar den Rücken waschen. Während des Einseifens nahm er Külpers kleinen Finger, und ehe der sich versah, lutschte er daran. Der Kapitän war zunächst sprachlos, bevor er ihm die Hand entzog und leicht enerviert fragte: »Was soll das denn?«, worauf der Bengel antwortete: »O, you nice meat!« Den Badenden, der nach wie vor splitternackt in der hölzernen Balje saß, überkam ein Verdacht. Und weiter: »Hast du etwa schon mal Menschenfleisch gegessen?« »Only Kanakenmeat. Your meat better.« Dabei schrubbte er Külpers Rücken zärtlich weiter. Külper erledigte den weiteren Gang der Reinigung lieber selbst. Der Junge hatte fortan Verbot, die Kapitänskajüte zu betreten. Lisette hatte sich fast übergeben, als ihr Mann ihr von dem Gespräch berichtet hatte.

Nach 30 Tagen kam die CERES ohne ernsthafte Zwischenfälle in Apia auf Samoa an. Die Inselgruppe besteht aus kleinen, von Korallenriffen umgebenen Inseln. Innerhalb dieser Riffe gibt es einige wirklich gut geschützte Häfen. Das Wasser dort ist meist so ruhig wie in einem Dorfteich und so klar, dass man in 10 bis 15 Meter Tiefe den Grund sehen kann. Kunstvolle Korallengebilde breiten sich neben Algen und faserigen Pflanzenteppichen aus. Dazwischen schwimmen große und kleine Meeresbewohner, vom Hai bis zum kleinen Krebs. Die üppige tropische Vegetation, die Blütenpracht der Bäume und Büsche – so stellte sich der Nordeuropäer das Paradies vor.

Genau so lebten auch die Bewohner der Inseln; ein schöner Menschenschlag, wie Viet fand. Große Gestalten, die Frauen wie die Männer bildschön. Arbeit gegen Lohn kannten sie nicht, sondern führten ein unbeschwertes Leben. Morgens fischten sie oder beschäftigten sich um ihre Hütten herum, nachmittags schliefen sie, und abends begann ihr wahres Leben in der blauen Stunde nach dem Sonnenuntergang. Kanus von benachbarten Inseln kamen dann zu Besuch.

Paare suchten und fanden sich. Tanz und Gesang klang bis in den frühen Morgen. Viet empfand Hochachtung vor diesem stolzen und lebensbejahenden Volk.

Weil Samoaner nicht gewillt waren, für fremde Herren zu arbeiten, wurden Bewohner anderer Inseln »schanghait« und zur Arbeit auf den Plantagen und Faktoreien Samoas gezwungen. In Apia überreichte Steuermann von Appen jedem der schwarzen Passagiere den Lappi-Lapp, ein Hüfttuch, während die Frauen einen Überwurf erhielten. Damit entsprachen sie den Vorstellungen ihrer zukünftigen weißen Herren. Anschließend wurden sie auf die Plantagen verteilt. Viet bedauerte die Arbeitssklaven für ihr hartes Los. In Apia verließen auch Alfred und Eberhard das Schiff. Endlich konnte Viet seine Kajüte wieder beziehen.

Vor einigen Jahren waren bei einem Zyklon zwei amerikanische Kriegsschiffe vor Apia gestrandet. Deren Überreste rotteten immer noch am Strand. Die Hamburger Bark PETER GODEFFROY war hier ebenfalls verunglückt. Auch von ihr existierte nur noch das Schiffsgerippe, das aussah wie die Gräten eines riesengroßen Fischs. Bei der Rettung ihrer Mannschaft hatten sich die Samoaner heldenhaft benommen. Zu zweit waren sie hinabgetaucht zum verunglückten Schiff und mit jeweils einem Überlebenden wieder an die Oberfläche gekommen. Hunderte anderer Seeleute waren bei diesem Zyklon ums Leben gekommen. Seit diesem Unglück kamen übrigens wieder Haifische in den Hafen von Apia. Deshalb durfte dort nicht mehr gebadet werden.

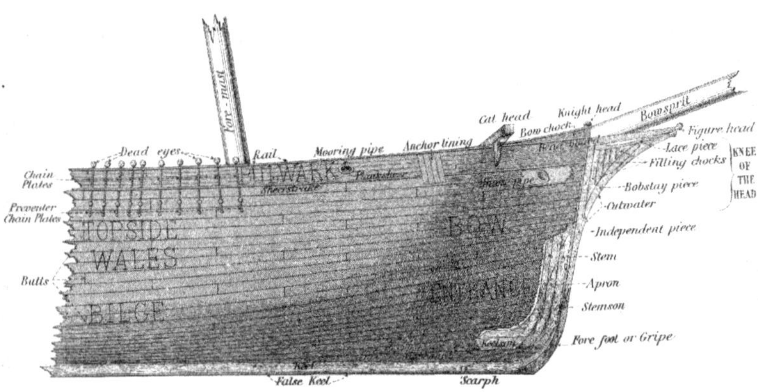

HERTAS ZWEITER BRIEF

Külper saß gemeinsam mit Viet von Appen in der Kapitänskajüte zum Essen. Sie warteten nur noch auf Lisette. Die trat in die Tür und wedelte mit einem Brief. »Ratet mal, was ich hier habe.«

»Du stellst vielleicht Fragen!«, platzte Külper amüsiert heraus, denn man konnte nicht übersehen, was sie in Händen hielt.

»Ja, aber an wen mag der Brief gerichtet sein?« Sie schaute lächelnd und mit großen Kulleraugen von einem zum anderen.

»Nun sag schon!«, knurrte Külper ungnädig.

»Er ist für unseren Steuermann!«, flötete sie und überreichte das Schreiben mit theatralischer Geste seinem Empfänger.

Viet steckte den Brief in seinen Hosenbund.

»Wollen Sie Ihre Post nicht lesen?«, fragte die Kapitänsfrau enttäuscht. Nein. Das wollte er erst, wenn er allein war. Daraufhin war betretenes Schweigen eingetreten. »Gibt es hier wohl eine deutsche Kirche? Ich würde so gern mal wieder in einen Gottesdienst gehen!«, wünschte sich Lisette, um das abgebrochene Gespräch fortzusetzen.

»Dass es hier keine deutschen Kirchen gibt, ist Godeffroys Fortune, mein Schatz! Auch deutsche Missionsgesellschaften gibt es in der Südsee nicht«, ließ sich der Käpten lehrerhaft aus. »Die Bekehrungsversuche bei den Wilden bergen nämlich viel zu viel Konfliktstoff. Da hier zahlreiche englische, französische und amerikanische Missionsgesellschaften arbeiten, die mit allen Mitteln versuchen, aus den Wilden Christenmenschen zu machen, kannst du dir vorstellen, welchen Rochus die Leute auf Missionare haben. Ein paar von ihnen sind deshalb schon in irgendwelchen Suppentöpfen der Kannibalen gelandet. Denn taufen lassen wollen sich die meisten Eingeborenen auf keinen Fall. Dann müssen sie womöglich arbeiten. Ihre Ablehnung von Missionaren überträgt sich auch auf Händler aus Frankreich, England und den USA. In diese Lücke ist Godeffroy mit seinen religionsneutralen Handelsagenturen gestoßen und hat damit großen Erfolg! Eben weil wir Deutschen die Südseebewohner nicht mit unserer Religion bedrängen.«

So hing das also zusammen. Das hatte Viet nicht gewusst.

Kaum war das Essen beendet, stand er auf und ging in seine Kajüte, um endlich seine Post zu lesen und sich dazu ein Gläschen zu genehmigen. Leider war es wieder kein Brief von Olga! Auch keiner von Herta, sondern diesmal von seinem Freund Sören.

»Herzallerliebster Bruder«, begann das Schreiben. Dann war das Schreiben also doch nicht von Sören?

»Diesmal schreibt dir nicht meine Kollegin, sondern Sören, mit dem ich mich Weihnachten verloben werde. Damit weißt du auch schon das Neueste aus der Familie.«

Viet nahm sein gut gefülltes Glas, um auf die beiden anzustoßen. Dann las er weiter: »Gestern habe ich Olga zufällig auf der Straße getroffen. 14 Tage nachdem sie bei mir im ›Fährhaus‹ war und sich erklärt hat. Sie erzählte, dass sie für die nächsten Jahre zu Verwandten nach Schlesien geschickt wird. Dafür hat sie schon ihren Koffer packen müssen, denn morgen geht die Reise los. Weiter soll ich dich inständig bitten, auf keinen Fall ihren Eltern zu schreiben, denn dann erfahren sie, dass sie über Dritte Kontakt zu dir hält. Damit würde sie gegen die elterlichen Auflagen verstoßen, und das würde neuen Ärger heraufbeschwören. Ich soll dir diese Bitte noch einmal ans Herz legen!

Sei trotz dieser Nachricht nicht traurig. Bleib gesund und komm bald heil zurück! Deine Herta mit Sören.«

Mist, ärgerte sich Viet und nahm einen weiteren tiefen Schluck. Er war wütend über seine Spontaneität, denn er hatte Olgas Eltern sofort geschrieben, nachdem er Hertas Brief erhalten hatte. Weil er damals die Hoffnung gehegt hatte, er könne ihre Meinung ändern, sie vielleicht sogar vom Gegenteil überzeugen. Aber da war wohl nichts zu machen. Ob Olga wegen seines Briefs neuen Ärger bekommen hatte? Er rechnete nach: Quatsch. Es würde mindestens eineinhalb Monate dauern, bis sein Schreiben in Blankenese ankäme. Dann musste sich Olga schon längst in Schlesien befunden haben. Moment mal: Könnte er nicht zu ihr nach Schlesien fahren, wenn er wieder in Hamburg wäre? Diese Eingebung begeisterte ihn.

Beim nächsten Essen fragte er deshalb den Kapitän, wo eigentlich Schlesien liege. Statt Külper antwortete Lisette: »Schlesien liegt weit, weit im Osten. Ich glaub, noch hinter Berlin.«

»Und wie groß ist Schlesien ungefähr?«, bohrte Viet weiter.

»Wie Schleswig-Holstein. Vielleicht noch größer!«, kam es zögernd. Das war das Ende von Viets Idee. Er hatte gemeint, Schlesien sei ein Dorf. Oder eine kleine Stadt. Wie aber konnte man in einem Land wie Schlesien einen einzelnen Menschen finden? Einfach hinfahren und fragen, wo hier eine Olga Bruns wohne, ging also nicht. Damit war Olga endgültig für ihn verloren! Untergegangen, wie ein Schiff im Taifun! Deshalb sagte ihm sein Kopf: Es ist vorbei. Doch sein Herz mochte noch immer nicht loslassen. Um die Trauer endlich ganz wegzuspülen, musste er das nächste Glas bis zum Rand mit Whisky füllen.

APIA

Am Nachmittag war Steuermann von Appen immer noch beduselt. Deshalb versuchte er, an der frischen Luft einen klaren Kopf zu bekommen. Doch es war einer dieser schwülheißen und drückenden Tage. Es brauchte daher viel Zeit, bis der Alkohol langsam abgebaut war. Während seines Spaziergangs am Kai traf er einen tropenbehelmten Weißen mit hängenden Bartenden und Kneifer, der Fotoaufnahmen von den Häusern und Hafenbaracken machte.

Fotografieren im Freien hatte Viet für unmöglich gehalten. Doch nun sah er, dass der Mensch dafür ein Stativ benutzte, auf dem eine Kamera, so groß wie ein Kaninchenstall, ruhte. Bevor der Fotograf unter seinem schwarzen Tuch verschwand, nahm er den Tropenhelm ab, wischte sich die Schweißperlen mit einem weißen Tüchlein von seinem schütter behaarten Kopf, um anschließend auch die Innenseite des Helms damit zu trocknen. Dann legte er die Kopfbedeckung vorsichtig auf den Kasten mit dem Fotozubehör und verschwand unter dem Tuch. Sobald er unter seinem schwarzen Zaubertuch wieder hervorkam, musste er erneut den Schweiß vom Kopf tupfen, um danach seinen Helm wieder aufzusetzen.

Nachdem Viet diesem merkwürdigen Ritual des Tropenhelm-Auf und -Ab eine Weile zugeschaut hatte, kam der Fotograf auf ihn zu und stellte sich mit Handschlag als Johann Stanislaus Kubary aus Warschau vor. Dabei verbeugte er sich leicht und klappte die Hacken elegant zusammen. »Ich bin Forscher und arbeite im Auftrag von Herrn Godeffroy, genau wie Sie, wie ich annehme. Sie gehören doch sicher zur Besatzung der CERES!« Weiter erklärte er: »Bin erst kürzlich hier angekommen. Vorher war ich auf der Tonga-Insel Savi'i und hab dort ornithologisches, also vogelkundliches Material gesammelt. Dabei ist es mir gelungen, eine noch unbekannte Wasserhuhnart zu identifizieren. Das war der erste große Erfolg auf dieser Reise. Diese und alle dazugehörenden wissenschaftlichen Aufgaben werden, wie gesagt, großzügig von Johan César Godeffroy bezahlt. Auch den sehr teuren Fotoapparat hab ich von ihm für meine Arbeiten erhalten. Leider erfahre ich von den Mitarbeitern der Godeffroy'schen Handelsniederlassung hier in Apia überhaupt keine Unterstützung. Ich hab das Gefühl, die wollen mich wieder loswerden, so schnell es geht.«

Darauf verschwand er erneut unter seinem schwarzen Tuch, um das Gebäude der Deutschen Handels- und Plantagengesellschaft abzulichten. Nachdem er die Aufnahme auf eine Platte gebannt hatte, kontrollierte er noch einmal, ob die Godeffroy-Flagge mit dem Falken auch wirklich auf die Aufnahme gekommen war. Danach baute er Kamera und Stativ zufrieden pfeifend wieder auseinander und packte beides in die dafür bereitstehenden Kisten.

Als er seine fotografische Ausrüstung ordnungsgemäß verstaut hatte, hob Kubary noch einmal an: »Vornehmlich interessiert mich in Apia der Cirripedia, ein Wurm aus der Familie der Rankenfüßer. Er erscheint jedes Jahr im November an den Küsten der Samoa-, der Viti- und der Tonga-Inseln, und zwar in unglaublichen Mengen. Aber nur zur Zeit des Mondwechsels. Die Würmer treten dann so zahlreich auf, dass Boote und Kanus kaum durch ihre Schwärme hindurchfahren können. Dafür haben die Eingeborenen einen reich gedeckten Esstisch.«

Viet nahm seine Ausführungen kopfschüttelnd zur Kenntnis. Das ermutigte Kubary – nach Schilderung dieser exotischen Aufgabe –, eine noch skurrilere zu beschreiben: »Wissen Sie, mein Kollege Eduard Daemel sammelt in Godeffroys Auftrag Insekten. Meines Wissens hat er inzwischen mehr als vierzigtausend aufgesteckte Exemplare zusammengetragen. Die Sammlung ist obendrein Beweis von Daemels außerordentlichem Geschick, Tierchen auch zu präparieren. Da staunen Sie, was?«

Nein, Viet konnte dem überhaupt nichts abgewinnen. Er fand diesen Kubary und seine Arbeit einfach nur unendlich komisch!

Nachdem sich der Sonderling verabschiedet hatte, schlenderte Viet zu einem kleinen Fluss, an dem er sich waschen wollte. Hier badeten auch Eingeborene. Das kühle Nass brachte ihm endlich einen klareren Kopf. Von dort ging er zurück zum Hafen und staunte über die gigantischen Berge von Kokosnüssen, die zu regelrechten Gebirgslandschaften aufgeschüttet waren.

Allerdings wurde ihm wegen seines reichlichen Alkoholgenusses in diesem Augenblick übel. Deshalb ging er hinter einen der großen

Haufen, um sich zu übergeben. Als er wieder hinter dem Kokosgebirge hervortrat und sich den Mund abwischte, begegnete er jenem Carl Heinrich Müller, den er in einer Bar in Mioka kennengelernt hatte.

»Was machen Sie denn hier?«, wollte Müller wissen. »Ich wette, Sie wollen sich die Ware anschauen, die Ihr Schiff demnächst nach Europa schippert! Hab' ich recht? Sehen Sie hier, hier kommen die frisch geernteten Nüsse von den Plantagen an.« Dabei zeigte er auf die Kokosberge. »Die meisten Plantagen gehören den Godeffroys. Und die Farmarbeiter, die für die Ernte und die Kopragewinnung nötig sind, haben Sie ja wohl aus Mioka oder von anderen Inseln schanghait.«

In diesem Augenblick wurde Viet abermals von Brechreiz gequält, so dass er erneut hinter einem der Haufen verschwinden musste.

Als er zurückkam, fragte Müller besorgt: »Alles in Ordnung?«

»Es geht schon. Hab gestern Abend wohl was gegessen, das mir nicht bekommen ist!«

Müller streckte daraufhin den Arm aus und wies auf eine Gruppe von ›labour boys‹. »Dort drüben spalten und schälen die schanghaiten Jungs die Nüsse. Die dabei anfallenden Kokosfasern werden zur Herstellung von Seilen und Korbwaren verwendet. Der kostbare Inhalt der gespaltenen Kokoshälften aber kommt in den Ofen da hinten und wird vierundzwanzig Stunden erhitzt, um dem weißen Fruchtfleisch die Feuchtigkeit zu entziehen. Nachdem es wieder erkaltet ist, löst sich das Fleisch, das wir nun Kopra nennen. Diese Kopra wird von den Godeffroy'-schen Schiffen für das Handelshaus gleichen Namens in Kisten nach Europa verschifft. Dort drüben stehen übrigens jede Menge der Kisten zur Verladung bereit.

Früher lief das ganz anders. Da wurde das Öl hier auf den Inseln ausgepresst. Und zwar mehr schlecht als recht. Aus der Presse kam es in Fässer und wurde in Ölform nach Europa verfrachtet. Da die Segler oft länger als geplant unterwegs waren, wurde das Öl häufig schon auf dem Transportweg ranzig. Oder Fässer lösten sich bei schwerem Seegang im Frachtraum und wurden zerschlagen. In beiden Fällen entstanden erhebliche Transportschäden. Heutzutage wird Kopra in Kisten nach Deutschland befördert und dort ausgepresst. Denn die deutschen Pressen sind viel effektiver als hiesige, will sagen, man gewinnt besseres und mehr Öl aus den angelieferten Rohprodukten. Und Transportschäden gibt's so gut wie keine mehr. Das Schönste aber ist, dass die ausgepresste Kokosmasse dem lieben Vieh in Holstein zugutekommt!«

Donnerwetter. So genau wollte Viet das gar nicht wissen. Trotzdem, Müllers Ausführungen waren schon interessant, zumal sie in den nächsten Tagen tatsächlich die Kopraladung übernehmen würden. Dann fiel ihm eine weitere Frage zum Thema ein: »Und was ist mit der Kokosmilch? Schüttet ihr die einfach weg?« »Kokosmilch gibt es nicht. Die Flüssigkeit im Inneren der Nuss nennen wir Kokoswasser. Das müssen wir leider wegschütten! Kokosmilch ist eine künstliche Vermischung von Kokoswasser mit geraspelter Kopra.«

Ein paar Tage später verholte die CERES tatsächlich an diesen Kai, um die Koprakisten zu übernehmen. Die provisorischen Zwischendecks der Auswanderer bziehungsweise der eingeborenen Arbeiter waren aus dem Schiff herausgerissen worden und der Laderaum in alter Größe wiederhergestellt. Das dabei anfallende Holz musste Viet zugunsten des Alten verkaufen. Während er die Arbeiten beaufsichtigte, stellte er fest, dass sowohl das verwendete Holz wie auch der Laderaum selbst immer noch nach Guano rochen. Eigentlich ziemlich unangenehm, fand er.

Während der Steuermann noch dabei war, das Holz zu Geld zu machen, kam eine in Laub gehüllte, gespenstisch aussehende Figur auf den Platz. »Ein Duk-duk«, flüsterte Müller, der neben ihm stand. »Die Figur tanzt immer nur dann, wenn jemand aus einer Häuptlingsfamilie krank geworden ist. Denn Duk-duk-Tänze können sich nur Reiche leisten. Die damit verbundene Feier dauert ungefähr eine Woche. Sie soll bewirken, dass der Kranke entweder schnell wieder gesund wird oder rasch stirbt.

Für diese religiöse Zeremonie wird ein Mann, manchmal auch mehrere, an einem Tabu-Platz in Laub gehüllt. Der oder die Tänzer tragen die Duk-duk-Maske über dem Kopf, die gewöhnlich aus dem Bast des Faulbaums gefertigt ist. Nur die nackten Beine des Tänzers schauen heraus. Das können Sie gerade jetzt gut sehen. Damit läuft er über die Insel und bettelt jeden an. Übrigens ist Frauen und Kindern das Betreten des Tabu-Platzes bei Todesstrafe verboten. Sie müssen sich während der Duk-duk-Auftritte sogar verstecken, denn sie dürfen die verkleidete Figur auf keinen Fall sehen. Sie sollen nämlich nicht erfahren, dass sich ein Bekannter, ein Mann von der Insel, unter dem Kostüm verbirgt. Die Weiber sollen glauben, es sei ein Turangan, einer ihrer Götter. Bei diesem Ritual müssen auch Weiße Tabak oder Muschelgeld spenden.«

In diesem Augenblick gab es großes Geschrei. Die Duk-duk-Maske war tänzelnd auf einem Fleck stehen geblieben, dafür schienen die begleitenden Männer etwas in den Büschen entdeckt zu haben, das ihr Interesse fesselte. Aufgeregt liefen sie hin und her, riefen und zeigten in das wirre Grünzeug, bis sich zwei der Männer dort hineinzwängten und einige Augenblicke später mit einem kleinen Mädchen herausstürzten.

»Ach du Schreck!«, stöhnte Müller. »Das glaub ich jetzt nicht! Hat die Kleine doch wirklich den Duk-duk-Tanz beobachtet! Passen Sie auf, die lebt nicht mehr lange!«

Und in der Tat, es entspann sich ein unglaublich grausames Ritual. Das vielleicht neun- bis zehnjährige Mädchen wurde auf den Platz gezerrt, während es wie am Spieß schrie. Es strampelte und suchte freizukommen, hatte jedoch gegen den Griff der Männer keine Chance. Dann trat eine würdige Gestalt hervor, die der Medizinmann des Dorfes sein musste. Er hielt einen brettartigen Gegenstand, nein, den Griff eines breiten Holzschwerts in beiden Händen und wartete, dass ihm das Mädchen zugeführt wurde, während er sich auf die Waffe stützte.

Murmelnd hielt er einen Monolog. War das etwa schon das Urteil? Das kleine Mädchen rang weiter, um freizukommen. Schließlich überreichte der Schamane einem der Herumstehenden die Hinrichtungswaffe, der damit bedächtig auf das Mädchen zuging und ihm auf nochmaligen Zuruf zwischen Hals und Schulter schlug, so dass es augenblicklich tot zusammenbrach.

Der Himmel war während des Rituals blutrot geworden. Drückende Schwüle lastete über dem Hafen. Hunderte von schwarzen Vögeln belebten das dunkelrote Himmelspanorama, als Viet entsetzt, müde und ausgelaugt zurück an Bord kam. Kein Lufthauch war zu spüren, als er schweißnass in seine Kabine trat. Dafür gab es Mücken ohne Zahl. Das war schließlich ihre Zeit, in der sie jedem das Fell zerstachen. Doch Viet scherte sich nicht darum. Ihm saß immer noch der Schreck über den grausamen Mord in den Gliedern. Das also war die Kehrseite der »paradiesischen Samoainseln«: eine alljährliche Wurmplage, mörderische Wirbelstürme, raubgierige Haie, drückend feuchte Hitze und grausame Rituale, denen selbst unschuldige Mädchen zum Opfer fallen konnten. Von der sklavenähnlichen Fronarbeit der schanghaiten Männer ganz zu schweigen. Jetzt erst mal einen kräftigen Schluck! Den hatte Viet nach diesen schrecklichen Erlebnissen bitter nötig.

Kaum war er in der Kabine, klopfte es. Kapitän Külper trat ein, gerade als er die Whiskyflasche in der Hand hielt. »Lassen Sie sich nicht stören!«, meinte der Käpten und setzte sich.

Viet war über den unverhofften Besuch verblüfft und fragte: »Sie auch?«

Doch der Alte schaute immer wieder nervös auf seine Taschenuhr und versuchte, sie aufzuziehen. Warum guckt er eigentlich fortwährend auf seine Uhr? Drängte ihn ein Termin? Dabei hatte Külper einen hochroten Kopf. Hemd wie Hose klebten an vielen Stellen auf seiner Haut. »Erinnern Sie noch die Frau, deren Bruder kurz vor Sydney verstorben ist?«, fragte er stockend.

»Else Kaldewei?«

»Genau die. Sie kommt nachher an Bord und wird als zahlender Passagier mit uns nach Hamburg reisen.«

Külper schwieg ein weiteres Mal und wischte sich seine tränenden Augen, um dem Steuermann dann Folgendes mitzuteilen: »Um es kurz zu machen: Die Kaldewei muss für die Reise nach Hamburg irgendwo untergebracht werden. Und da gibt es leider nur eine Lösung: Ihre Kabine. Ich kann sie ja schlecht ins Mannschaftslogis stecken! Tut mir leid, Steuermann. Aber anders geht es nun mal nicht!«

Viet hatte sich so etwas beinahe schon gedacht, als Külper der Frau in Sydney anbot, sie von Apia nach Hamburg mitfahren zu lassen. Begeistert war er davon nicht.

»Und dann gibt es noch was, von Appen! Ich wollte schon lange mit Ihnen darüber sprechen. Jetzt, wo eine zweite Frau an Bord kommt, ist es sogar dringend notwendig: Sie trinken mir in letzter Zeit zu viel. Haben Sie mal beobachtet, wie viele Liter von dem hochprozentigen Zeug Sie seit Australien in sich hineingeschüttet haben? Das ist nicht gesund, mein Lieber. Aber davon mal abgesehen ist es für die Sicherheit unseres Schiffs abträglich und kein Vorbild für die Mannschaft. Ich erwarte deshalb, dass das ab sofort aufhört. Haben Sie mich verstanden?«

Viet nickte betreten, während der Alte sich erhob, um die Kajüte zu verlassen. Doch dann drehte er sich noch einmal um, nahm die auf dem Tisch stehende Whiskyflasche, trat an Deck und warf sie im hohen Bogen über Bord, nicht ohne vorher den Korken abgenommen und den Inhalt ausgekippt zu haben.

Viet war froh, dass der Käpten nur die angebrochene Flasche weggeworfen und nicht seinen gesamten Vorrat konfisziert hatte.

Gerade wollte er sich davon überzeugen, dass der noch unangetastet in seinem Schrank lag, als die Tür aufgestoßen wurde und Else Kaldewei mit ihrem Bündel in der Tür stand. »Oh, Entschuldigung, aber der Käpten hat gesagt ...!«

Ohne weiterzusprechen wollte sie sich umdrehen und den Rückzug antreten, als Viet ihr bedeutete, dass das schon seine Richtigkeit habe. »Sie werden hier wohnen. Ich gehe nach vorn ins Logis zu den Männern!« Er griff seinen Seesack und zog schmollend ab. »Die blöde Kuh! Musste sie denn unbedingt mit nach Hamburg?«

Bevor sie sich häuslich in Viets Kajüte einrichtete, wollte Else erst einmal gründlich sauber machen. Dafür holte sie sich vom Smut heißes Wasser, Eimer, Schrubber und Scheuermittel und fing mit den Bulleyes an, es folgten die Schränke, die Koje, und schließlich brachte sie auch den Strohsack zum Auslüften an Deck und befleißigte sich anderer hausfraulicher Reinigungspflichten. Dabei entdeckte sie Viets geheimen Vorrat an Whiskyflaschen, die sie ihm ins Mannschaftslogis bringen wollte. Doch als sie mit dem Fund übers Deck lief, stieß sie auf den Käpten.

»Ich wollt dem Steuermann nur schnell seine Whiskyflaschen bringen, die er wohl im Schrank vergessen hat.«

»Geben Sie die mir man. Ich muss ohnehin mit ihm sprechen!«, lautete Külpers knappe Entgegnung, der die Flaschen nahm und damit in seiner Kabine verschwand.

»Gehst du jetzt unter die Säufer?«, fragte Lisette scherzhaft, als Külper mit den Flaschen im Arm erschien.

»Die muss ich bis Hamburg in Verwahrung nehmen, damit von Appen sie nicht in die Finger kriegt. Ich weiß nicht, warum der Kerl angefangen hat zu trinken. Das alles geht mich ja eigentlich nichts an, aber als trinkender Steuermann gibt er ein denkbar schlechtes Vorbild für die Mannschaft ab. Meinen Leuten ist jeder Alkoholgenuss streng verboten. Und wer dagegen verstößt, bekommt Ärger. Gerade ein Steuermann muss immer bei klarem Verstand sein, damit er sein Schiff jederzeit führen kann!«

In der Tat, auch Lisette hatte sich schon länger über Viet gewundert. »Kann es sein, dass er Liebeskummer hat? In solchen Fällen greifen Männer gern mal zur Flasche und erhoffen sich davon Trost. Wie gesagt, ich könnt' mir gut vorstellen, dass ihn so was bedrückt. Denn erst nachdem er in Australien den Brief aus der Heimat erhalten hatte, begann seine Trinkerei!« Die Kapitänsfrau blickte auf ihre Finger und kaute auf einem zu lang gewachsenen Nagel. »Du solltest zusehen, dass er sich vor dem Ablegen keine neuen Trostspender besorgt, sonst hast du bald wieder das gleiche Problem!«

Aus Ärger über diese Geschehnisse verließ Viet die CERES und trat wutentbrannt mit dem Fuß gegen die Schanz. Nachdem er sich auf diese Weise ein wenig abreagiert hatte, wollte er in eine Bar gehen, um den Rest des Ärgers mal wieder mit Alkohol hinunterzuspülen. Doch dann entschied er sich anders. Er ging zu der Hütte, die ihm am Tag zuvor von einigen seiner Männer empfohlen worden war. »Mann, da müssen Sie mal hin. Da sind Weiber!«, stöhnte einer seiner Leute auf und wog seine beiden großen Hände vor der Brust, um die Formen der »Damen« möglichst anschaulich zu beschreiben. »Und einen Achtersteven haben die, mein lieber Scholli!«

Viet war neugierig geworden und wollte mit eigenen Augen sehen, was Sache war. Also machte er sich auf den Weg zu besagter Hütte. Sie war nicht schwer zu finden, denn zwei der Frauen saßen davor und sprachen ihn an, kaum dass er in deren Nähe kam. Leider blieben ihre weiblichen Attribute weit hinter den Beschreibungen seiner Männer zurück. Trotzdem, der Bordellbesuch war mit 40 Pfennigen unglaublich günstig, so dass er sich entschloss, hineinzugehen. Eine der Frauen hakte sich augenblicklich bei ihm ein und führte ihn zu einer durch einen schmuddeligen Vorhang abgeteilten Matte, auf der sie sich niederließ, nicht ohne vorher die Hüllen fallen zu lassen. Ungläubig starrte Viet sie an, denn eine Frau mit so viel rabenschwarzem Schamhaar hatte er sich in seiner wildesten Fantasie nicht vorstellen können. Leider war das 40-Pfennig-Vergnügen schnell vorüber. In doppeltem Sinn ernüchtert trat er den Heimweg an.

Else musterte ihn nach seiner Rückkehr so merkwürdig. Hatte sie etwa von seinem Ausflugsziel erfahren? Sie sahen sich beim gemeinsamen Abendessen mit dem Kapitänsehepaar. Der für sie neue Personenkreis, die gediegene Kapitänskajüte und das gute Essen waren für Else, die auf der dreimonatigen Reise von Hamburg nach Sydney manchmal an Deck, meist aber im engen Zwischendeck Pökelfleisch und Schiffsbrot verzehrt hatte, wie der Wechsel aus einer Höhle in einen Palast. Sie mochte sich kaum richtig setzen, rutschte auf der vorderen Kante ihres Stuhls hin und her und sprang auf, sobald der Smut die Gerichte hineintrug, um beim Servieren zu helfen. Das aber duldete Külper nicht. Er freute sich über sie als zahlenden Passagier – nicht nur weil die Passagekosten in seine Tasche flossen, sondern auch weil Else für seine schwangere Frau eine gute Stütze sein würde. Diese Mitreisende sollte deshalb angemessen leben und essen können. Daran lag ihm.

Das Schiff war während des Aufenthalts auf Mioka in allen Teilen gründlich überholt und frisch gestrichen worden. Deshalb konnten Kapitän und Mannschaft wieder stolz auf ihre CERES sein. Einige Männer hatten die Zeit genutzt, um das Tätowierstudio eines Malaien aufzusuchen. Der stach Frauendarstellungen mit bloßen Brüsten und Nixenschwanz sowie dem Namen ihrer Liebsten in die Haut der Hamburger Seeleute. Dazu waren sie von Briten inspiriert worden, die manchmal nicht nur die Arme, sondern auch Beine, Brust und Rücken, einige sogar auch noch den Kopf tätowieren ließen. »Tattoos vertreiben das Böse und bringen Glück!«, wurde gesagt. Ob das wirklich stimmte? Schaden konnte es jedenfalls nicht.

Die Bark wurde an die Kokos-Pier verholt und während der nächsten Tage beladen. Das war eine unglaublich schwere Arbeit. Denn die Ladung von mehr als 200 Tons musste mit einer Handwinde übernommen werden. Als die Kopraladung zur Hälfte an Bord war, wurde sie nach oben getrimmt und mit schweren Sandfässern niedergerollt. Das war mehr als schweißtreibend, denn die getrockneten Palmfrüchte waren zwischen die Decksbalken zu stampfen und zu stopfen, damit sie unterwegs nicht ins Rollen kamen. Währenddessen achtete Külper darauf, dass sich Viet, der die Verladung leitete, keinen neuen

Stoff kaufte oder mitbringen ließ. Doch irgendwie musste es ihm wohl doch gelungen sein ... Wahrscheinlich bei einem weiteren Besuch der 40-Pfennig-Girls.

Am 3. September war die Bark segelfertig und verließ Mioka im Schlepptau eines Dampfers, um nach der Passage des Riffs unter Segeln nach Hongkong zu gehen. Neben Viet stand Else auf dem Achterdeck und schaute der versinkenden Insel nach. »Wie lange wird es wohl dauern, bis wir Hongkong erreicht haben, Steuermann?«, fragte sie interessiert.

»Vermutlich ein bis zwei Monate«, grummelte Viet und überlegte, wie er an den Whisky in seiner jetzt von Else bewohnten Kabine kommen könne. Was sollte er diesem Weib nur sagen, um sein Eigentum möglichst unauffällig sicherzustellen? Bisher war ihm dazu nichts eingefallen, als zu hoffen, sie möge die vier Flaschen nicht gefunden haben. Doch dann brachte sie selbst das Thema darauf: »Ich wollt Ihnen neulich den Whisky bringen, den Sie in Ihrer Kabine vergessen haben. Aber als ich damit übers Deck ging, traf ich Kapitän Külper, der mir den Schnaps abnahm und Ihnen persönlich geben will. Ich hoffe, er hat das inzwischen getan?«

Verdammt, dachte Viet, was schnüffelt das Weib in meinen Schränken rum?! Und dann fällt der Schnaps ausgerechnet dem Alten in die Hände. Das wird bestimmt wieder Ärger geben. Gottlob hatte er sich heimlich eine weitere Flasche, diesmal Gin, mitbringen lassen. Für die musste er allerdings noch ein Versteck finden.

»Sind Sie eigentlich Alkoholiker?«, fragte Else unverblümt. Worauf er nur kurz angebunden antwortete, dass er sich manchmal schon ein Schlückchen genehmige. »Zur Verdauung oder wenn es hoch hergegangen ist!«

»Aber gleich vier Flaschen von diesem schottischen Zeug? Ich weiß nicht! Ist das nicht ein schlechtes Vorbild für Ihre Männer?«

Sie wartete auf Viets Antwort. Doch der verspürte wenig Lust, diese Unterhaltung fortzusetzen. Er entschuldigte sich damit, dass er sich um den Kurs des Schiffes kümmern müsse. Elses Fragerei hatte ihm gerade noch gefehlt. Was sprach denn schon dagegen, sich das Leben schöner zu trinken?

Doch Else Kaldewei ließ sich nicht abschütteln: »Wissen Sie, unser Vater hatte auch Alkoholprobleme. Deshalb kenne ich mich aus damit. Bei ihm war es die Arbeitsüberlastung in seiner Fleischerei, sagte er immer. Und bei Ihnen, warum greifen Sie zur Flasche?«, rief sie ihm hinterher, als Viet nun energisch das Weite suchte. »Ich muss wirklich dringend nach vorn!«, sagte er, ließ sie stehen und machte sich endlich auf zum Bug.

Die Sache gärte aber noch in ihm: Kaum war sie an Bord, spielte sie sich als Sittenwächterin auf! Was ging es das Weib an? Das war doch einzig und allein seine Sache. Wohlmöglich wollte sie ihm auch noch die Puffbesuche vermiesen. Das hätte ihm noch gefehlt. Was die sich herausnahm! Sich in seine intimsten Angelegenheiten zu mischen! Und dann solche unverschämten Fragen zu stellen, ob er Alkoholiker sei! Warum er zur Flasche greife! Unfassbar!

BLANKENESER ALLTAG

Viets Mutter Catharina suchte mal wieder die Schmutzwäsche der Familie zusammen. Ein Ritual, das alle sechs Wochen stattfand. Denn für die nächsten Tage war »große Wäsche« angesagt. Früher, als noch alle Kinder im Haus lebten, war der Wäschehaufen wesentlich größer gewesen. Denn jeder wechselte seine Wäsche, seine Hosen, Hemden oder Blusen alle 14 Tage bis drei Wochen. Da kam nach sechs Wochen einiges zusammen. Doch ob der Haufen groß oder klein war – die Arbeitsgänge waren immer die gleichen: Erst musste die Wäsche ein bis zwei Tage in warmem Seifenwasser einweichen, dann wurde das Ganze in einem großen Topf gekocht. Weil es dafür in keiner Blankeneser Küche Platz gab, geschah das notgedrungen im Garten. Über offenem Feuer. Natürlich auch bei Regen, Schnee oder Frost. Anders ging es nicht. Nur einige Wohlhabende hatten sich in den letzten Jahren ein Waschhaus zugelegt. Dazu hatte es bei den von Appens und ihren Mitbewohnern aber nie gereicht. Dabei war noch etwas anderes zu bedenken: Im Haus wohnten acht Parteien, mit denen man sich über den Waschtermin einigen musste. Denn es gab auf den meisten Grundstücken in der Regel nur einen windgeschützten Winkel, in dem man das Wäschefeuer entfachen konnte, ohne das leicht entflammbare Reetdach in Gefahr zu bringen. Das war oberstes Gebot.

Catharina zerrte den Topf mit der in Seifenlauge eingeweichten Wäsche aus der Diele und wuchtete ihn aufs Feuer. Ausgerechnet heute regnete es, und Westwind stand auf dem Haus, so dass das Feuer immer wieder ausging. Trine kam, die Nachbarin, die ihre Hilfe angeboten hatte. Genau wie Catharina trug sie eine gewachste Leinenschürze, damit ihr Waschkleid nicht zu nass wurde. Sie griff nach dem großen Wäschelöffel, der wie ein Paddel aussah, und rührte damit im Brei der kochenden Textilien. »Schön, dass du mir hilfst, Trine!«, bedankte sich Catharina und beobachtete aufmerksam das Feuer unter dem Topf. Dann schob sie ein paar Stücke Schwemmholz in das heruntergebrannte Feuer.

Für die Waschtage hatte sie einen extragroßen Holzhaufen an der Hauswand aufgeschichtet. Vor Nässe vom überkragenden Reetdach geschützt. Weiter hatte sie mehrere Eimer frisches Wasser bereitgestellt, die sie gestern Abend von der Pumpe in der Elbstraße geholt hatte. Früher waren das Aufgaben der Kinder gewesen.

»Bin ich etwa zu spät gekommen?« Trine stieß den Knüppel abermals in die brodelnde Wäsche und hob ein paar Stücke an, ließ sie aber gleich wieder ins Wasserbad klatschen, denn sie mussten noch länger kochen. »Hilft Lisa nicht?«, fragte sie weiter. Diese peinliche Frage hatte Catharina erwartet: »Lisa muss heute im Pastorat helfen. Du weißt doch, Pastor Thomsen ist da eigen. Wenn er etwas anordnet, lässt er keine Entschuldigung gelten.«

Während sie das Feuer und den Kochvorgang der Wäsche beobachteten, klönten die Frauen miteinander oder mit Vorbeigehenden und Nachbarinnen. Hauptsächlich ging es um Hertas bevorstehende Hochzeit. Dann wechselte das Thema. »Weißt du schon, dass am Strandweg ein weiteres Restaurant aufmacht? Wovon wollen die eigentlich alle leben? Das begreif ich nicht. So viele Gäste kommen doch nicht nach Blankenese!«, mutmaßte Trine und dachte an die zahlreichen Wirtschaften und Gasthäuser, die in den letzten Jahren schon entstanden waren.

Nachdem die Wäsche ausreichend lange gekocht hatte, ließen sie das Feuer auf kleiner Flamme weiterbrennen. Neben der Feuerstelle stand schon der Waschzuber auf einem Bock. In ihn kam ein Teil des heißen Wassers aus dem Kochtopf. Nun ging es an den zweiten Waschgang, bei dem jedes einzelne Stück auf der gewellten Ruffel mit Kernseife rauf und runter sauber geschrubbt wurde. Eine anstrengende Arbeit bei eintöniger Ruffel-Musik, bei der man selbst im Winter ins Schwitzen kam. Ein Stück nach dem anderen wurde mit viel Kraftaufwand geruffelt. Wollpullover dagegen mussten sie behutsam in handwarmer Seifenlauge waschen.

Beim dritten Waschgang kamen alle Textilien in ein Bad aus klarem, kaltem Wasser. Darin wurden sie gespült, mit dem Wäscheknüppel hin und her geschwenkt und schließlich auch gestoßen. War das getan, wrang man die feuchtkalten Stücke aus und hängte sie mit klammen Händen auf die Leine oder breiteten sie auf dem Rasen des Vorlands zum Trocknen oder Bleichen aus.

»Du, die sind noch von Viet!« Catharina hielt eine Wäscheklammer hoch und führte aus, dass ihr Ältester sie aus Weidenschösslingen geschnitzt und ihr zum Geburtstag geschenkt hatte. »Ach, der Viet. Schon als Junge war er so patent.« Solche Komplimente machte nur Trine. »Wie geht es ihm eigentlich?« »Am liebsten gut!«, bemerkte Catharina, um keinen weiteren Bericht abgeben zu müssen.

Am späteren Abend, nach dreitägiger Arbeit, gingen Catharina und Trine runter zur Elbe, um sich den Neubau des Restaurants »Kleiner Elbpavillon« anzuschauen. »Zur Hochzeit von Herta ist es wohl noch nicht fertig?« Während sie das fragte, rutschte Catharina auf dem ausgewaschenen Weg aus und schlug sich die rechte Handfläche auf. »Können die Herren vom Gemeinderat unsere Wege nicht endlich mal pflastern?«, schimpfte sie vor sich hin. »Immer wieder fallen Leute oder kommen den Berg nicht hoch, nur weil es keine Pflasterung und keine einzige Treppenstufe gibt. Aber Gastwirtschaften und Restaurants, die bekommen einen Gewerbeschein! Das bringt ja auch Steuern ein.«

»Ach, reg Dich doch nicht auf. Ich denk ja genau wie du!«, versuchte Trine sie zu beruhigen. »Ich finde übrigens, dass sie ruhig ein paar Straßenlaternen am Strandweg aufstellen sollten. Aber wart mal ab, wenn sich die ersten Besucher am Strandweg Arme und Beine brechen, werden im Nu Lampen aufgestellt!«

Während sie über den Strandweg liefen, wanderten Trines Überlegungen zurück zur Gastronomie. »Immerhin, wenn es neue Gasthäuser gibt, gibt es auch mehr Arbeit. Im ›Blatt‹ hab ich neulich gelesen, dass sie für zehn Gäste immer eine Kraft benötigen. Nun stell dir vor, es kommen an einem Sonntag zehntausend Besucher …«

»Du bist ja wohl mall. Wo sollen die denn herkommen?«, antwortete ihr Catharina.

Zunächst bewunderten sie den Neubau des Restaurants, blickten dann zu den aufkommenden Fischewern auf dem Strom. Ein romantisches Bild – die schwarzbraunen Segel vor der glühenden Abendsonne. Dabei sinnierte Trine: »Als Kinder mussten wir jedes Jahr einen Satz Segel für unser Boot spinnen und weben. Mit dem Spinnen begannen wir schon im Advent. Meist ging es bis in die späte Nacht. Auch das Garn für Vadders Taue haben wir gesponnen. Wenn er und die anderen Männer dann im Frühjahr wieder raus auf See gingen, haben wir auf der Diele die im Winter gesponnenen Garne verwebt. Jede Familie musste einen Satz Segel für den Familienewer herstellen. Doch es wurde nicht nur gesponnen und gewebt, sondern dabei viel erzählt und gesungen. Aus dieser Zeit kenne ich eine Unmenge Lieder. Manchmal aber waren wir nicht fleißig genug, weil eines oder mehrere von uns Kindern krank geworden waren. Dann wurden die Segel nicht fertig. In solchen Fällen hing der Haussegen schief. Über so was konnte sich Vadder furchtbar aufregen.«

Langsam gingen sie wieder den Berg hinauf zu ihren Häusern. »Schönen Dank auch!«, sagte Catharina zum Abschied und winkte Trine nach. »Ich nehm die Wäsche eben noch ab. Vielleicht ist sie ja schon trocken!«

Die letzten Tage waren wirklich kein Zuckerschlecken gewesen. Doch einschlafen konnte Catharina nicht gleich, Müdigkeit hin oder her. Ihre Gedanken kreisten um Hertas bevorstehende Hochzeit. Wo sollte gefeiert werden? Wen musste man einladen? Was die Braut anziehen – und was sie?

Hannes, Hertas Stiefvater und Onkel, war bekanntermaßen ein ausgemachter Geizkragen. Er würde die Hochzeit bestimmt nicht ausrichten. Obwohl das seine Pflicht und Schuldigkeit gewesen wäre. Catharina hatte ihn leider heiraten müssen, weil ihr Mann auf See geblieben war. Denn wie hätte sie sonst die Kinder und sich über die Runden bringen können? Aber was sollte es? Sie wollte sich nicht mehr über diesen Kerl aufregen! Stattdessen überlegte sie, wie sie die Hochzeit – auch ohne Hannes' Hilfe – organisieren konnte. Zum Glück hatte ihr Viet für besondere Anlässe eine schöne Summe überlassen. Das Geld stammte von seinem Onkel Claus in Chile, den er auf seiner ersten Reise in den Anden ausfindig gemacht hatte. Damit konnte sie die Feier bestreiten. Das Geld lag sicher vor Dieben, vor allem aber sicher vor Hannes auf dem Altonaer Unterstützungsinstitut von 1797. Sören, Viets bester Freund und Hertas Bräutigam, hatte dafür die Kontovollmacht. Jedenfalls solange Viet auf See war.

In der Kleiderfrage war sie sich längst klar: Herta würde zur Trauung eine Blankeneser Festtagstracht anziehen. Die wollte Trine ihr leihen. Und auch sie würde sich eine Tracht borgen, das stand fest. Aber wo sollte die Feier stattfinden? Es musste ein gepflegtes, aber nicht zu teures Restaurant sein. Ein bisschen gediegen, denn sie wollte bei der Feier keine Schlägerei erleben. Wie sie beispielsweise öfter in der Dockenhudener »Linde« vorkam. Das war zwar ein preiswertes Wirtshaus, aber viele Blankeneser mokierten sich: »Typisch Dockenhuden«, nur weil dort häufig Fäuste flogen. Sobald ein Blankeneser in diesem Lokal eine Dockenhudenerin zum Tanz aufforderte, hieß es von dortigen Bauernlümmeln: »Wir treten unsere Hühner selbst!«, und schon ging die Keilerei los. Die »Linde« kam also nicht in Frage. Schließlich war sie mit ihren Überlegungen doch beim »Fährhaus« von Herrn Sagebiel gelandet. Dort zu feiern war eigentlich ein Muss, ging ihr auf. Immerhin arbeitet Herta dort in der Küche. Vielleicht würden sie deshalb auch ein günstiges Angebot für die Feier erhalten? In den nächsten Tagen wollte Catharina bei Herrn Sagebiel vorsprechen. Am besten nahm Herta an dem Gespräch teil.

Aber wie das Fest gestalten? Am Abend vor der Hochzeit musste es den Polterabend geben. Das war klar. Sören und seine Alsener Verwandtschaft hatten ihr Kommen schon angekündigt. Sie setzte die Aufzählung der Gäste im Stillen fort. Es wurden immer mehr. Ach ja – ihre Verwandtschaft aus Dockenhuden gehörte schließlich auch dazu. Vielleicht nur zum Polterabend? Dann bräuchte man sie nicht ins »Fährhaus« zu bitten. Vorab aber hatte das Brautpaar das Traugespräch mit Pastor Thomsen zu führen. Daran musste sie Herta noch erinnern. Dann war der Einspänner für die Brautleute zu mieten, um sie zur Kirche und zurück zu bringen – oder sollte die Hochzeitsgesellschaft mit dem Brautpaar voran zur Kirche laufen? Dann würde man die Kosten für Pferd und Wagen sparen. Aber wie sähe das aus? Von der Nienstedtener Kirche würde es schließlich zum Festschmaus ins Fährhaus gehen. So ungefähr könnte es werden.

Doch da war noch was. Brauteltern mussten nicht nur die Hochzeitsfeier ausrichten, sondern die Braut obendrein mit einer Mitgift ausstatten. Die würde sie nicht von Viets Geld zahlen können! Das Thema Mitgift musste sie noch einmal gründlich überdenken. Mit diesem ungelösten Problem schlief sie doch endlich ein.

ALWINES GEBURT

Schon mehrfach waren schwächere Wehen aufgetreten. Jetzt aber wurde es ernst. Else bereitete alles für die Geburt vor. Zum Glück hatte sie bei den zahlreichen Geburten im Zwischendeck gut aufgepasst und geholfen, sodass sie sich sicher fühlte, eine gute Hebamme zu sein. Dafür war sie zu der werdenden Mutter in die Kapitänskajüte gezogen. »Wo soll ich denn jetzt hin?«, hatte Külper irritiert gefragt, als die beiden Ladies seine Kajüte mit Beschlag belegten. Endlich hatte auch Viet mal was zu grinsen.

Jedes Mal, wenn die Kajüttür aufging, sprang Külper, der meist auf einem Kapitänsstuhl davor saß, hoch und wollte aufgeregt wissen, wie es um seine Frau stünde. Doch nicht nur der werdende Vater, auch die Mannschaft wollte über den Fortgang der Geburt informiert werden.

So ging es bis irgendwann eine verschwitzte Else vor die Kajüte trat, sich mit nackten Unterarmen die wirren Haare aus dem Gesicht schob und nach dem überdrehten Vater suchte. Der kam vom Bug angerannt.

»Und?«, fragte er mit sich überschlagender Stimme, »Ist es soweit? Wie geht es meiner Frau? Was ist es denn?« Else strahlte ihn erschöpft, aber zufrieden an. »Ihrer Frau geht es gut!« Er wollte augenblicklich in seine Kajüte stürzen. Else aber hielt ihn an den Rockschößen fest. »Nicht so schnell! Ihre Frau muss sich jetzt erst mal erholen. Sie ist gerade eingeschlafen. Dem Neugeborenen geht es ebenfalls gut. Alles ist dran, alles ist gut. Sehr gut sogar. Denn ihr Kind kam mit einer Glückshaube zur Welt!« Külper starrte sie ungläubig an. »Kennen Sie nicht? So nennt man die Überreste der Fruchtblase, die in ganz seltenen Fällen über dem Kopf des Neugeborenen hängen bleibt! Deshalb: ganz besondere Glückwünsche!« Der Kapitän war immer noch nervös und auch die Besatzung trieb nur die eine Frage: »Was ist es denn?« »Ach so«, fiel es Else ein, »das hab ich in der Aufregung fast vergessen: Es ist ein Mädchen!«

Külper ließ sich enttäuscht in seinen Sessel fallen, dass es krachte.

Beinahe wäre ihm sein Zylinder vom Kopf gefallen. Ein Ereignis mit Seltenheitswert. Er hatte sich endlich einen Stammhalter gewünscht. Einen Jungen, der mal in seine Fußstapfen treten, Kapitän werden und sein Schiff führen sollte. Und nun das.

Aber wie auch immer: »Jetzt wollen wir die Lütte mal baden!«, hieß es im Mannschaftslogis. Gemeint war das Anstoßen auf die frisch geborene Alwine.

Else war vor dem Anstoßen zu Viet gegangen: »Ich würd' an Ihrer Stelle nicht mitmachen! Die Männer brauchen Sie als Vorbild. Wenn Sie jetzt wieder mit dem Alkohol anfangen, verlieren Ihre Leute das letzte bisschen Achtung vor Ihnen«, appellierte sie an sein Verantwortungsgefühl. Viet grummelte etwas, was weder Zustimmung noch Ablehnung bedeuten mochte.

Doch Else gab nicht auf, zudem hatte sie von Hein Lindemann eine interessante Neuigkeit gesteckt bekommen. »Aber das muss unter uns bleiben ... Das müssen Sie mir versprechen!«, hatte Hein verlangt, bevor er von seiner Entdeckung berichtete. Und weil er nicht ganz sicher war, dass sie wirklich schweigen würde, setzte er nochmals an: »Ich kann mich doch auf Sie verlassen?« Als Else auch das bejahte, zog er die Flasche Gin aus seiner Hosentasche, die sich Viet kurz vor dem Auslaufen aus Apia heimlich hatte bringen lassen. »Die hab ich in der Segelkammer gefunden! Wahrscheinlich gehört sie auch unserem Steuermann!«

Als Viet mit der Flasche Gin konfrontiert wurde, war er wie vor den Kopf geschlagen. »Ich will wissen, wer sie gefunden hat!«, war seine erste Verteidigung. Doch Else wiegelte ab! »Das tut doch nichts zur Sache. Das macht Ihre Trinkerei nicht besser! Jetzt ist es vielmehr an der Zeit, dass Sie endlich damit aufhören! Sie in Ihrer Position.«

Fing sie schon wieder damit an. Viet konnte es kaum glauben. Aber irgendwas stimmte ihn diesmal milder.

»Sind Sie damit einverstanden, wenn ich sie über Bord werfe?«, fragte Else.

»Nein!« war Viets Antwort. »Nein, auf keinen Fall!«

Damit griff er die bauchige Flasche und – warf sie selbst über Bord!

Nach einer Sekunde der Verblüffung lachten beide.

Erst die Glückshaube und nun auch noch diese Wende. Kein schlechter Tag auf der CERES, dachte Else.

PIRATEN

Als Viet am Klüver über die Reling schaute, faszinierte ihn das unglaublich fischreiche Wasser. Dieses warme Meer war Brutplatz riesiger Fischschwärme. Das konnte man gut von der Reling der Bark aus erkennen. Besonders aber fesselte ihn der Kampf, den ein Hai mit einer schwarz-weiß geringelten Wasserschlange austrug. Um das besser sehen zu können, kletterte er auf eine Nagelbank und lehnte sich weit, weit über die Reling, während er sich an einem Rigg festhielt. Der Existenzkampf der beiden Kreaturen verlief hochdramatisch, bis es dem Hai schließlich doch gelang, der würgenden Klammer der Schlange zu entfliehen. Als die Nacht hereinbrach, leuchtete das warme Wasser, so dass man glauben konnte, auf einem Feuermeer zu schwimmen.

Doch die Ruhe war nur vorübergehend. Eine so dramatische Wetterfront, wie sie sich am nächsten Tag auftat, hatten sie noch nie erlebt. Drohende Wasserhosen – wie Riesenschläuche aus den Wolken hängend – peitschten die See und rasten mit Fauchen an ihnen vorbei. In der darauffolgenden Nacht musste auch die Freiwache raus und Segel bergen, so stark war der Sturm. Grelle Blitze zerrissen die Nacht. Und plötzlich stürzte eine Sintflut mit Getöse über die CERES herein. Offenbar hatten sie eine Wasserhose angesegelt.

Nach eineinhalb Tagen aber beruhigte sich das Wetter wieder, und die Pracht der Fischwelt kam abermals zum Vorschein.

Lisette erholte sich erstaunlich schnell von der Geburt. Der Käpten durfte wieder in seine Kajüte, die er von nun an mit seiner Frau und der kleinen Alwine teilen musste. Beim mittäglichen Essen an einem der nächsten Tage fasste Viet sich ein Herz: »Käpten, Sie haben meine Whiskyflasche neulich mit der Ermahnung beschlagnahmt, ich soll mit dem Trinken aufhören. Wäre nett, wenn Sie die vier Flaschen, die Sie an sich genommen haben, für mich bis Hamburg aufbewahren könnten!« Über diese Formulierung hatte er lange nachgedacht. Jetzt war der Satz raus, und die beiden Damen, wie auch Külper, schauten ihn erstaunt an. Nach einer winzigen Bedenkpause nickte der Alte, um sich gleich wieder seiner Suppe zu widmen. Die schaufelte er laut schlürfend über seinem auf dem Tisch liegenden linken Arm in sich hinein, während die Damen einige Zeit benötigten, den Satz zu verarbeiten.

Um das peinliche Schweigen zu durchbrechen, begann Viet mit einem Thema, über das dringend nachgedacht werden musste: »Es heißt, den Eingeborenen dieser Gegend ist nicht zu trauen. Es soll hier sogar Piraten geben. Käpten, sollten wir dafür nicht besser Vorsichtsmaßnahmen treffen? Ich würde empfehlen, die Seewachen mit Pistolen auszurüsten, Knüppel bereitzulegen und beim ersten verdächtigen Geräusch alle Freiwachen zu mobilisieren. Was halten Sie davon?«

»Einverstanden! Machen Sie das. Und zusätzlich will ich nachts einen Mann im Mars haben, der mit einer Flinte umzugehen weiß! Das gilt, solange wir unter Land segeln. Sorgen Sie dafür, und machen Sie den Männern klar, dass das alles nur Vorsichtsmaßnahmen sind und kein Grund zur Sorge besteht. Letzteres gilt übrigens auch für die Damen.« Damit wandte er sich den beiden Ladys zu und grinste.

Als es Abend wurde, ließ Viet Pistolen an die Wachen austeilen und übernahm selbst die Hundewache. Die Nacht war lau und windstill, die CERES machte kaum Fahrt. Nur das leise Klatschen der Wellen am Schiffsrumpf und das Schlagen der Segel, denen der aufblähende Wind fehlte, waren zu hören.

Wenn man so wollte: ideal für einen Piratenüberfall.

Der Steuermann machte seinen Rundgang übers Deck und suchte den schwarzen Küstenstrich an Backbord mit dem Fernglas wieder und wieder ab, um nach Verdächtigem Ausschau zu halten. Doch alles war friedlich. Nur das Greinen der kleinen Alwine drang manchmal aus der Kapitänskajüte. Nichts aber deutete auf eine Gefahr hin.

Der fehlende Wind und die Ereignislosigkeit der Nacht machten schläfrig, bis ein Fahrzeug vorbeigetrieben kam. Als es sie beinahe schon passiert hatte, entdeckten sie, dass auf ihm ein Feuer ausgebrochen war. »Feuer auf ablaufendem Schiff!«, rief Hein Lindemann, der im Mars saß und die Flinte parat hielt. Alle Wachen schauten hinüber zum Brand und warteten auf den Befehl, das Beiboot zu Wasser zu lassen, um zu Hilfe zu eilen.

Stattdessen befahl Viet dem Ausguck: »Pass genau auf die Steuerbordseite auf. Halt dein Gewehr schussbereit! Der Brand kann eine Falle sein!« Auch die übrigen Wachen erhielten die Order, die Steuerbordseite unter besonderer Kontrolle zu halten und beim geringsten Anzeichen Kapitän und Freiwachen zu holen.

Noch während die Männer gespannt auf das brennende Schiff blickten, fing Hein aus dem Mars an zu schießen. Gleichzeitig hörte man einen Schrei, verbunden mit einem Klatscher, als sei jemand ins Wasser gefallen. Als sich die Wachen auf die Steuerbordseite begaben, tauchten vor ihnen jählings halbnackte Gestalten auf, die sich über die Reling schwangen. Lindemann feuerte einen zweiten Schuss aus dem Mars. Der ging jedoch daneben. Immer mehr Halbnackte schwangen sich über die Schanz. Einige fielen von Schüssen getroffen zurück ins Wasser, andere blieben an Deck liegen. Ein paar stürzten sich auf die vier Wachen.

Nicht nur der Kapitän, auch Lisette war aus der Kapitänskajüte gestürzt. Ist die Frau verrückt?, durchzuckte es Viet. Eine junge Mutter sollte sich besser in ihre Kajüte einschließen, als in einer solchen Nacht an Deck zu schauen. Külper hatte seine Frau wahrscheinlich nicht gesehen. Er griff augenblicklich einen der bereitliegenden Knüppel und prügelte auf den erstbesten Angreifer ein, der erschreckt zurückwich. Der Überraschungsangriff der Piraten kam durch die bewaffnete Abwehr ins Stocken. Plötzlich ertönte ein Schrei, und Viet beobachtete aus den Augenwinkeln, dass er von Lisette ausgestoßen wurde, die von einem Piraten gegriffen und über die Reling in eines der Angreiferboote geworfen wurde.

Was tun? Weiterkämpfen oder die Kapitänsfrau retten? Doch automatisch wurde ihm klar: Er musste zur Steuerbordseite laufen und über die Schanz blicken. Leider konnte er sie im Zwielicht des Morgengrauens auf keinem der Boote entdecken, die an der CERES vertäut in der leichten Dünung schwankten. Deshalb lief er weiter zum Klüver, immer nach ihr suchend. Ein verletzter Eingeborener, der auf Deck lag, wollte sich dabei an seine Beine klammern, um ihn zu Fall zu bringen, doch der Steuermann schlug ihm mit seinem leer geschossenen Colt so hart ins Gesicht, dass er aufschreiend zurückfiel.

Nachdem Viet weder Lisette noch ihre Kidnapper entdeckt hatte, suchte er nach einem Auslegerboot, mit dem er sie verfolgen könnte. Vorn unter dem Bug lag ein Auslegerboot neben verschiedenen

Kanus. Er sprang über die Schanz, griff ein Seil und ließ sich in das Boot gleiten, während von Deck immer noch Kampfrufe, Schreie und Schüsse zu hören waren. Viet kam die Idee, die im Päckchen liegenden Boote gemeinsam loszubinden und die Verfolgung allein mit dem Ausleger aufzunehmen. Die anderen Boote sollten forttreiben, damit sie von den Piraten nicht mehr benutzt werden konnten. Überrascht hörte er von oben eine bekannte Stimme. Er blickte auf und erkannte Else.

»Was? Du hier?«, rief er erschrocken und vergaß das Siezen. »Ich will mit. Lisette muss gerettet werden!« war ihre naive Entschuldigung. Dabei sprang sie ins Boot und wies in die Richtung, die sie nehmen mussten: »Die Piraten sind mit ihr in diese Richtung fort.«

Viet hätte Else am liebsten zurück auf die CERES geschickt. Doch dafür war es zu spät. Das Päckchen von Booten war schon mehr als 30, 40 Meter von der CERES weggetrieben. »Sieh zu, dass Du die an uns gebundenen Boote lostüddelst, damit wir die Banditen verfolgen können!«

Warum war Else nicht bei Alwine geblieben? Das war doch ihr Schützling! Wer kümmerte sich jetzt um den Säugling?

Als sich ihr Boot von den anderen gelöst hatte, schlug Viet die vorgegebene Richtung ein. »Das Ding hier muss geladen werden! Verstehst du was davon?«, fragte er und reichte Else seinen Colt. Gleichzeitig holte er aus seiner Hosentasche eine Handvoll Patronen, die er sich gottlob in ausreichender Menge eingesteckt hatte. Er gab sie ihr mit dem Befehl: »Laden!« Eigentlich hatte er erwartet, dass sie daran scheitern würde, doch das klappte überraschend gut. Zur Sicherheit kontrollierte er die Waffe, um sie dann in seinen Hosenbund zu schieben.

Ihr Auslegerboot nahm Fahrt auf, während das Kampfgetümmel an Deck der CERES abgeklungen war. Das Gefecht mit den Piraten war zugunsten der CERES-Leute entschieden, man sah im Morgendämmer die letzten Piraten kopfüber ins Wasser springen und nach ihren Booten suchen. Doch die waren weit, weit davongetrieben. Viet schoss auf ein paar Schwimmende. Doch er traf wegen der Entfernung niemanden. Als sich Külper daraufhin zu ihm drehte, rief er, seine Hände als Schalltrichter benutzend: »Wir verfolgen Lisette!« Dann konzentrierte er sich ganz auf das weit vor ihnen segelnde Auslegerkanu, das mit dem eintretenden Tageslicht deutlicher auszumachen war. Darin vermuteten sie die geraubte Lisette.

»War das eigentlich ein echter Brand auf dem Schiff vorhin?«, erkundigte sich Else, die den ganz auf die Navigation konzentrierten Viet kaum zu stören wagte. »Das war eine typische Piratenfalle. Sie wollten uns mit dem vorgetäuschten Feuer ablenken. Vielleicht haben sie es in einem Metallbehälter angezündet, so dass es nur von weitem gefährlich aussah«, erklärte Viet.

Viet merkte bald, dass sie das schnellere Auslegerboot erwischt hatten, denn durch den immer kräftiger wehenden Wind kamen sie der Nussschale vor ihnen langsam näher. Noch hatten die Eingeborenen nicht mitbekommen, dass CERES-Leute und nicht ihre Kumpane ihnen folgten. Dann tauchte am Horizont eine Insel auf, auf die das Piratenkanu zuhielt.

Viet befahl Else, ihre Haare aufzustecken und ihr Halstuch wie ein Pirat um den Kopf zu wickeln. Sie musste auch den Rock aufschneiden und zu Hosenbeinen zusammenbinden. So würde sie wie ein Mann aussehen. Dann vermischte Else den Dreck des Bootsbodens mit Meerwasser und rieb Viets und ihr Gesicht und Hände ein, so dass sie bräunlich wurden. Offenbar gelang die Täuschung, denn die beiden braunen Kerle in dem von ihnen verfolgten Kanu schienen sich sicher zu fühlen. Offenbar hatten sie die Kapitänsfrau gezwungen, sich auf den Bootsboden zu legen. Lisette war nicht zu sehen.

Viet überlegte angestrengt, wie sie die Kapitänsfrau aus dem Kanu befreien könnten. Sie mussten die junge Mutter in ihre Hand bekommen, bevor sie an Land gebracht wurde. An Land würden weitere Eingeborene warten und ihre Chance gegen null gehen. Sein erster Plan sah vor, auf das Kanu zuzuhalten und ein ganzes Magazin auf die Wasserlinie des Bootes zu verschießen, es dabei zu durchlöchern und zum Sinken zu bringen. Doch wie leicht könnte er dabei die Kapitänsfrau treffen.

Sein nächster Gedanke war, die beiden Piraten zu erschießen. Doch das würde kaum funktionieren. Denn wie sollte er unerkannt in die Nähe des Bootes kommen? Sobald die Piraten ihn identifizierten, würden sie Lisette ein Messer an die Kehle halten und ihre Weiterfahrt erzwingen. Hinzu kam, dass er kein geübter Schütze war. Viet entschloss sich also, das Piratenkanu zunächst im weiten Bogen zu umfahren, um den Kerlen den Weg zur Insel abzuschneiden. Das machte er in einer Entfernung, die verhinderte, dass sie Else und ihn erkannten. Doch dann kam es anders: Als er das Manöver einleiten wollte, machte ihn Else auf zahlreiche kleine Boote aufmerksam, die von der Insel auf das Piratenkanu zuhielten und vermutlich vor ihnen bei dem Boot sein würden.

Else kamen vor Wut die Tränen, und Viet fluchte, dass es eine Art hatte. Doch er wurde schnell wieder still, wendete langsam sein Auslegerboot, so dass er den Piraten nicht mehr den Weg abschnitt, sondern in entgegengesetzter Richtung fuhr und sich damit langsam aus dem Sichtkreis des Kidnapperkanus entfernte. Im Moment hatten sie keine Chance, Lisette zu befreien.

Kaum waren sie für die Eingeborenen nicht mehr zu sehen, steuerte Viets Boot in direkter Richtung zurück zur CERES. Doch auch auf diesem Kurs kamen ihnen drei winzige Pünktchen von Booten entgegen. Viet und Else vermuteten, es könnten die restlichen Boote von dem Piratenüberfall sein. Deshalb fuhr Viet einen abermaligen Bogen, um auch sie in großem Abstand an sich vorbeizulassen. Später sichtete Viet am Horizont die Mastspitzen eines Segelschiffs. Zunächst dachten sie an die CERES. Doch bald schon wurde ihnen klar, dass es eine andere Besegelung hatte. Kurz darauf kamen die Masten eines zweiten Seglers in Sicht. Hurra! Das war ihre CERES!

Als der erste Segler näher kam, erkannten sie den Godeffroy'schen Frachtsegler VESTA, der mit zwölf Kanonen bestückt war und sogar eine Dampfbarkasse an Bord führte. In Apia hatten sie hinter ihr gelegen. Jetzt wusste Viet, dass die Chancen auf Lisettes Rettung stiegen.

Um von der VESTA-Besatzung erkannt zu werden, stellten sich beide aufrecht im Boot hin und winkten, winkten, winkten, denn die Geschützpforten des schwer bewaffneten Schiffs waren bereits geöffnet. Arme schleudernd und »Hurra, Hurra, Hurra!« rufend, näherten sie sich dem Schiff, gingen längsseits und vertäuten ihr Boot am Großsegler, während sie von den Matrosen, die über der Reling hingen, hohnlachend begrüßt wurden. Ihre verschmierten Gesichter und Elses merkwürdige Verkleidung waren der Anlass zu Gelächter und zahlreichen spöttischen Kommentaren.

Kurze Zeit darauf kam das Beiboot der CERES mit Kapitän Külper.

Man traf sich in der VESTA-Kapitänskajüte, hörte sich Viets Bericht an und schmiedete einen Rettungsplan. Viet führte aus, dass er an der Südseite der relativ kleinen Insel eine Ansiedlung mit Hafen ausgemacht habe, von dem aus die Piraten mit ihren Booten gestartet waren und zu dem sie auch wieder zurücksegelten. Deshalb wäre es sicher schlau, wenn die VESTA- und CERES-Leute die Insel halb umrundeten und an der Nordseite an Land gingen. Zu Fuß sollten sie sich an die Siedlung schleichen und Lisette aus der Hand der Piraten befreien. Viets Vorschlag fand die Zustimmung beider Kapitäne. Das schien der richtige Weg zu Lisettes Rettung.

Else musste umgehend zurück zur CERES. Sie sollte sich um Alwine kümmern. Külper dagegen wollte die Rettung seiner Frau selbst leiten. Doch nach kurzer, aber intensiver Diskussion entschied man, dass sein Steuermann für diese Aufgabe der bessere, weil jüngere Mann war. Ihm wurden ein paar Janmaaten zugeteilt, mit denen er das Auslegerboot bestieg. Das alles hatte keine 20 Minuten gedauert. Doch noch bevor Viets Boot ablegte, kam Hein Lindemann angelaufen und fragte, ob er mitkommen dürfe, Käpten Külper habe nichts dagegen. Damit gehörte wenigstens ein Vertrauter zu Viets Crew.

Während sie versuchten, die Nordseite der Insel anzusteuern, berichtete Lindemann vom Ausgang des Piratenüberfalls auf die CERES. Elf Piraten waren dabei verwundet oder getötet worden, sechs entkommen. Wie viele bei dem Gefecht tot oder verletzt ins Wasser gefallen waren, war unbekannt. »Und wir, haben wir Verwundete?«

»Nicht nur das!«, stöhnte Lindemann und wog seinen Colt rachedurstig in der Hand. »Ein paar haben kleinere Verletzungen, nicht der Rede wert. Aber Sven, unseren alten Schweden, hat es leider erwischt. Er war gleich tot. Und Moses Carl haben sie mit einem Holzschwert den linken Arm beinahe abgehackt. Der Smut musste ihn heute früh amputieren. Ich hoffe, er kommt durch!«

Das waren keine guten Nachrichten.

Als sie zum nördlichen Teil der Insel unterwegs waren, erklärte Viet seinen Leuten das Vorgehen. Doch vorher überprüfte er ihre Waffen, die Munitionsbestände sowie Wasser und Proviant für die Landung. Auch verbot er jede Art auffälliger Kleidung. Weiße Hemden mussten ausgezogen und im Boot gelassen werden. Stattdessen hatten die Männer Gesichter und Oberkörper mit dunkler Erde zu beschmieren. Daraufhin gab es wildes Gemurre. Doch konnte Viet seine Männer von der Maßnahme überzeugen, denn keiner wollte im Dschungel auffallen und damit ein Ziel für Eingeborenenpfeile werden.

Obwohl Viet die letzte Nacht nicht geschlafen hatte, fühlte er sich immer noch so munter wie nach einer durchschlafenen Bauernnacht! Zweieinhalb weitere Stunden dauerte es, dann hatten sie den weißen Strand der Nordseite der Insel erreicht. Unterwegs war den Männern noch recht mulmig zumute. Sie fragten sich zu Recht, ob ihre Landung bemerkt werden könnte, sie möglicherweise in einen Hinterhalt tappten oder auf offene Konfrontation stießen.

Nach ihrer unbemerkten Landung wurden sie zuversichtlicher. Und nachdem sie ungehindert in den Inseldschungel eingedrungen waren, wurde ihre Stimmung fast schon ausgelassen. Zum Glück waren einige Jungs der VESTA mit modernen Hinterladergewehren ausgestattet, doch keiner besaß so schwere Pistolen wie Hein Lindemann und Viet von Appen.

Inzwischen segelte sowohl die VESTA als auch die CERES zur Südseite der Insel. Die VESTA-Dampfbarkasse wurde zu Wasser gelassen und musste die Wassertiefe für den großen Segler erkunden und ihn vorsichtig in Ufernähe lotsen. Dort legte sich das Schiff quer zur Küstenlinie und ließ den Bug- wie auch den Heckanker fallen. Aus dieser Position konnte es mit seiner Breitseite von sechs Kanonen nicht nur den Strand, sondern auch die im Hintergrund schemenhaft erkennbare Piratensiedlung bestreichen, während die CERES weiter draußen vor Anker ging, um die VESTA nach See hin zu decken. Nachdem das Manöver abgeschlossen war, wurden die Beiboote beider Schiffe bemannt und für den Einsatz auf der Insel klargemacht, die in einer Zangenbewegung eingenommen werden sollte. Zwischen den auf dem Strand liegenden Auslegerbooten hatten sich zahlreiche Insulaner eingefunden, die das ungewöhnliche Schauspiel neugierig verfolgten.

Als die Beiboote mit den bewaffneten Seeleuten in Strandnähe kamen, zogen sie sich in den Palmwald hinter dem Strand zurück. Külper war der Erste, der durchs seichte Wasser an Land watete und sofort versuchte, Kontakt zu den Insulanern aufzunehmen. Denn er wollte alles unternehmen, seine arme Lisette zu retten, und winkte deshalb heftig mit einem abgebrochenen Palmwedel, was seiner Meinung nach »Friede« bedeutete. Auch gab er seinen Männern Zeichen, sie mögen ein wenig hinter ihm bleiben, um seine Kontaktaufnahme nicht zu stören.

Während die Landungstruppen von VESTA und CERES an der Südseite der Insel landeten, stieß Viet mit seinen Männern von der Nordseite an der Lehne des Vulkans vorbei zur Südseite, wo das Piratendorf im Dschungel liegen musste. Es war ein nicht ungefährlicher und sehr beschwerlicher Pfad, der immer wieder von umgestürzten Bäumen und mit Schlingpflanzen überwucherten Felsspalten versperrt wurde. Dann wieder galt es, glatte, mit Moos bedeckte Gerölltrümmer zu übersteigen, an denen man leicht abrutschen konnte. Ständig gab der Steuermann dabei Befehl, nicht laut zu fluchen, die Kameraden nicht zu rufen oder sie gar anzufeuern. »Leise, Männer, leise! Verdammt noch mal!«, lautete seine ständig wiederholte Ermahnung. Sie durften schließlich nicht gehört werden.

Stunde um Stunde zog ins Land, und kein Dorf kam in Sicht, obwohl sie die VESTA wie auch die CERES schon länger vor der Küste liegen sahen. Dann kam auch die Dampfbarkasse in ihr Blickfeld. Schließlich sogar die beiden Beiboote, die von einigen Kameraden bewacht auf dem Strand lagen. Jetzt mussten sie in Dorfnähe sein.

Plötzlich hörten sie laute Stimmen und zwei Schüsse. Die Beiboot-Wachen legten ihre Gewehre an, weil sich ihre Kameraden langsam und immer wieder schießend auf die Boote zurückzogen. Verfolgt wurden sie von Speere schwingenden Piraten. Einige der dunkelhäutigen Krieger begannen, mit Pfeilen, einer sogar mit einem alten Gewehr zu schießen. Die Janmaaten sollten, trotz der sich zuspitzenden Situation, so viele Eingeborene wie möglich dazu bringen, sich am Strand zu sammeln. Denn je mehr Piraten, je mehr Einheimische sie auf der Südseite banden, desto weniger würden im Dorf sein und Lisettes Befreiung verhindern. Das war der Plan.

Hein Lindemann entdeckte die Hüttenansammlung als Erster und machte Zeichen, sich zu ducken und bis zum Dschungelrand zu robben. Ein paar Hunde balgten sich auf dem Dorfplatz, eine Handvoll Frauen und jede Menge spielender Kinder waren ebenfalls zu sehen. Mehr konnte auch Viet nicht ausmachen, als er in die vorderste Position gelassen wurde, um sich einen Überblick zu verschaffen. In welcher der Hütten mochte Lisette gefangen gehalten werden? Wenn sie überhaupt hier war!

»Hat jemand Wachen vor einer Hütte gesehen?«, fragte er flüsternd. Schulterzucken antwortete.

Er befahl Lindemann und drei weiteren Männern, auf die andere Seite des Dorfes zu schleichen, sich dort zu erkennen zu geben und dann Hütte für Hütte nach Lisette zu durchsuchen. Mit den verbliebenen vier Männern wollte Viet das Gleiche von Norden kommend machen, sobald die Lindemann-Gruppe mit ihrer Durchsuchung begonnen hatte. Den Bootsmann der VESTA ließ er im Buschwerk versteckt mit einem Gewehr hocken, um die Aktion zu sichern, falls der eine oder andere Insulaner unerwartet ins Dorf zurückkehren würde.

Es waren zum Zerreißen aufregende Minuten, die abrupt von wildem Hundegekläff gestört wurden, in die andere Köter einfielen. Offenbar hatten sie Lindemanns Gruppe entdeckt. Nun musste alles schnell gehen: Die Lindemann-Gruppe verteilte sich auf der Südseite des Dorfes und begann ihre Arbeit, indem sie Hütte für Hütte durchsuchte. Bewohner wurden vor die Türen getrieben egal, was sie gerade machten und ob sie dazu in der Lage waren. Viets Leute kamen denen von Lindemann entgegen. Die herausgetriebenen Frauen, Kinder und Alten heulten und schrien, verschwanden aber blitzartig im Dschungel. Denn alle wussten aus Erfahrung, dass Feinde sie nicht nur gefangen nehmen, sondern auch verzehren würden. Manchmal stießen die Suchtrupps auch auf transportunfähige Kranke und Alte, aber nirgends auf Lisette. Wo nur konnte sie sein? Schließlich trafen sich beide Trupps beinahe gleichzeitig beim großen Versammlungshaus in der Dorfmitte und durchsuchten es. Doch es war auf den ersten Blick zu erkennen, dass das hallenartige Gebäude mit den hoch gewölbten Giebeln zwar mit gruseligen Masken und vielen Totenschädeln geschmückt war, sich jedoch keine Menschenseele darin aufhielt.

Wieder war es Lindemann, der sich fragte, was einer der Hunde unter dem auf Pfählen stehenden Versammlungshaus zu schnüffeln habe. Aber er konnte sich nicht um jede Lappalie kümmern, denn er hatte weitere Hütten zu durchsuchen. Immer jedoch mit dem selben negativen Ergebnis. Als beide Gruppen ratlos zusammenstanden und über mögliche Verstecke spekulierten, fiel Heins Blick abermals auf den schwanzwedelnden Hund, der immer noch unter dem Versammlungshaus herumsprang. Daraufhin krabbelte Hein unter das Bauwerk und entdeckte tatsächlich hier die gebundene Lisette. Er zog sie heraus und befreite sie mit dem Takelmesser von ihren Fesseln und dem Mundknebel. Gehen konnte die arme Frau nicht. »Ich hab mich gefesselt unter das Haus gerollt, um mich vor den Kannibalen zu verstecken!«, wisperte sie. Vorher war sie in einer Nachbarhütte eingesperrt worden. Was man mit ihr vorhatte, war ihr dabei nicht klar geworden.

Viet fragte in die Runde, wer von ihnen Lisette als Erster auf den Rücken nähme, um sie zum Strand zu tragen. Noch bevor er den Satz zu Ende gesprochen hatte, griff sich Lindemann Lisette, zog sie auf seinen Rücken, um mit ihr loszulaufen. Dabei hielt er sie mit beiden Händen an den Schenkeln.

Viets Gruppe marschierte in zwei Reihen. Jede Reihe hielt ihre Gewehre nach rechts oder links im Anschlag. So schlugen sie den Weg zum Strand ein. Lindemann ging mit Lisette in der Mitte. Viet bildete die Nachhut, um einen Angriff von hinten abzuwehren. Als er kurz vor dem Strand ein leises Schnaufen hinter sich hörte, warf er den Kopf herum und erkannte gerade noch rechtzeitig, wie ein mit weißer Kreide bemalter schwarzer Krieger seinen Speer auf ihn werfen wollte. Den Angreifer sehen und schießen war eins. Zweimal traf er den Eingeborenen. Dessen Speer flog daher nur ein paar Meter weit und in den Busch.

Nach den Schüssen hatten sich Viets Männer verschreckt umgesehen, denn von hinten hatten sie keinen Angriff erwartet. Daraufhin befahl ihnen der Steuermann, weiter nur zur Seite und nach vorn zu schauen, denn dort würden sie gleich auf die Masse der Piratenkrieger stoßen. Und so war es auch.

Durch Viets Schüsse gewarnt, kamen Eingeborene mit Keulen und Speeren auf sie zugerannt. Einer hielt sogar eine alte Flinte im Anschlag. Seinen Leuten blieb nichts anderes übrig, als auf die furchterregend bemalten Krieger zu schießen. Damit wollten sie den Angriff abwehren und die Besatzungen von VESTA und den Beibooten informieren, dass sie im Begriff waren, zum Strand durchzubrechen. Tatsächlich antworteten ihnen mehrere peitschende Schüsse. Kurz darauf begann die VESTA mit ihren sechs Backbordgeschützen auf das Dorf zu feuern. Unter dumpfem Grollen gab sie Salve auf Salve ab. Bald standen einige Hütten des Dorfes in Flammen. Langsam vermischten sich die Pulverschwaden des Geschützfeuers mit dem wabernd schwarzen Qualm der brennenden Häuschen.

Viet war mit seiner Gruppe endlich auf die Kameraden der Beiboote gestoßen. Dabei schossen sie immer wieder nach links und rechts in den Busch. Am deutlichsten hörte man die Colts. Lindemann lief allen voraus, um Lisette in einem der Boote in Sicherheit zu bringen. Noch bevor die Nächsten in die Boote sprangen, gab Viet den Befehl, alle am Strand liegenden Eingeborenenkähne anzuzünden. Doch dann mussten sie ganz schnell Reißaus nehmen, weil sie von mehreren hundert Kriegern mit Pfeilen und Flinten angegriffen wurden. Zwei ihrer Kameraden erhielten ziemlich bald Treffer. Während sie noch die Verletzten in die Boote zerrten, schossen sie, was ihre Waffen hergaben. Um vor den Pfeilen der Eingeborenen geschützt zu sein, hatten sich Lisette und die Verletzten auf die Bootsböden gelegt.

Einige Sailors feuerten noch auf die Piraten, andere begannen, die beiden Boote in höchster Eile ins tiefere Wasser zu schieben. Wie auf Kommando sprangen die Letzten hinein, während die Ruderer schon mit hoher Schlagzahl pullten. Endlich, endlich gelangten sie außer Reichweite der Pfeile.

Nach ihrer Ankunft auf der CERES stellte man fest, dass Lisette die Gefangenschaft ziemlich mitgenommen hatte. Alles andere wäre ja auch ein Wunder gewesen. Külper war rührend um seine Frau besorgt und befahl Else, sein geliebtes Weib von Kopf bis Fuß zu waschen. Doch die wollte eigentlich nur zu ihrer Tochter. Danach war Lisette plötzlich eingeschlafen. Mehr als 24 Stunden hatte sie kein Auge zugetan.

Wo immer es ging, versuchte der Kapitän seinem Steuermann zu danken. Der aber wurde von Else mit Beschlag belegt. »Wir bleiben doch beim Du?«, fragte sie zunächst ein wenig schüchtern. Doch das war für Viet selbstverständlich. Er hatte Else in den letzten beiden Tagen von einer ganz neuen Seite kennengelernt und bewunderte, wie unglaublich zupackend und mutig sie sein konnte. Das sollten ihr andere erst einmal nachmachen.

Die beiden Verletzten wurden auf der VESTA von den Pfeilen befreit. Ein Pfeil stak in einer Schulter, der andere war zwischen den Rippen eines Seemanns gelandet. Zum Glück waren deren Spitzen nicht vergiftet, wie Kapitän und Smut zunächst befürchtet hatten. Die Operationen verliefen gut, so dass beide Männer in absehbarer Zeit wieder arbeitsfähig sein würden. Anders sah es mit dem schwerverletzten Carl aus. Er lag im Fieber, nachdem ihm der Arm ganz hatte abgenommen werden müssen. Da Else sich um die Kapitänsfrau und das Baby kümmerte, musste der Smut die aufwendige Pflege des amputierten Schiffsjungen übernehmen.

Nach einem gemeinsamen Drink der Kapitäne verabschiedete sich die CERES per Flaggensignal von der VESTA. Auch die Dampfbarkasse kam an Bord des Godeffroy'schen Schiffes.

Langsam nahm die CERES unter geblähten Segeln Fahrt in Richtung Nordnordost auf.

ES WIRD BEDÄCHTIGER

Eine schöne Brise hatte eingesetzt. Mit diesem Puster nahmen sie Kurs auf den Golf von Leyte auf den Philippinen. Um Trinkwasser und Proviant zu übernehmen, mussten sie den Hafen von Tacloban anlaufen.

Wegen der wenig abwechslungsreichen Kost war Külper einmal mehr besorgt um die Gesundheit seiner Männer. Ihre Mahlzeiten hatten meist aus gesalzenem Fleisch und Speck bestanden – ohne Gemüse, ohne Vitamine. Auf wie vielen Schiffen war wegen Vitaminmangels schon Skorbut ausgebrochen! Und wehe dem Schiff, dessen Besatzung davon befallen wurde. Dann lauerte der Tod über der Mannschaft, und im schlimmsten Fall konnte ihr Boot zum willenlosen Spielball der Wellen werden, weil die Männer so geschwächt waren, dass sie nicht mehr in den Segeln arbeiten konnten. Deshalb verordnete Külper seiner Crew an heißen Tagen »Limejuice«, einen Saft aus Limonen, der erfrischte und den Leuten gleichzeitig die notwendigen Vitamine zuführte.

Zusätzlich ließ der Käpten seine Männer jeden Morgen um 9.30 Uhr antreten. Dann hieß es vom Käpten »Besanschot«, worauf die Männer mit einem lauten »Ay, Sir« antworteten und die Bierflaschen ansetzten. Köm und Bier waren Wohltaten, zu denen die Männer nicht überredet werden mussten.

Doch dann passierte eine böse Überraschung: Sie segelten über ein Korallenriff hinweg. »Verdammt noch mal! Passt hier denn keiner auf? Das hätte gewaltig ins Auge gehen können!«, bölkte der Alte und wischte sich mit einem riesigen Taschentuch den Sorgenschweiß von der Stirn. Auch er selbst hatte das Riff nicht gesehen, obwohl er die Wache führte. Wieso hatte er das Unterwasserhindernis eigentlich nicht ausgemacht? Das war doch eindeutig sein Fehler.

Das Korallengebiet lag wie ein Geisterreich unter ihnen, ein Märchen aus »Tausendundeine Nacht« in nur fünf Faden Tiefe. Zum Glück bestand bei dieser Wassertiefe keine Gefahr für Schiff und Mannschaft.

Die Pracht der Korallengebirge mit ihrem Fischreichtum, den Schildkröten, Krebsen und Tintenfischen war einmalig. Im Laufe der Zeit würden diese Kalkgeschöpfe immer weiter aus dem Meer herauswachsen, bis sie schließlich Grundlage für einen Atoll mit Sandstrand und Palmen bilden würden.

Die Meerestiefe nahm nach einer angsterfüllten halbstündigen Fahrt wieder zu, und es dauerte nicht lange, da kam die Küste von Tacloban in Sicht – hoch bewaldet von Urwald. Und je näher sie dem Hafen kamen, desto lebhafter wurde das Bild. Unzählige Auslegerboote kreuzten auf den von Sonnenstrahlen flirrenden Wellen. An ihren Luvseiten hatten die Boote Aufstützer. Sobald sich eines dieser Fahrzeuge zu weit neigte, stellte sich ein Eingeborener auf den kleineren Bootskörper, wodurch die Stabilität des Fahrzeugs wiederhergestellt war.

Schiffsjunge Carl, dem es langsam wieder besser ging, hatte von seinem Decksplatz aus verfolgt, wie die CERES mit dem steigenden Wasser allmählich das Korallenriff überwand. Als Viet bei ihm vorbeikam, wollte Carl wissen, wieso es Ebbe und Flut gäbe. »Ja, Jung, das ist ganz einfach. Oder auch nicht. Wart mal!« Viet musste im Gedächtnis erst einmal nach dem Text in den Lehrbüchern kramen: »Ebbe und Flut nennt man die regelmäßigen Bewegungen des Meeres, bei welchen das Wasser täglich zwei Mal aufläuft und fällt. Sie werden vor allem von der Kraft des Mondes ausgelöst.« Dann setzte er hinzu: »Aber das weißt du doch? Den höchsten Stand des Wassers nennt man Hochwasser und den niedrigsten Niedrigwasser. Der ganze Vorgang wird Gezeit oder Tide genannt. Die Zeit von einer Flut zur nächsten dauert ungefähr zwölf Stunden und fünfundzwanzig Minuten. Daher sind zwei solcher Zeiträume etwa fünfzig Minuten länger als ein Tag, sodass nach vierzehn Tagen Ebbe und Flut wieder auf dieselben Tagesstunden fallen. Verstanden? Für die Zeit zwischen hohem und niedrigem Wasser rechnet man gewöhnlich sechs Stunden und fünfzehn Minuten. In Flussmündungen wird aber etwas mehr für die Ebbe gerechnet. In Hamburg dauert die Flut vier Stunden und achtundvierzig Minuten, in Cuxhaven fünfdreiviertel Stunden. Zu Zeiten des Neu- oder Vollmondes entsteht hohes Wasser, das man Springtide oder Springflut nennt. Während des ersten und letzten Mondviertels gibt es ein niedriges Hochwasser, zu dem man Taubetide sagt. Die Zeit der Ruhe zwischen beiden Strömungen ist das Stauwasser.«

Viet merkte, dass er dem Jungen zu viel zugemutet hatte. Aber vielleicht würden ein paar Dinge bei Carl hängen beiben.

In Tacloban bunkerte die CERES – wie geplant – Frischwasser und Proviant. Jacob Külper und Viet von Appen saßen auf der Bank vor der Kapitänskajüte und genossen ihren Afternoon-Tea. Dabei kam die Sprache auch auf die Firma Godeffroy, in deren Charter sie fuhren. Külper sagte: »Wussten Sie, dass die Familie aus Frankreich stammt, aus La Rochelle? Vor mehr als hundertfünfzig Jahren mussten sie wegen ihres Glaubens fliehen. Zunächst gingen sie nach Preußen. Von dort sind sie zu uns nach Hamburg gekommen. Hier kamen sie durch Schifffahrt und Handel zu Reichtum. Bei uns in Blankenese haben sie den Hirschpark anlegen und das Landhaus bauen lassen, das Sie ja wohl kennen. Außerdem besitzen sie weit mehr als achthundert Hektar Wald und Heide westlich und nördlich von Blankenese. Das Ganze mit der Größe eines ostelbischen Ritterguts. Aber nicht nur das. Johan César VI. Godeffroy hat verschiedene Wissenschaftler nach Australien und Ozeanien geschickt, um die dortige Pflanzen- und Tierwelt sowie das Leben der dortigen Bevölkerung zu erforschen. Für die gesammelten Objekte hat er sogar ein Museum am ›Alten Wandrahm‹ ins Leben gerufen. Gehen doppelte Stücke einer Pflanze oder eines Tiers ein, bietet er ein Exemplar zum Verkauf an. Inzwischen ist der Handel mit diesen Dubletten ein nicht unerheblicher Geschäftszweig seines Handelshauses geworden. Ja, der Teufel scheißt immer auf den größten Haufen! Mich hat der alte Godeffroy vor unserer Abreise noch einmal ins Gebet genommen, für ihn alle Besonderheiten unserer Reise schriftlich festzuhalten und interessant erscheinende Tiere oder Pflanzen zu sammeln und nach Hamburg zu schicken.«

»Wenn Sie sich erinnern: Einen von Godeffroys Wissenschaftlern haben wir in Mioka getroffen. Diese komische Type. Stanislaus Kubary. Er machte Fotos vom Hafen und den Hütten der Eingeborenen!«, erinnerte Viet.

»Richtig!«, nahm Külper den Einwurf auf. »Die Leute, die für Godeffroy sammeln, sind alle ein bisschen mall. Besonders dieses Weib. Wie heißt sie noch gleich? Richtig, Amalie Dietrich! Die ist schon

1863 für Godeffroy nach Brisbane gegangen und sammelt seit der Zeit für ihn. Und das, obwohl sie zu Hause eine Tochter hat, die bei ihrer Abreise erst fünfzehn Jahre alt war. Die hat sie bei fremden Leuten untergebracht. Ich würde meine kleine Alwine nicht wildfremden Menschen überlassen und selbst durch die Welt schwirren. Was die Dietrich aber gesammelt hat, soll unglaublich sein. Godeffroy hat mir erzählt, dass es sich dabei nicht nur um Pflanzen und Tiere handelt, sondern dass sie den Eingeborenen Waffen und Gebrauchsgegenstände abgeschwatzt hat oder auf Bäumen aufgebahrten Eingeborenentoten die Schädel sowie Grabbeigaben abgekauft hat, um sie Professor Virchow in Berlin zu schicken. Das ist nämlich ein Freund von Godeffroy.«

»Amalie Dietrich, ist das nicht die Alte mit der Lederhaut und dem Adler auf der Schulter? Von der hab ich schon mal gehört! War von ihr nicht neulich ein Bild in der ›Sydney Times?‹, erkundigte sich Viet.

»Das könnte sein! Aber wie auch immer, die Frau hat hier draußen eine enorme Leistung vollbracht, hat Aufgaben gelöst, die wir beide nicht im Entferntesten einzuschätzen wissen. Und sie geht ihrer Arbeit in den Outbacks von Australien noch immer nach!«

Der Alte hatte seinen Becher Tee geleert und ging zu seiner Frau in die Kajüte. In diesem Augenblick kam Hein Lindemann beim Steuermann vorbei; er hatte Freiwache. Viet bedeutete ihm, sich zu setzen. »Sag mal, stimmt was nicht?«, bohrte Viet und musterte den traurig aussehenden Hein. Zögernd wühlte Lindemann einen Lappen aus seiner Büx und schnäuzte sich: »Hab ich Ihnen eigentlich erzählt, was meine Schwester geschrieben hat? Es gibt Trauer und große Sorgen in meiner Familie, Steuermann. Vier Monate vor unserer Abreise wurde meine kleine Nichte geboren, die Tochter von meinem Bruder Carsten. Den müssten Sie doch auch noch kennen? Mein Bruder ist doch dieser große Blonde! Bevor er auf See ging, machte er mit seiner schwangeren Frau ab, dass das Kind erst getauft werden solle, wenn er zurück sei. Die Geburt verlief ohne Komplikationen. Doch dann kam die Nachricht, Carstens Schiff sei mit Mann und Maus vor Baltrum verloren gegangen. Für unsere Familie, besonders aber für meine Schwägerin, war das ein ganz schwerer Schlag. Doch die Unglücksserie ging weiter: Gerade als meine Schwägerin die Todesnachricht erhielt, bekam die Lütte hohes Fieber und starb kurz darauf – und das, ohne getauft zu sein. Weil das Kind aber nicht getauft war, wollte sie dieser Pfaffe aus Nienstedten weder aussegnen noch beerdigen. Ungetaufte kämen nicht auf seinen Friedhof, hat er meiner Schwägerin gesagt. ›Sie können Ihre Tochter ja, wenn Sie wollen, am Friedhofszaun verscharren‹.«

Lindemann redete sich an diesem schönen Tag regelrecht in Wut. »Sie müssen sich das mal vorstellen, Steuermann: Das sind die Worte eines Christenmenschen!« Damit schlug er mit der Faust auf die hölzerne Sessellehne, dass es krachte. »Eines ist mir jetzt klar geworden: In eine Kirche kriegen mich keine zehn Pferde mehr!«

Viet nahm das Verhalten des Pastors kopfschüttelnd zur Kenntnis. So kannte er Thomsen gar nicht. »Das tut mir aber leid, Hein. Ich mochte Carsten. Er war immer so hilfsbereit.«

Die Geschichte vom Nienstedtener Pastor ging Viet noch lange nach. Wie konnte sich ein Geistlicher, der das Seefahrerdorf Blankenese betreute, so verhalten? Ihm musste doch klar sein, dass ein Vater die Taufe seines Kindes miterleben wollte. Und dass Thomsens hartherzige Entscheidung von seinen Gemeindemitgliedern nicht positiv aufgenommen würde, konnte er sich denken. Denn jede Blankeneser Familie konnte morgen vom gleichen Schicksal betroffen werden. Hein Lindemanns Reaktion, der Kirche fernzubleiben, würde dann bestimmt den einen oder anderen Nachahmer finden.

»Und du?«, wollte Viet wissen. »Wirst du deine Schwägerin nun heiraten, wenn wir zurück sind? Das ist bei uns in solchen Fällen doch so Brauch. Oder bist du etwa schon unter der Haube?«

»Das wird sich zeigen. Es dauert ja noch, bis wir wieder in der Heimat sind.«

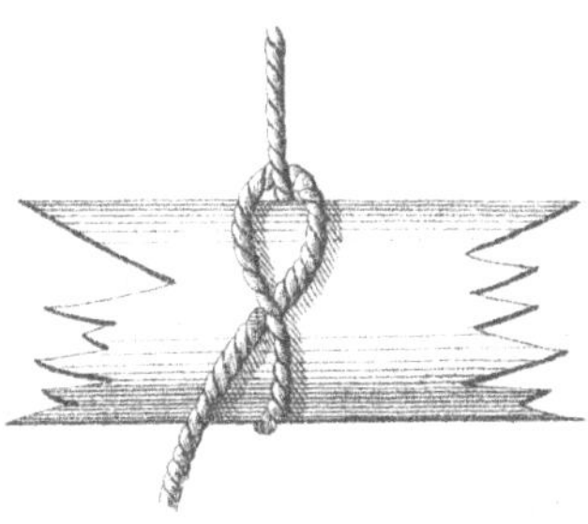

CATHARINAS BRIEF AN VIET

In Tacloban musste Viet zum Hafenmeister. Doch der sei weder in seiner Hafenbaracke noch irgendwo sonst im Hafengebiet aufzufinden, sagte sein chinesischer Mitarbeiter. Bei dieser Auskunft legte er die Hände zusammen und verneigte sich mehrmals tief, so dass sein meterlanger Haarschwanz auf dem Rücken hin und her tanzte.

Viet entschloss sich, im Hafenbüro zu warten, als ihm ein Brief auf dem Schreibtisch auffiel, der zuoberst auf einem der Poststapel lag. ein Brief seiner Mutter. Oh mein Gott! Ohne zu fragen, griff er danach, steckte ihn ein und nahm unter dem Vordach des Hauses Platz, um ihn in Ruhe zu lesen. Woher hatte Mutter bloß die Adresse dieses Kaffs? Sie schrieb über Privates und die Geschehnisse in Blankenese

»Mein lieber Junge«, schrieb sie, »in den nächsten Tagen wird unsere Herta ihren Sören heiraten, worüber wir alle sehr glücklich sind. Schade, dass Du nicht dabei sein kannst. Denn es werden viele Verwandte, Freunde und Bekannte kommen, sogar Gäste von der Insel Alsen, Verwandtschaft von Sören. Und Dein Stiefvater Hannes lässt es sich nicht nehmen, selbst dabei zu sein. Jetzt ist er noch auf See. Im Stillen freut er sich, dass Herta endlich unter die Haube kommt und ihm nicht mehr auf der Tasche liegt, wie er immer wieder betont. Was natürlich absoluter Quatsch ist, denn Herta arbeitet in der Küche des Fährhauses und hat ihr Einkommen. Natürlich muss sie ihren Verdienst auf Heller und Pfennig bei ihrem Stiefvater abgeben. Jedenfalls solange sie bei uns wohnt. Deine jüngste Schwester Lisa geht einen ganz anderen Weg. Aber davon später.

Deine beiden Brüder sind jetzt Schiffsjungen und haben damit einen Beruf ergriffen, der ihnen gefällt. Darin sind sie genau wie Dein Vater und Du. Sorgen bereitet uns die preußische Regierung, die wir eigentlich nicht in unseren Herzogtümern haben wollten. Nach der Schlacht bei Düppel anno 64 hatten wir uns ein selbstständiges Schleswig-Holstein erhofft. Unabhängig von Dänemark, aber auch unabhängig von Berlin. Nun sind wir das fünfte Rad am Wagen von

Preußen, nachdem die Österreicher seit Juli 1866, also seit Königgrätz, nicht mehr unsere Landesherren sind.

Seit neuestem müssen unsere Fischerboote eine Kennung am Bug und in den Segeln tragen. Das ist auch so eine preußische Erfindung. SB steht für ›Schleswig-Blankenese‹ und dazu hat jedes Boot eine fortlaufende Nummer. Damit Ewer und Kutter bei einem Unfall oder Untergang identifiziert werden können. Als ob man das nicht früher schon gekonnt hat, als unsere Boote ›Die zwei Gebrüder‹ oder ›Catharina von Blankenese‹ oder so ähnlich hießen und der Heimathafen Blankenese unter dem Schiffsnamen stand.

Selbst das Gerichtswesen haben sie neu organisiert. Vielleicht wollen sie damit die Gerechtigkeit neu erfinden? Was sie genau gemacht haben, musst Du Dir demnächst von Kirchspielvogt Adler mal erklären lassen. Ich glaube, es gibt jetzt vor Gericht einen Staatsanwalt. Der klagt an, und der Richter urteilt. Dafür haben sie uns in Blankenese ein riesiges Gerichtsgebäude hingestellt. Bei Streitigkeiten müssen wir also nicht mehr zum Kirchspielvogt oder zum Amt Hatzburg nach Wedel.

Außer dem Bahnhof, den Du schon kennengelernt hast, haben wir endlich auch eine höhere Lehranstalt für Knaben. Damit Kapitäns- und Lotsensöhne sich schon in jungen Jahren darauf vorbereiten können, in die Fußstapfen ihrer Väter zu treten.

Mit der Bahn und den vielen neuen Ausflugsdampfern kommen immer mehr Tagesgäste und Sommerfrischler nach Blankenese. Ich hab manchmal schon Angst, dass wir so langsam überfremdet werden. Im Sommer sieht man kaum noch bekannte Gesichter. Manch einer sagt: ›Sonntags geh man nach zehn nicht mehr vor die Gartentür, dann sind die Hamburger da!‹ Die Leute kommen aber nicht nur aus Hamburg, sondern auch aus Altona, Harburg, Buxtehude, Stade und Glückstadt. Und neugierig sind sie, es ist kaum zu glauben. Die laufen bei uns ungeniert durch den Garten, durch die Grootdör auf die Diele und stehen mit so einfältigen Worten in der Stube wie: ›Wir wollten nur mal sehen, wie Sie so wohnen!‹ Einer von diesen Sommerfrischlern war übrigens der Komponist Johannes Brahms. Er hatte sich für einige Zeit im Privatweg C 139 eingemietet, weil der Haushalt ein Piano hat. Dort soll er auch komponiert haben. Das war aber schon 1863. Danach ist er nach Wien gegangen.

Uns Älteren fällt es schwer, uns an all dies Neumodische zu gewöhnen. Besonders auf dem Magen liegt mir, dass unsere jungen Männer seit neuestem für drei Jahre zum Militär müssen. Unseren Nachbarsjungen Herbert haben sie erst letzte Woche zur Marine geholt. Damit fehlt Fischer Meyer der Decksmann. Als echte Holsteinerin bin ich gegen diesen preußischen Barras, selbst wenn unsere Jungen zur Marine kommen.«

Viet war begeistert, was Mutter alles zu berichten wusste. Catharina schrieb weiter von Geburten und Todesfällen in Familie und Nachbarschaft, von Neubauten, Unfällen und Hochwassern. Dann aber erwähnte sie eine Nachricht, die für Viet ein Schock war: Seine Schwester Lisa hatte eine Stelle als Dienstmädchen in Hamburg angenommen. Der Herr des Hauses hatte sie sogar zum Essen eingeladen, als seine Frau mit den Kindern zur Sommerfrische in Travemünde weilte. Kurz nach Abreise seiner Familie hatte er einen Tisch im »Jacob« an der Elbchaussee bestellt und Lisa zu einem kleinen Imbiss gebeten. Sie kannte das berühmte Restaurant an der Elbchaussee natürlich nur von außen, wie die meisten einfachen Blankeneser. Vor einem halben Jahrhundert war der britische Admiral Nelson schon mit Lady Hamilton dort abgestiegen, bevor er mit dem Postschiff nach England fuhr.

Mutter schilderte die Sache mit Lisas Dienstherrn in aller Ausführlichkeit: »Der reiche Kaufmann bestellte eine Droschke 1. Klasse und fuhr mit Lisa durch Hamburg und Altona die Flottbeker Chaussee entlang. Welch einmaliges Erlebnis für eine 16-Jährige, die sich dabei wie eine Prinzessin vorkam. Ab und an ließ ihr Dienstherr die Kutsche halten, damit sie – gewärmt von einer Pferdedecke – ungestört einer Nachtigall lauschen konnten. Erst wenn beide genug gehört hatten, ermunterte er den Kutscher, die Fahrt fortzusetzen. Als sie schließlich vor dem ›Jacob‹ hielten, grüßte der Portier mit tiefer Verbeugung, geleitete sie ins Restaurant, wo sie sofort von mehreren Kellnern umschwirrt wurden, als seien sie das preußische Königspaar höchstpersönlich. Als sie ihr Tuch abgelegt hatte, wartete ihr Kavalier zuvorkommend hinter ihrem Stuhl, schob ihn zurecht, damit sie sich setzen sollte. Erst dann nahm er Platz. Gekonnt machte er eine Reihe von Vorschlägen, was man essen könnte. ›Das magst du doch sicher?‹ Lisa empfand die umfangreiche Bestellung, die nicht im Entferntesten ein kleiner Imbiss war – als Sünde. Eine einzige der Speisen davon hätte ihr genügt. Doch ihr Galan bestand auf dem vollständigen Menü. Und zu jeder Speise wurden neue Weine gereicht. Nach dem Dessert gab es ein edles Schnäpschen für die Verdauung – oder waren es mehrere? Obendrein rauchte er eine schwarze Zigarre, die ihren Tisch in einer Nebelwand verschwinden ließ. Lisa wurde ganz schwindelig, aber auch schrecklich albern. Über kleinste Ereignisse musste sie kichern und giggeln. Als sie schließlich aufstanden, um ein paar Schritte auf der Lindenterrasse zu gehen, waren ihre Knie merkwürdig weich. Immer wieder knickte sie ein, hätte nicht der behütende Arm ihres Kavaliers Halt gegeben. Vorsichtshalber hatte er ein Zimmer im ›Jacob‹ gebucht. Lachend und eng umschlungen verzog man sich dorthin.«

Dann kam Mutter zum eigentlichen Punkt: »Nicht nur, dass in der Folge Lisas Regel ausblieb, nein, als die Familie ihres Geliebten aus der Sommerfrische zurückgekehrt war, wurde ihr Knall auf Fall gekündigt. Nach Rücksprache mit mir hat sie sich ein Herz gefasst und ist zu ihrem Verehrer ins Büro am Neuen Wall gegangen, um ihm zu beichten, dass die Nacht im ›Jacob‹ nicht ohne Folgen geblieben war. Der erbat sich eine Bedenkpause, um Lisa am nächsten Tag ein hochanständiges Angebot zu machen – sofern sie nie, nie, nie seinen Namen preisgeben würde. Lebenslang wolle er für das Kind sorgen. Lisa zog zurück zu uns nach Blankenese. Aber zu welchem Preis! Ständig wurde sie Zielscheibe von Hannes' Spöttereien und Zoten. Aber Lisa hält durch. Gestützt von mir.«

Catharina endete ihren langen Brief: »Mit den besten Wünschen an meinen lieben Sohn. Deine Mutter.«

So ein Schwein! Wie gemein, unsere Lisa mit solchen Tricks zu verführen! Den knöpf' ich mir vor, sowie ich zurück in Hamburg bin! Das hätte doch Stiefvater Hannes an meiner statt tun müssen. Aber nein, stattdessen peinigt er sie noch und freut sich an ihrem Elend! Viet konnte sich gar nicht wieder beruhigen. Als er nach einer Weile den Brief zum zweiten Mal durchlas, fiel ihm auf, wie großherzig sich seine Mutter verhielt, selbst in dieser auch für sie peinlichen Situation. Seine Mutter war schon eine besondere Frau!

Ihre Liegezeit in Tacloban hatte es in sich: Erst erwarb Hein Lindemann einen Affen! Andere kauften sich Kakadus, die mit ihren weißen Federkleidern und gelben Hauben sehr possierlich aussahen. Die beiden Damen hatten daran besondere Freude.

Sie verlebten selten schöne Tage bei ruhigem Tropenwetter, bis der Himmel eines Tages grau wurde. Aschgrau. Eine feine schwärzliche Substanz senkte sich aufs Deck. Später erfuhren sie, dass irgendwo ein Vulkan ausgebrochen war, dessen Nachwehen sie in Ascheform abbekamen.

Nun wollten sie den Nordostmonsun nutzen, um mit Steuerbord-Halsen die britische Kronkolonie Hongkong zu erreichen.

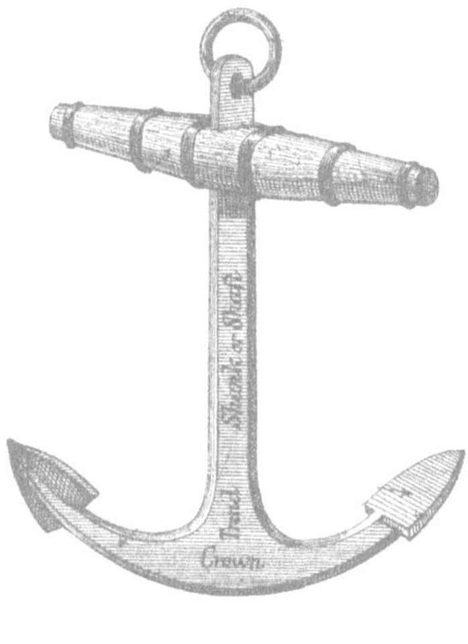

CHINA

Sobald sich die CERES der chinesischen Küste näherte, wurde der Schiffsverkehr wieder lebhafter. Sie begegneten jetzt sogar Seglern, die aus Japan kamen. Am meisten aber trafen sie auf chinesische Jongs mit ihren eigentümlichen Aufbauten und den originellen Segeln, die den Kolumbus-Schiffen ähnelten. Das Wasser, das bisher klar und hell war, bekam eine gelbliche Farbe, ähnlich dem Elbwasser. Und die Temperaturen sanken. Doch es war weiterhin trocken, lediglich ein wenig kühl. Am Morgen vor der Einfahrt in den Hafen von Hongkong begegnete ihnen ein anderes Blankeneser Schiff: die ANTILOPE unter Kapitän Wilken Stehr. Sie tauschten Flaggensignale.

Die beiden Damen waren durch Alwine mehr als beschäftigt. Vom Aufstehen bis in die Nacht tüdelten sie an ihr herum, machten sich kleine Notizen, was in Hongkong an Mädchenkleidung gekauft werden müsse, denn Lisette hatte sich – auf ausdrücklichen Wunsch ihres Mannes – ganz auf einen Jungen einstellen müssen. Die Mannschaft war von dem kleinen Wesen, von »ihrer« Alwine, mehr als angetan und bewies das täglich und auf raue Seemannsart. Angst und bange wurde es der jungen Mutter bei deren Sympathiebezeugungen. »Nun lass man!« war einer der zarteren Einwände, wenn bärenstarke Seemannsarme die Kleine wie in einer Schiffsschaukel »op un dool« wiegten.

Beim Essen erzählte der Käpten den Damen, was sie in Kürze erwartete: »Hongkong liegt an der Mündung des Perlflusses am Südchinesischen Meer. Die Stadt erstreckt sich über eine sehr unregelmäßig geformte Halbinsel mit etwa zweihundertsechzig dazugehörigen Inseln, von denen die wichtigsten Lantau Island und Hongkong Island sind. Auf den bewohnbaren Inseln leben dicht gedrängt einundertzwanzigtausend Einwohner. Der Rest der Inseln besteht aus Bergen, wie ihr selbst sehen könnt.«

Vom Lotsen hörten sie weiter, dass die Briten Hongkong nach dem Ersten Opiumkrieg im Jahre 1841 besetzt hatten. Ein Jahr später wurde das Gebiet durch den Vertrag von Nanking auch offiziell an die Briten abgetreten, wodurch der Weg zur britischen Kronkolonie geebnet war. 1860 mussten die Chinesen auch das angrenzende Gebiet von Kowloon an die Briten geben, die ihre Kronkolonie damit deutlich vergrößerten.

Am Mittag des 16. November warf die CERES im Viktoriahafen von Hongkong Anker und wurde von anderen Schiffen durch Flaggesetzen begrüßt. Wohl ein halbes Dutzend Mal hatte Külper der Mannschaft versprochen, in Hongkong die Lücken aufzufüllen, die durch den Tod von Sven und dem schwer verletzten Schiffsjungen Carl entstanden waren. »Darauf könnt ihr euch verlassen, Männer!« Deshalb war einer seiner ersten Wege, zu einem Heuerbaas zu gehen und sich nach zwei Seeleuten umzusehen. Einer wurde ihm schon zwei Tage später zugewiesen: ein Felix Erbmann aus Siebenlehn in Sachsen. Sein Schiff hatte ihn vor zwei Monaten wegen seiner Beri-Beri-Erkrankung abgesetzt. Er hatte an den typischen Beschwerden dieser in Asien weit verbreiteten Mangelkrankheit gelitten, deren Symptome Muskelschwäche, Übelkeit und Kopfschmerzen waren. Deswegen konnte man ihn an Bord nicht mehr gebrauchen. Damit hatte er das glücklichere Los erwischt, denn einige seiner Kameraden waren an der Krankheit gestorben. Obwohl man Beri-Beri durch geeignete Kost schnell wieder in den Griff bekam, wenn sie denn an Bord auftrat. Das wusste Külper, aber auch von Appen.

»Geht es denn jetzt wieder?«, wollte Külper von Erbmann wissen, worauf sein chinesischer Heuerbaas – als habe er das Deutsche verstanden – statt des Seemanns antwortete: »Vely good man, vely hald wolker!« Das Gerücht, dass viele Chinesen schlecht ein »r« sprechen konnten, bewahrheitete sich tatsächlich. Da Erbmann der einzige deutsche Matrose war, der in Hongkong zur Verfügung stand, nahm man ihn.

»Seit wann wartest du denn bei den Schlitzaugen schon auf eine Heuer?«, bohrte Peter Diercks, als sich der Neue vorstellte. Der antwortete: »Ich bin seit zwei Monaten hier, und auf ein Schiff wart ich seit etwa zwei Wochen.«

»Und auf welchem Seelenverkäufer warst du vorher?«, erkundigte sich Diercks weiter. »Mein Kahn hieß ›Preußen‹, kam aus Stettin und war ein echter Jonas, ein Unglücksschiff durch und durch. Ständig passierte was Schlimmes. Mal starb einer von der Mannschaft an Herzversagen, dann wieder brach ein Mast weg, mehrmals verloren wir einen Anker, und im Hafen von Schanghai rammten wir die Kaimauer, so dass wir für längere Zeit in Reparatur mussten. Dafür war das Essen an Bord ziemlich mau. ›Wenn der Chinese von 'ner Handvoll Reis am Tag lebt, könnt ihr das allemal!‹ hat unser Alter immer wieder gemeint und uns hauptsächlich ungeschälten Reis als Fraß vorsetzen lassen. Kannst dir ja denken, warum wir Beri-Beri gekriegt haben. Und als ich dann krank wurde, hat mich dieser feine Herr in Hongkong von Bord geworfen, und ich musste mich während der ganzen Zeit von meiner mühsam ersparten Heuer über Wasser halten. Immerhin hatte ich es besser als manch anderer an Bord. Einige wurden nämlich im Meer entsorgt. Als Leichen. Mir geht es zum Glück wieder besser! Und wenn ich in Hongkong nicht das eine oder andere Geschäft gefummelt hätte, wär mein ganzes Erspartes flöten. Das hatte ich doch für meine Familie in Sachsen gespart. Denen geht es nämlich ziemlich dreckig! Mein Alter ist Weber und kann mit seinem Gewerbe weder seine Frau, also meine Mutter, noch meine sechs Geschwister und unsere Oma ernähren. Obwohl er täglich zwölf bis vierzehn Stunden rackert! Ich kann euch sagen, in Sachsen ist das Leben eine elende Scheiße!«

Diercks erkundigte sich mit aufblitzenden Augen, was das wohl für Geschäfte waren, mit denen sich Erbmann über Wasser gehalten hat. »Davon später!« war dessen ausweichende Antwort. Auch der Käpten hatte von Erbmanns Geschäften erfahren und wollte ebenfalls eine Empfehlung bekommen, die allerdings in eine ganz andere Richtung ging: »Sag mal, kennst du hier einen guten Schiffsmaler? Ich möchte nämlich gern ein Kapitänsbild von meiner CERES malen lassen.« Erbmann zögerte nicht lange, sondern nannte wie aus der Pistole geschossen den Namen des bekanntesten Schiffsmalers von ganz Hongkong: »Jack Cheyong, Käpten! Wenn Sie wollen, kann ich Sie zu ihm bringen!« »Darauf komm ich zurück!« war Külpers Antwort, und in der Tat gingen sie schon am nächsten Tag zu dem Maler, der ihm innerhalb kürzester Zeit ein detailgetreues Bild seiner Bark zauberte.

Viet wollte sich in Hongkong mal wieder richtig amüsieren und schlenderte dafür suchend durch die City, bis er das »Flowerhouse«

fand. Davon hatte er schon in Hamburg viel Lobendes gehört. So eine zarte »Butterfly« müsste etwas sehr reizvolles sein, überlegte er und ging voller Erwartung hinein.

Als er nach gut einer Stunde aus dem Haus trat und gerade den Weg zum Schiff eingeschlagen hatte, wen traf er da? Else Kaldewei, die ausgerechnet in dieser Gegend Einkäufe machte. »Was machst du denn hier? Und dann in einem solchen Haus!«, fragte sie pikiert.

»Äh. Ich suche ein paar Männer von uns, die hier abgestürzt sein sollen«. Doch Else glaubte ihm nicht, denn ihres Wissens waren die meisten Männer mit dem Be- und Entladen des Schiffs beschäftigt, und der Rest war vorhin mit ihr in eine ganz andere Gegend gezogen. Viet verabschiedete sich schnell, um peinlich berührt zurück zur CERES zu laufen.

Für den Alten war das Anheuern von einem zweiten deutschen Matrosen oder Schiffsjungen weitaus schwieriger. Nachdem Külper dafür keinen Europäer gefunden hatte, entschied er sich, einen Chinesenjungen namens Tian anzumustern. »Warum nicht?«, wischte er Viets Argumente weg. »Hauptsache ist doch, dass er keine Angst vor der Arbeit hat und was von Seefahrt versteht!«

Für Tian aber fehlte eine Koje, denn Carl blieb ja weiter an Bord und würde bis Hamburg mitreisen dürfen. Tian und Carl mussten die Schlafstätte deshalb abwechselnd nutzen. Vier Stunden war sie das Lager für den einen, vier für den anderen. Immer im Wechsel. Außerdem war es wichtig, dass Tian Deutsch lernte. Carl, der wegen seiner Amputation kaum noch einzusetzen war, sollte den Sprachunterricht übernehmen. Külper hatte den 15-Jährigen nach der Amputation nicht von Bord geworfen, war also beileibe nicht so knallhart wie Erbmanns Kapitän. Vielleicht war Külper nach der Geburt von Alwine auch sanfter gestimmt?

Der Trip nach Hongkong war ein erster Versuch der Firma Joh. C. Godeffroy & Sohn, in China Fuß zu fassen. Für die CERES aber war es ein gewaltiger Umweg. Denn ihre Reiseroute verlief von Apia nordwärts über die Philippinen nach Hongkong, von da nach Nordchina. Dann erst sollte es zurück über den Pazifik nach Südamerika und ums Kap Hoorn nach Hamburg gehen. Külpers Auftrag lautete, in Hongkong verschiedene Musterkisten an die Firma Smith & Sons zu liefern. Weitere waren zu den Filialen von Smith & Sons nach Tschifu und Tientsin zu bringen. Ging Godeffroys Plan auf und kam das Sortiment im chinesischen Riesenreich gut an, dann sollte Smith exklusiver China-Agent von Godeffroy werden.

Doch zunächst galt es, ein paar Tage Wartezeit zu überbrücken. In dieser Zeit bot sich der Neue, dieser Felix Erbmann, an, ihnen Hongkong zu zeigen. Er wollte mit den Besatzungsmitgliedern auf den Victoriapeak steigen, weil man von dort den allerschönsten Ausblick über die Stadt, die Inselwelt und den großen Hafen mit seinen vielen Schiffen hatte.

Auf dem Rückweg plante Erbmann etwas Besonderes, über das er noch nicht sprechen wollte. Das sei eine Überraschung.

Also machten sich sechs Männer in aller Herrgottsfrühe auf, den 554 Meter hohen Peak zu besteigen. Steuermann von Appen lief allen voran. Ihm war es in letzter Sekunde gelungen, neben der Sechsergruppe auch Else Kaldewei zum Mitkommen zu überreden. »So eine Chance bekommt man kein zweites Mal. Da musst du unbedingt mitmachen!«

Auch wenn der Aufstieg über die mehr als 500 Höhenmeter eine Zumutung für Seebären war, sie schafften die Besteigung ohne Schwierigkeiten und waren schon nach gut zwei Stunden auf dem Gipfel, um die grandiose Aussicht zu genießen. »Da unten, das kleine Holzstück, das ist unser Kahn. Könnt ihr ihn erkennen?«, fragte Viet.

Der Abstieg war beinahe noch anstrengender. Zum Glück lag Erbmanns »Überraschung«, der Man-Mo-Tempel, auf halber Höhe. Es war ein eindrucksvoller Bau mit einem prunkvollen Torbogen als Eingang. Farbenprächtige Ornamente, manche sahen wie Drachen aus, schmückten die geschwungenen Dächer. »Seht mal die vielen Weihrauchspiralen, die von der niedrigen Decke hängen!«, meinte Erbmann. »Hier betet man als Chinese, wenn man Erfolg bei einer Prüfung haben will oder Streitigkeiten beilegen möchte. Damit die Gebete auch wirklich erhört werden, muss man ein Huhn opfern, besser gesagt einen Hühnerkopf, der in diesen Weihrauchtüten zusammen mit gelbem Papier verbrannt wird. Daher kommt der merkwürdige Geruch. Nur wenn dieses Ritual eingehalten wird, gilt das Opfer als angenommen! Vielleicht jedenfalls.«

Sie schlenderten ein wenig lustlos um die Tempelanlage herum, schauten die fremdartige Architektur von außen und innen an, amüsierten sich über einige der Besucher sowie über die vielen Hühnerköpfe, die verbrannt wurden, so dass der Tempel und seine Umgebung stark nach verbranntem Hähnchen rochen.

Schließlich sammelten sie sich unterhalb des Tempels an der verabredeten Stelle. Nur Felix Erbmann fehlte. Nach etwa 20 Minuten, Viet hatte zum wiederholten Mal auf seine neue Taschenuhr geschaut, schickte er zwei Mann los, ihn zu suchen. Doch er war wie vom Erdboden verschluckt. »Steht ihm etwa auch 'ne Prüfung bevor, für die er noch schnell 'nen Hühnerkopf opfern muss?«, fragte jemand. Die ausgeschickten Männer kamen jedenfalls unverrichteter Dinge zurück. Nach einer weiteren Stunde gingen sie zurück zum Schiff. Wo mochte der Kerl nur stecken?

Külper hatte an diesem Tag eine Reihe von Kapitänen zum Essen auf die CERES geladen. Die meisten kamen aus Hamburg. Als Viet mit seinen Männern zurückkehrte und vom Verschwinden des neuen Matrosen berichtete, ahnten einige der Herren, was dahinterstecken konnte. Rauschgift. »Das kann ich mir nicht denken! Der Mann macht einen sehr soliden Eindruck!«, widersprach Külper.

»Wenn Sie sich da mal nicht täuschen!«, meldete sich Kapitän Esser. »Ich fahr seit etlichen Jahren die Küste von Hanoi bis Wladiwostok rauf und runter und kenne meine Pappenheimer! Wenn Sie wüssten, wie viele unserer Seeleute heutzutage in den Handel mit Rauschgift verstrickt sind, Sie würden ganz anders reden. Aber das hat eine lange Vorgeschichte.« – »Erzählen Sie, Esser. Wir sind gespannt.«

Bevor Esser mit seiner Erzählung begann, zündete er sich eine dicke Zigarre an, ließ sein Weinglas nachfüllen und startete in höchst gemütlichem Ton mit einem aufregenden Thema: »Es ist einfach unglaublich, mit welchen Mitteln und welcher kriminellen Energie die britische East India Company ihren Export von Opium nach China ab etwa 1820 betrieben hat. Zwischen 1821 und 1837 verfünffachte sie die umgeschlagene Menge. Dies führte zu zunehmenden Problemen bei der chinesischen Verwaltung, obwohl sich der chinesische Kaiser Daoguang nach Kräften um eine Eindämmung des britischen Rauschgiftimports bemühte. Mit wenig Erfolg. Der Opiumhandel wuchs und wuchs. Daraufhin ging der Kaiser gegen die chinesischen Konsumenten und Zwischenhändler vor und ließ 1839 zahlreiche

Landsleute verhaften sowie freiundsiebzigtausend Kilo Opium beschlagnahmen. Das war die Zeit, in der die East India Company der größte Drogenhändler der Welt wurde. Doch aufgrund ihrer wirtschaftlichen Interessen zeigte sich die Company nicht im Geringsten zu einer Zusammenarbeit mit den Chinesen bereit. Nein, sie forcierte die illegale Opiumeinfuhr nach China sogar noch.

Im März 1839 ließ der chinesische Kaiser daraufhin dreihundertfünfzig europäische Opiumhändler festsetzen und tausendvierhundert Tonnen Opium beschlagnahmen und verbrennen. Das wiederum veranlasste die Briten, sechzehn Kriegsschiffe mit fünfhundertvierzig Kanonen und viertausend Mann nach China zu schicken, die im Juni 1840 in Hongkong eintrafen und schon unterwegs viele chinesische Kriegsdschunken versenkten. Danach besetzten die Briten die Flussmündungen vom Perlfluss bei Hongkong, vom Jangtse und schließlich auch vom Beihai, um auch sie für den Import von Drogen zu öffnen. Damals machten die Europäer mit den Chinesen, was sie wollten. Verträge wurden geschlossen und wieder gebrochen, doch der Opiumimport blühte und blühte. 1842 endete der Krieg zwischen China und Großbritannien mit dem Vertrag von Nanking, dem ersten sogenannten ›Ungleichen Vertrag‹. Er zwang China, weitere Häfen für die Europäer – und damit für den Opiumhandel – zu öffnen.

1856 begann der Zweite Opiumkrieg, der drei Jahre anhielt. Der Ausgang wurde wiederum bestimmt von den besser gerüsteten und besser ausgebildeten sechstausendsiebenhundert Franzosen und elftausend Briten und Indern, die eine chinesische Stadt nach der anderen eroberten und plünderten. Nach diesem zweiten verlorenen Krieg musste China den Opiumhandel vollends legalisieren. So lautete das Diktat der europäischen Mächte. Die beiden Kriege und ihre Folgen leiteten den Niedergang Chinas ein. Die Demütigungen, die ihnen Briten und Franzosen dabei zufügten, vergessen die Chinesen uns Europäern nie.

Doch damit nicht genug: Der Drogenimport hält auch heute noch an und wird von vielen unserer Seeleute genutzt, nebenbei die eine oder andere schnelle Mark zu machen. Und wenn Ihr Matrose, wie Sie sagen, ein paar Monate hier gelebt und sich etwas nebenbei verdient hat, dann weiß ich auch, womit. Und Sie wissen es jetzt auch.« Damit nahm Kapitän Esser sein Glas, leerte es in einem Zug, um es dem Smut erneut hinzuhalten, der gerade dabei war, Wein nachzuschenken.

»Und«, erkundigte sich Külper, »muss ich den Mann jetzt abschreiben? Ich war nämlich heilfroh, überhaupt einen deutschen Seemann gefunden zu haben!« »Warten Sie ab. Vielleicht taucht er ja wieder auf! Lebendig oder als Leiche!«, murmelte Esser emotionslos.

Drei Tage später meldete sich Erbmann überraschend an Bord. Hundeelend sah er aus und total verdreckt. Seine Linke war mit einem Stück Stoff umwickelt. »Wo kommst du denn her? Und wie siehst du aus? Wasch dich erst mal!«, blaffte ihn Viet verärgert an. Und nach einer Pause: »Was ist denn mit deiner Hand?« Ohne eine Antwort abzuwarten, ging der Steuermann mit dem Verschwundenen in seine Kabine, die Else für das Verhör räumen musste.

Heraus kam, dass Erbmann beim Man-Mo-Tempel von Chinesen, die offenbar zu einer der Triaden gehörten, gestellt worden war. Triade war der Name für bestimmte organisierte Verbrecherbanden. Er hatte sich während seines Hongkong-Aufenthalts in einer Region mit Opiumgeschäften breitgemacht, die der chinesische Geheimbund für sich reklamierte. Dafür hatten sie ihn bestraft. Und zwar in einer düsteren Kellerspelunke in der Nähe des Tempels. Zunächst wurde er windelweich geschlagen, um ihm danach das obere Glied seines linken kleinen Fingers als immerwährenden Denkzettel abzuhacken. »Damit jeder sieht, dass du dich in die Geschäfte fremder Leute eingemischt hast!«, hatte man ihm sinngemäß gesagt.

Viet wollte sich nach dem Verhör zunächst mit dem Kapitän besprechen. Doch der war nicht an Bord, sondern machte mit Frau und Kind einen Landausflug. Dafür wurde Viet direkt vor der Kombüse Zeuge einer Begegnung zwischen Felix Erbmann und Tian. Als der Chinese erkannte, was mit Erbmann geschehen war, wusste er sofort Bescheid, auch ohne dass der Stofffetzen abgenommen wurde. Tian würdigte Felix daraufhin nie mehr eines Blickes. Für ihn war er ein Betrüger, mit dem er nichts, aber auch gar nichts zu tun haben wollte.

Nachdem Külper informiert war, entschied er, Erbmann solle trotzdem an Bord bleiben. Denn sie würden so schnell keinen Ersatz finden. »Der wird ja wohl auch mit abgeschnittenem Fingerglied arbeiten können?! Wenn nicht, fliegt er in Tschifu von Bord.« Zwei Tage später setzten sie die Segel zur Reise in den Norden Chinas.

TSCHIFU

Tschifu liegt auf einer Halbinsel am Bohai-Meer in Ostchina nahe der koreanischen Südspitze. Die Stadt hat einen schönen, sehr weiträumigen Naturhafen am Golf von Pe-tschi-li, der halbkreisförmig umschlossen wird. Im Norden begrenzt ihn ein Berg. Östlich vor der Bucht liegt eine Inselkette, während Tschifu selbst auf einer Erhöhung mit steil abfallenden Hängen erbaut wurde, die wellig zum Meer hin auslaufen. 1861 wurde der Hafen durch britische Kriegsschiffe für den Handel mit Europäern und Amerikanern geöffnet.

Zwei Blankeneser Schiffe lagen dort vor Anker, als die CERES den Hafen anlief: der Dreimastschoner H. BREMER unter Kapitän Joh. Bremer und die kleine Bark DEUTSCHLAND unter Kapitän J. Tiemann.

Beide Kapitäne hatten ihre Frauen an Bord. Bald schon liefen ihre Boote zur CERES oder umgekehrt, denn besonders die Kapitänsfrauen wollten Alwine bestaunen. Obendrein erfuhr man Neues aus der Heimat.

Die beiden Kapitäne erklärten Külper und von Appen bei einem gemeinsamen Frühstück die für das nördliche China gültigen Maße, Gewichte und auch die Währung. Viet machte sich Notizen: Während man in Hongkong mit britischem Pfund zahlte und britische Maß- und Mengeneinheiten benutzte, war in China selbst alles anders. Gold- oder Silbermünzen kannte man nicht. Als Scheidemünze diente der Kesch, eine aus Messing geprägte Münze mit einer quadratischen Öffnung in der Mitte. 100 Kesch waren ein Mehs, 1000 Kesch ein Tiao. Entfernungen maßen die Bürger von Tschifu in Yin und Covid. Eine chinesische Meile war 785,5 Meter lang und nannte sich Li. Das Gewicht wurde in Pikul, Kettis oder Taels ermittelt. Das alles konnte kein Mensch behalten. Ohne diese Übersicht, die er schlauerweise angefertigt hatte, würde er bestimmt nicht zurechtkommen.

In Tschifu erhielten sie trotz vorgeschrittener Jahreszeit Order, weiter nach Tientsin am Peiho-Fluss zu segeln. Der Fluss wurde zwar wegen möglichen Eisgangs für die Schifffahrt schon relativ früh im Winter gesperrt. Trotzdem lautete ihr Auftrag: Versuchen Sie es!

Deshalb setzten sie abermals Segel, um den Golf von Pe-tschi-li zu durchkreuzen. Bei günstigem Wind erreichten sie tatsächlich die Barre von Taku. Da nicht genügend Wasser darauf stand, konnten sie nicht passieren. Gerade als sie begannen, einen Teil des Stückguts auf kleine Boote zu leichtern, setzte starker Frost ein. Jetzt war es ausgeschlossen, Tientsin noch in diesem Jahr zu erreichen. Hier liegen bleiben konnten und wollten sie nicht. Und so ging es wieder zurück zum eisfreien Hafen Tschifu, um dort für einige Monate das Winterquartier zu beziehen. Leider mussten sie bei ihrer Rückkehr feststellen, dass die beiden anderen Blankeneser Schiffe nicht mehr da waren.

Bei ihrer Ankunft legten sie sich unter den hohen Berg jenseits des eigentlichen Hafens. Hier würden sie während der Winterperiode mehr Schutz vor Wind und Wetter haben. Die Bark wurde für diese Zeit abgetakelt, die Rahen heruntergenommen. Außerdem wurden die Stengen gestrichen, um sie gegen Witterungseinflüsse zu schützen.

Dann kam das Weihnachtsfest. Familie Külper war zu einer Feier mit anderen Kapitänsehepaaren an Land. Auch Viet brauchte den Weihnachtsabend nicht auf dem Schiff zu verbringen, sondern erhielt eine Einladung von einem Börge Börgesen und seiner Frau Mathilde, einem dänischen Händlerpaar aus Aarhus, das schon lange in China lebte. »Bringen Sie doch die nette Dame vom Schiff mit!«, hatte Börgesen ihm nachgerufen und damit Else gemeint. Ganz gegen Viets Erwartung freute sich Else sehr über die Einladung. Und schon bald beriet sie sich mit Lisette, was sie anziehen könne, denn ein festliches Kleid besaß sie nicht. Lisette empfahl das einzige europäische Textilgeschäft am Ort, und Else erwarb nach vielen Anproben und langen Überlegungen ein elegantes schwarzes Kleid mit weißem Spitzenkragen.

Wieder an Bord, führte sie es Viet mit der Frage vor: »Meinst du, ich kann so gehen?«

»Passt doch!« war seine knappe Antwort, während er dachte: »Mannomann, hat die 'ne dolle Figur!«

Kaum waren sie am Weihnachtsnachmittag aus dem Sichtbereich ihres Schiffs, hakte sich Else bei Viet ein. Der empfand ihre körperliche Nähe durchaus als angenehm. Die Gastgeber empfingen sie mit großer Herzlichkeit. Viet überreichte eine Flasche Aquavit, die er von einem im Hafen liegenden Dänen besorgt hatte. Er freute sich besonders, dass er bei Börgesens Dänisch sprechen konnte. Richtig begeistert aber war er, als sie im Wohnzimmer den mit kleinen Danebrogs behängten Weihnachtsbaum entdeckten. Und das mitten in China. Die rot-weiße Flaggenkette erinnerte ihn an die schöne Zeit mit seinem Freund und Schwager Sören Sörensen. Zur Freude der Gastgeber konnte er sogar eine Reihe dänischer Jul-Lieder mitsingen. Vorher hatte es Ente mit Äpfeln und Zwetschen und dazu reichlich Bier und Aquavit gegeben. Viet hatte sich allerdings schon nach dem ersten Snaps entschuldigt. Er könne Aquavit nicht so gut vertragen. »Spielverderber!«, hatte ihn Börgesen gefoppt und lachend auf Viet angestoßen. »Skaal!«

Else bekam von Mathilde Börgesen ein chinesisches Seidentuch geschenkt und Viet eine Pfeife. Schließlich holte auch Else etwas geheimnisvoll Verpacktes aus ihrem Täschchen. Ein rotes Schweißtuch für Viet. Das hatte er sich eigentlich schon lange besorgen wollen. Artig bedankte er sich mit kurzer Verbeugung. Doch die Gastgeber bestanden lachend auf mehr: »Wenn man etwas von einer Dame zum Jul-Fest geschenkt bekommt, bedankt man sich mit einem Kuss!« Worauf Viet entgegnete: »Wat mutt, datt mutt!« und einen knallenden Kuss auf Elses Wange setzte.

Für die Mannschaft war in das Einerlei ihrer Wachen Abwechslung durch die Festtagsvorbereitungen gekommen. Am Nachmittag des 24. Dezember war alles fertiggestellt. Die Backen hatten sie heruntergeklappt und mit Tannengrün umwunden, Kerzen ausgegeben und aufgestellt. Überall wurde letzte Hand angelegt. Der CERES-Kombüse waren schon gestern wohlriechende Düfte entstiegen. Ungeduldig hatte die Mannschaft darauf gewartet, endlich den herrlichen Festschmaus essen zu können, als ein Streit zwischen Bootsmann Clasen und dem Smut ausbrach. Er lief so aus dem Ruder, dass beiden Männern der Appetit verging.

Die Streithähne überließen ihre Gänseportionen dem armamputierten Schiffsjungen Carl und verzogen sich schmollend. Carl ließ sich das nicht zweimal sagen. Er futterte, dass wirklich nichts mehr übrig blieb, auch nicht die drei Puddingportionen in den Helgoländer

Farben Grün, Rot und Weiß. Carl war also der lachende Dritte bei diesem Festmahl.

Mittlerweile war auch Santa Claus in Gestalt von Ernst – mit vorgebundenem Flachsbart und selbst gebasteltem Bischofsmantel plus Hut – erschienen, um seine Gaben für die Mannschaft zu verteilen. Er bescherte Äpfel, Nüsse und Kuchen und überreichte jedem drei Flaschen Bier. Letztere wurden mit überschäumendem Beifall in Empfang genommen.

Nach dem Streit ihrer Vorgesetzten verlebte die Mannschaft gemütliche Stunden mit viel Gesang und wehmütigen Gedanken an die Lieben daheim. Als dann noch steifer Seemannsgrog ausgegeben wurde, erreichte die Stimmung ihren Höhepunkt. Da saßen die Teerjacken, knackten Nüsse, tranken Grog und qualmten Tabak aus kurzen Stummelpfeifen und horchten gespannt und aufmerksam, wenn der Backälteste – oder ein sonst Befahrener – die seltsamsten und unglaublichsten Garne spann. Danach kehrte Ruhe ein. Jeder kroch in seine Koje, nur die Wache sorgte für Sicherheit auf dem Schiff.

Als Kapitän und Steuermann am nächsten Morgen vom Verlauf des Festmahls hörten, meinte Külper süffisant: »So geit dat, wenn de Herr nich to Hus is! Denn speelt de Müüs op'n Disch!«

Langsam kroch die Winterzeit im Hafen von Tschifu dahin. Die Männer wurden mit Arbeiten beschäftigt, die endlich erledigt werden mussten: Rost von den Ankerketten klopfen, malen hier und Taue spleißen dort. Am gemütlichsten aber waren die Abende um den warmen Ofen im Logis. Dann wurden Döntjes erzählt. Einige spielten Karten, andere rauchten einfach nur Pfeife. Manch einer schrieb einen Brief nach Hause. Langeweile kam jedenfalls nie auf. Einmal die Woche erschien der »Bumboat Man« mit seinen verführerischen Waren. Bei ihm erwarben sie Seife, Tabak, Briefpapier, Schwefelhölzer und was der Bumboat Man so zu bieten hatte, zum Beispiel den an der ganzen chinesischen Küste berühmten »square face«, ein Genever-Schnaps, mit dem sie sich gegen die raue Witterung stärkten. Sagten sie jedenfalls.

Sooft sich Kapitän Külper mit Frau und Tochter an Land rudern ließ, fanden seine Männer den Weg zu »Chappdollar Harry«, einem geborenen Finkenwärder. Er hatte ein weites Herz, nahm jeden gastlich auf, egal ob er zahlen konnte oder nicht – und er schätzte die

Männer der CERES, die aus seiner Heimat kamen. Seinen Namen hatte er bekommen, weil er ein pockennarbiges Gesicht besaß. Die vielen Narben erinnerten an die von Stempeln verbeulten Dollars, die in China »Chappdollars« genannt wurden. Noten mit solchen Beulen wären woanders längst aus dem Verkehr gezogen worden. In China aber hatten sie noch immer Gültigkeit.

Im Laufe des Winters gingen zwei Schiffe bei Tschifu verloren. Eins im Hafen und eins auf den Inseln, die dem Hafen vorgelagert sind. Letzteres war eine Hamburger Bark, die Amsinck gehörte. Sie wollte in den Hafen segeln, doch die Eisdecke war zu dick. Man tat an Bord alles, um sich eine Fahrrinne aufzubrechen. Alle Segel wurden gesetzt, der Anker aufs Eis geworfen, um es zu zerbrechen. Nichts nützte. Als der Abend kam, trieb die Bark – von einem Eisfeld eingekeilt – seewärts. Am nächsten Tag hörte man, dass das Schiff mitsamt dem Eis auf die Felsen der vorgelagerten Insel getrieben, gesunken und damit rettungslos verloren sei. Die Mannschaft aber hatte sich in Sicherheit bringen können. Da das Eis weiter nach See trieb und eisfreies Wasser herrschte, bemannten die im Hafen liegenden deutschen Schiffe ihre Boote und fuhren hinaus, um Mannschaft, Fracht und Wertsachen zu bergen.

Auch die CERES beteiligte sich an der Rettungsaktion. Zunächst wurden die Besitztümer der Besatzung sowie die wertvollen nautischen Instrumente und andere Güter geborgen. Als die so beladenen Boote bei einsetzender Dunkelheit zurück in den Hafen glitten, sahen die Männer des letzten Boots, dass Dschunken aus einem Flusslauf auf das Wrack zuhielten. Man konnte sich denken, was sie dort wollten. Deshalb entlud man die geborgenen Güter in aller Eile, um sich mit den anderen Besatzungen auf einen Angriffsplan gegen die Wrackräuber zu verständigen. Viet ließ vorsichtshalber die Colts und ausreichend Munition von der CERES holen und an seine Männer verteilen.

Bei Dunkelheit glitten sie wieder aus dem Hafen. Die sieben Boote ruderten so leise wie möglich zum Wrack, um es zunächst einzukreisen. Trotz der Nachtschwärze war zu erkennen, dass vier Fischerdschunken längsseits des gestrandeten Schiffs gegangen waren und man just begann, die Ladung holländischer Käselaibe aus dem Wrack in die Dschunken zu laden. Deutlich waren die Rufe der Wrackräuber zu hören, und je nach Wolkenlage konnte man manchmal schwer arbeitende Räuber ausmachen. Die Chinesen waren äußerst verblüfft, als sie plötzlich von See her angesprochen wurden. Zunächst versuchten sie zu fliehen. Doch als sie erkannten, dass alle Fluchtwege versperrt waren, rüsteten sie sich zur Verteidigung ihres Diebesguts wie Raubtiere, die ihre Beute gegen Fressfeinde verteidigen. Schon gaben sie erste Schüsse ab, die wegen der schlechten Sicht und ihrer antiquierten Gewehre aber niemanden trafen.

Hein Lindemann hatte als Erster bemerkt, dass die Wrackräuber mit uralten Vorderladergewehren schossen, deren Nachladen umständlich und zeitaufwendig war. Schließlich war er drei Jahre Soldat gewesen und konnte das beurteilen. Außerdem hatte er gelernt, dass Gewehre Distanzwaffen sind, die nicht für den Nahkampf taugen. Das jedenfalls gab er zum Besten.

Viet kam bei diesem Satz eine Eingebung: Er gab je einem seiner vier Colt-Männer an jedes der Boote ab. Im Gegenzug erhielt er jeweils einen Unbewaffneten. Vorausschauend befahl er, den Chinesen einen Ausweg zu lassen, über den sie entkommen konnten, denn mit ihren großen Dschunken konnten sie die kleinen deutschen Beiboote leicht in Grund und Boden segeln.

Als sie nur noch ein paar Meter von den Dschunken trennten, begannen Viets Männer auf die Wrackräuber zu schießen. Das verfehlte seine Wirkung nicht. Sofort entdeckten die Räuber den frisch entstandenen Korridor, durch den sie fliehen konnten. Drei Dschunken nutzten die Chance.

Unter Pistolenschüssen sprang Viet mit seinen Männern auf das Deck des gestrandeten Schiffs. Sofort begann ein mit Pistolen, Schlagstöcken, Beilen und Messern ausgetragener Nahkampf. Irgendwann kam der Augenblick, in dem Viet nachladen musste. Noch während er Patronen in die Magazintrommel schob, erhielt er einen furchtbaren Schlag gegen die linke Schulter. Zunächst wusste er nicht, was ihn getroffen hatte. Die Stelle tat nur höllisch weh. Minutenlang fühlte er sich nicht in der Lage weiterzukämpfen. Das war der Augenblick, in dem einer der Räuber auf ihn zustürzte, aber über einen der vielen herumliegenden Käselaibe stolperte und hinschlug. Viet war zurückgesprungen. Doch er knallte gegen die hinter ihm befindliche Schanz und konnte nicht mehr zurückweichen. Deshalb versuchte er, seitlich zu entkommen. Dein letztes Stündlein schoss es ihm durch den Kopf, als der Chinese wie von einer Tarantel gestochen wieder hochschnellte und weiter auf ihn zustürzte. Mistpistole, das war sein letzter Gedanke, als ihn ein heftiger Schlag am Hinterkopf traf. Ihm wurde schwarz vor Augen, und er sackte aufs Deck.

Er kam wieder zu sich, als er gefesselt auf einer vor dem Wind segelnden Dschunke lag. Langsam stellte sich die Erinnerung wieder ein, und er realisierte, dass er gefangen war. Gefesselt an Armen und Beinen. Seine linke Schulter schmerzte wie verrückt, besonders wenn er sich zu drehen suchte, hätte er aufschreien mögen. Auch hatte er das Gefühl, dass er blutete. Was war geschehen? Doch schon wurde ihm wieder duselig, und seine Sinne schwanden.

Als er das nächste Mal erwachte, lag die Dschunke irgendwo ruhig am Ufer. Zwei Männer waren dabei, ihn ziemlich grob über eine Gangway an Land zu schleppen. Einer der Träger zeigte auf Viets blutende Armwunde und fluchte. Daraufhin ließen ihn beide auf die Erde knallen. Der eine wies dem Kumpan seine von Viets Wunde blu tig gewordene Kung-Fu-Jacke. Ein wütender Fußtritt in die Nieren des Verwundeten war die Quittung dafür. Und noch einer folgte. Der Verwundete stöhnte vor Schmerz auf. Und er litt unter einem unsäglichen Durst. Die Männer lösten seine Fußfesseln, um Viet mit Püffen zum Gehen zu bringen. Doch das klappte nicht, denn durch seine Verletzung und den hohen Blutverlust war er dazu nicht mehr in der Lage. Die beiden Wächter zogen und schubsten ihn in Richtung der Hütten, während der torkelnde Viet ständig strauchelte und immer wieder hochgerissen werden musste.

Man brachte den Gefangenen in ein kleines Häuschen. Dort erhielt er endlich, endlich Wasser. Kaum hatte er den ersten Becher in einem Zug geleert, versuchte er, mehr vom köstlichen Nass zu ergattern. Aber mehr gab es vorerst nicht. Dafür trat eine kleine Alte auf ihn zu, die sich um seine Verwundung kümmerte. Zunächst wollte sie ihm die zerschnittene Jacke und das Hemd ausziehen. Das ging nur unter großen Schmerzen. Nach Reinigung der Wunde versuchte sie, die Blutung mit einer Kräuterpackung zu stillen, und legte darüber einen primitiven Verband. Dann hängte sie ihm seine blutige Jacke wieder über. Unendlich erschöpft und mit brummendem Schädel ließ sich der Verletzte auf die Liege fallen, auf der er während der Behandlung gesessen hatte, und schlief erschöpft ein.

Das nächste Mal wachte Viet wieder von brennendem Durst auf. Er registrierte, dass er hohes Fieber haben musste. Zum Kotzen war ihm zumute – im wahrsten Sinne des Wortes. Was hatten die Räuber mit ihm vor? Wo war er überhaupt? Würden ihn seine Leute raushauen? Tausend Fragen gingen ihm durch den Kopf.

Es muss schon Nachmittag gewesen sein, als eine Schar wild aussehender Chinesen die Hütte stürmte und den Verletzten unter Schreien und Hieben von seinem Lager hochriss. Schwankend stand Viet vor dem wütenden Mob. Einer spuckte ihm ins Gesicht, ein anderer zerrte ihm den Verband herrunter. Die Gruppe wurde immer aggressiver. Ein besonders langer Schreihals mit nur einem Auge kitzelte Viet mit einer Messerspitze an der Kehle, schickte sich an, Viet zu schlagen und ihm ein Seil um den Hals zu werfen, an dem er ganz offensichtlich aufgeknüpft werden sollte. Der verletzte Steuermann wurde auf einen Hocker gehoben, während das Seil über ihm bereits an einem Hausbalken festgebunden war. Vor Schwäche schwankend, stand Viet auf dem wackeligen Untersatz und hatte größte Angst, im nächsten Augenblick allein wegen seines Zustandes umzufallen und damit vom Leben in den Tod gerissen zu werden. Schweiß rann ihm in Strömen übers Gesicht.

In diesem Moment trat ein untersetzter, beinahe quadratischer Mann von Mitte fünfzig in die Hütte. Mit scharfen Worten rief er etwas im Befehlston. Offenbar war er der Anführer der Wrackräuber. Die eben noch aggressiven Kerle wichen zurück. Weitere Kommandos folgten. Gehorsam nahm man die Schlinge von Viets Hals, hob ihn vom Schemel, und jemand kümmerte sich um einen neuen Verband. Das war der Moment, in dem Viet nicht länger stehen konnte, sondern in sich zusammensackte, diesmal aber blieb er bei Besinnung.

Ganz leise und ohne ersichtlichen Grund verließ die aufgebrachte Menge die Hütte, nur der Chef blieb. In gebrochenem Englisch wandte er sich an Viet. »How are you?« Er machte den Eindruck eines Fischers. Das passte, dachte Viet. Auch in Blankenese war mancher Fischer dafür bekannt, Wracks gern mal zu begutachten, und wenn die Obrigkeit nicht hinguckte, das eine oder andere mitgehen zu lassen. »Thanks!«, kam es nach ziemlicher Verzögerung von ihm.

»Es geht auf das Ende des Winters zu, und wir konnten schon lange nicht mehr auf Fischfang gehen. Deshalb leiden wir seit Wochen unter Hunger! Da kam uns das gestrandete Schiff gerade recht. Wir brauchten nur zuzugreifen, um diesen Winter zu überstehen. Aber dann kamt ihr mit euren modernen Waffen und habt viele unserer Verwandten, Freunde und Nachbarn verletzt oder getötet. Darüber sind meine Leute wütend, sehr wütend sogar. Deshalb wollen sie Rache. Viele Familien haben letzte Nacht Angehörige verloren und wissen nicht, wie sie weiterleben sollen. Weil ihr Europäer mit euren Waffen und eurem Rauschgift unser Land und unsere Gesellschaft zerstört. Deshalb finde ich es nur zu verständlich, dass dich meine Leute töten wollen. Koste es, was es wolle! Ich will es übrigens auch!«

Für Viet war dieser letzte Satz, als habe man ihm Eiszapfen ins Herz gerammt. Auch der Chef wollte ihn also töten! Nach einer Pause fuhr er fort, dass er jetzt überlege, was mit Viet geschehen sollte. Dabei machte er einen Kreis mit dem Zeigefinger um seinen Hals – »oder« – diesmal war es seine rechte Hand, die eine flatterige Bewegung machte, »gehen lassen. Schauen wir mal!« Das waren seine letzten Worte, bevor er ohne weitere Erklärung verschwand.

Viet hatte schon vorher Hose und Jacke nach Pistole, Munition und Takelmesser abgetastet. Doch seine Taschen waren leer. Selbst das Schnupftuch hatten sie ihm abgenommen. Mit einer Waffe hätte er sich immerhin verteidigen können. Weglaufen kam bei seinem Zustand nicht in Frage. Daran war nicht zu denken. Blieb also nur, sich dem Wohlwollen dieses »Chefs« anzuvertrauen.

Gegen Abend erhielt er wieder Besuch von der alten Chinesin, die ihn nachmittags verbunden hatte. Sie erneuerte seinen Verband. Außerdem brachte sie ihm eine Schale heißer Wan-Tan-Suppe mit. Die tat gut. Er bemerkte, während er die Suppe schlürfte, dass vor der Hütte zwei Posten aufgestellt waren. Danach fiel er abermals in tiefen Schlaf.

Als er das nächste Mal erwachte, war es schon Morgen. Gefesselt grübelte er über die Schwere seiner Verletzung. Zweifel quälten ihn, ob er seinen Arm jemals wieder gebrauchen konnte. Wenn nicht, konnte er einpacken. Dann musste er den Seemannsberuf an den

Nagel hängen. Wieder marterte ihn die Frage nach einer möglichen Flucht. Oder ob man ihn in einer gewagten Aktion befreien würde? Wie konnte das vor sich gehen, ohne dass er gefährdet wäre? Oder würden ihn seine Leute freikaufen? Das konnte Jahre dauern. Hauptsache, die Piraten-Fischer würden ihn nicht vorher umbringen! Fliehen konnte er in den nächsten Tagen und Wochen jedenfalls nicht. Dazu war er viel zu schwach.

Sollte er befreit werden, war es die Frage, wie lange es dauern würde, bis er wieder seinen Aufgaben an Bord nachgehen konnte. Ob dafür die Liegezeit im Winterlager ausreichte? Wenn er befreit würde, überschlug er, musste diese Zeitspanne für seine Gesundung genügen, damit er die CERES wieder führen konnte. Denn der Kapitän brauchte einen Steuermann wie ihn. Allein konnte er das Schiff jedenfalls nicht mehr führen.

AN BORD DER DSCHUNKE

Auf dem von Räubern befreiten Wrack wurde zunächst eine Sturmlaterne angezündet, dann eine zweite und schließlich eine dritte. Das war der Augenblick, in dem sich das Ausmaß des Scharmützels offenbarte. Neben und über den vielen an Deck liegenden Käserädern, die für die Übernahme durch die Dschunken bereitlagen, entdeckte man Tote und stöhnende Verletzte. Hein Lindemann zählte die Opfer der Auseinandersetzung und rief halb fragend, halb besorgt: »Unser Steuermann ist weder unter den Verletzten noch unter den Toten!?« Die Verletzten wurden behandelt. Es waren zwölf Chinesen und drei Deutsche. Zu einigen würde wahrscheinlich ein Arzt kommen müssen, so schwer waren ihre Verwundungen. »Haben wir eigene Tote?« war Külpers erste Frage, als er auf dem Wrack erschien. »Ja. Leider zwei. Ihr Bootsmann gehört dazu!« Das war eine Nachricht, die Külper wie eine Bombe traf. Wie sollte er Clasen hier draußen ersetzen? Und dann kam das nächste Problem: Was war mit Steuermann von Appen? Wo war der? Sein spurloses Verschwinden konnte sich keiner erklären.

Am nächsten Abend kam ein chinesisches Fischerboot längsseits eines deutschen Schiffs. Die Leute taten, als böten sie frisch gefangenen Fisch an. Doch das war nur ein Vorwand. Es gab ja kaum Fische, die man derzeit fangen konnte. »Wenn Sie Ihren verletzten Steuermann zurückhaben wollen, tauschen wir ihn gegen unsere Verwundeten. Wir kommen morgen und erwarten Antwort! Und unsere Toten wollen wir auch haben!«, wurde in schwer verständlichem Englisch-Kauderwelsch mitgeteilt.

In der Tat kam am nächsten Morgen das Fischerboot, legte sich abermals längsseits des deutschen Frachtseglers, doch nichts passierte. Bis Esser, Kapitän des Windjammers, über die Reling fragte, was denn nun mit von Appen sei. Die Chinesen zuckten mit den Schultern: »Wir machen Vorschlag, ihr keine Antwort!«

Esser hatte am gestrigen Abend versucht, sich mit seinen Kollegen abzustimmen. »Zwölf Räuber gegen einen Steuermann? Kann man da nicht mehr rausholen?« war eine der Fragen gewesen. »Schließlich sind drei Leute von uns verletzt und zwei sogar getötet worden! Wir sollten uns von denen nicht übers Ohr hauen lassen.« Natürlich war Külper dafür, sofort auf das Angebot der Chinesen einzugehen. Und zwar, so schnell es ging.

»Lass uns erst mal sehen ... Vielleicht können wir da mehr rausholen!«, wurde Külper überstimmt. Der wurde daraufhin ungehalten, denn ohne Steuermann konnte er nicht weiterfahren.

Obwohl man zu keiner gemeinsamen Antwort gekommen war, erwartete man das Fischerboot der Chinesen ein weiteres Mal. Doch es kam nicht. Man wartete einen Tag, schließlich sogar zwei. Allmählich wurden die Kapitäne nervös. Schließlich – am Ende des dritten Tages – überbrachte ein chinesischer Händler, der Waren zu einem der deutschen Schiffe lieferte, die Nachricht: Entweder gibt es heute noch eine positive Antwort zum Thema Gefangenenaustausch, und zwar bis spätestens zehn Uhr abends, oder euer Steuermann stirbt!

Sofort wurden Flaggensignale ausgetauscht, um möglichst alle Kapitäne zusammenzubringen, damit man zu einer Regelung kommen konnte. Aber einige Hardliner hielten dagegen. »Wir sollten uns von den Schlitzaugen nicht hinters Licht führen lassen. Die wollen doch nur bluffen!«

Sosehr Jacob Külper auch argumentierte, er vermochte seine Kapitänskollegen nicht zu überzeugen. Enttäuscht musste er feststellen, wie unsolidarisch sich seine Kollegen verhielten.

Doch als vorsichtiger Mensch hatte er einen Plan B ausgearbeitet und seine Mannschaft angewiesen, alle verwundeten Chinesen unter einem Vorwand auf die CERES zu holen. Hein Lindemann wurde mit der Leitung dieser Operation beauftragt. Er machte das Beiboot mit vier Männern klar und ruderte kurz nach Mittag zum Schoner DIE DREI GEBRÜDER aus Flensburg, auf dem die verletzten Chinesen derzeit gefangen gehalten wurden. Dem dortigen Bootsmann machte Lindemann weis: »Befehl von unseren Kapitäns-Häuptlingen: Nach Auskunft von Spionen besteht Gefahr, dass die Wrackräuber euer Schiff überfallen wollen, um die Gefangenen zu befreien. Aus diesem Grund sollen die chinesischen Räuber ab und zu auf andere Schiffe verlegt werden, so dass niemand weiß, wo sie sich tatsächlich aufhalten, und so eine Befreiung unmöglich ist. Zunächst sollen die Gefangenen auf die CERES! Dieser Plan darf jedoch nirgends bekannt werden. Kannst dir ja denken, warum!! Also unbedingt und jedem gegenüber die Klappe halten!«

Auch wenn der Bootsmann misstrauisch war, Lindemanns Argumente überzeugten. Außerdem war er froh, die stöhnenden und schimpfenden Gefangenen loszuwerden. In mehreren Partien wurden die Verletzten zur CERES geholt. Von dort brachte man die Gefangenen zu einer in der Nähe liegenden Dschunke. Zum Glück war der Weg dahin nicht einsehbar. Nach Erledigung dieses Auftrags wurde das Beiboot wieder an der für alle sichtbaren Backbordseite der CERES festgemacht, als sei nichts passiert.

Währenddessen eilte Erbmann in die Stadt zu dem Händler, der die Botschaft der Wrackräuber überbracht hatte. Ihm gelang es in relativ kurzer Zeit, seine Adresse ausfindig zu machen. Und obwohl er kein Wort Englisch sprach, schaffte er es, dem Händler klarzumachen, dass man mit dem Austausch der Gefangenen einverstanden sei. Umgehend. Das war die Bedingung. Er malte eine Uhr mit der augenblicklichen Zeit auf. Jetzt – und damit hielt er zwei Finger hoch – ist es zwei. »Um vier machen wir den Austausch fünfhundert Meter vor euerm Dorf. Kapiert?«

Der Chinese nickte so stark, dass sein Zopf hüpfte. Fiete war überzeugt, dass die überbrachte Botschaft verstanden worden war.

Die Dschunke, auf der sich jetzt die verletzten Gefangenen aufhielten, gehörte einem alten Engländer, der schon seit Jahren in China lebte und mit dem man in den letzten Wochen Freundschaft geschlossen hatte. Gleich nachdem er die Verletzten übernommen hatte, ließ er den Anker hieven und segelte fort. Mit an Bord waren Hein Lindemann und Peter Diercks. Kreuzend gelangte die Dschunke in den Wang-Fluss. Hier waren die Wrackräuber verschwunden. Die Männer an Bord der englischen Dschunke waren darauf vorbereitet, jederzeit von den Räubern überfallen zu werden. Kurz vor dem Dorf, in dem die Bande zu leben schien, wendete der Englischmann seinen Kahn, fuhr im Kreis, und sie warteten, dass etwas geschehe. Doch es tat sich nichts. Nur ein Bussardpaar kämpfte hoch über ihnen gegen ein paar Krähen. Nach einiger Zeit suchten die Bussarde das Weite, und die Krähen flogen beruhigt zu ihrem Horst zurück. War das nun ein gutes oder ein schlechtes Omen?

Schließlich wurde es ihnen zu dumm. Lindemann feuerte einen Schuss ab, um Aufmerksamkeit zu erregen. Das wirkte. Hinter einer Flussbiegung kam ein Schiff auf, das sich langsam näherte. Schließlich gaben die Büsche, die das Fahrzeug verdeckt hatten, ein einheimisches Fischerboot frei. Lindemann und Diercks prüften noch einmal ihre Waffen. Alles war klar zur möglichen Verteidigung oder zum Angriff, um von Appen zu befreien. Sie hatten sich vorgenommen, zunächst die Toten zu übergeben. Dann sollten die Schwerverletzten kommen, dafür wollten sie im Gegenzug Viet erhalten, erst dann sollten die Leichtverletzten übergeben werden.

Misstrauisch ankerten beide Delegationen in der Strommitte, etwa 50 Meter voneinander entfernt. Ein paar der gefesselten und nur leicht verletzten Chinesen fingen sofort an, ihren Leuten etwas zuzurufen. Als sie trotz Verwarnung damit nicht aufhören wollten, gab Lindemann einen Schuss über ihre Köpfe hinweg ab. Danach herrschte augenblicklich Stille. Diercks stieg mit dem Engländer in ein Beiboot und wriggte zu den räuberischen Fischern, um die Prozedur der Übergabe zu besprechen. Die beiden drehten sich immer wieder besorgt nach achtern zur englischen Dschunke, doch ihnen wurde per Handzeichen signalisiert, dass alles unter Kontrolle sei. Wegen der Verständigungsprobleme zog sich die Verhandlung in die Länge. Da konnte auch der Engländer mit seinen sehr viel besseren Sprachkenntnissen nicht helfen. Doch schließlich hatte man eine akzeptable Vorgehensweise für den Gefangenenaustausch festgelegt. Und zwar so, wie Külper sie ausgeheckt hatte.

Währenddessen saß ein Ausguck im Mast der englischen Dschunke und beobachtete die Umgebung. Sektor für Sektor. Noch während sie verhandelten, tönte von ihm das verabredete Glockenzeichen: Gefahr! Diercks zog seine Pistole und entsicherte sie.

CATHARINAS NEBENVERDIENST IN BLANKENESE

Die Nacht war verhangen von Wolken, aber lau. Leise klopfte es an Catharinas Fenster. Dann noch einmal. Und schließlich lauter. Sie schreckte aus dem Tiefschlaf. Ach, Fischer Pieper!, registrierte sie schlaftrunken. Der will, dass ich sein Boot treidel. Das hatte sie gestern Abend mit seiner Frau Metta abgesprochen. »Kann sein, dass mein Mann heute Nacht aufkommt. Wenn du dann mit anfasst, wär' das gut«, hatte die Pieper sie gebeten. »Du weißt ja, bei Ebbe und Ostenwind brauchen wir kräftige Arme, um unser Boot rechtzeitig zum Fischmarkt nach Altona zu ziehen!« »Hast denn schon alle zusammen?« »Mehr als acht Leute werden wir diesmal nicht brauchen, und die hab ich!«

Rasch kleidete sich Catharina an. Band die Schuhe zusammen, stopfte ihre Strümpfe hinein und hängte sie über die Schulter, denn auf dem Hinweg musste sie ohnehin barfuß laufen. Dann griff sie ihren Korb, den sie gestern schon mit ein paar Esswaren und einer Flasche Wasser für Herta und sich gepackt hatte, und machte sich auf den Weg zum Anleger, dem Bulln.

»Hoffentlich wird es nicht wieder so schwer, Herta zu wecken. Sie schläft immer so fest! Das war als Kind schon so.« Catharina schlich zu dem Haus am Strandweg, in dem Herta und Sören ein Zimmerchen bewohnten. Doch diesmal stand Herta fix und fertig vor der Tür. »Dann mal los!« waren die Worte, mit denen Catharina ihre Tochter begrüßte.

Piepers Ewer lag an der Innenkante des Bulln. Das war der verabredete Treffpunkt. Metta Pieper fragte unsicher: »Kommen die anderen nicht? Wo habt iIhr die denn gelassen?« Worauf Catharina desinteressiert mit den Schultern zuckte, denn sie wusste nicht einmal, wer heute Nacht dabei sein würde.

Normalerweise machten die Fischerboote am Bulln fest, um ihren Fang zum Verkauf anzubieten. Dann lief ein Junge durch die Treppen, schwang seine Glocke und rief: »Labendige Schulln, Steenbutt, farische Kabiliau!« Woraufhin sich Frauen und Kökschen aus der näheren und weiteren Umgebung aufmachten, die angepriesene Ware zu begutachten und eventuell fürs Mittagessen einzukaufen. Pieper aber wollte und musste zum Altonaer Fischmarkt. Denn seine Bünn und mehrere Fässer waren voll mit frisch gefangenen Fischen.

Doch elbaufwärts segeln konnte er zurzeit nicht. Ablaufendes Wasser und starker Ostwind standen dagegen. Und da die Auktionen auf dem Fischmarkt schon frühmorgens um fünf begannen, musste die Ware vorher da sein. Es war Eile geboten. Nach fünf Uhr würde Pieper seinen Fang nicht mehr loswerden. Und morgen würden die gefangenen Fische »alt« sein und ihren Wert verloren haben. Dann kriegte er dafür nur noch »Kattendreck«!

Inzwischen waren es tatsächlich acht Frauen, die ein wenig fröstelnd auf dem Bulln standen. Die mitgebrachten Körbe, Schuhe und Strümpfe legten sie auf Piepers Ewer und hofften, dass es losgehen würde. »Auf was warten wir eigentlich noch?«, erkundigte sich Herta.

»Piepers Jung fehlt noch!« Der kam im Schweinsgalopp angehastet. »So, denn man zu!«, gab Pieper das Kommando, und die Frauen griffen das lange Seil, verließen damit den Bulln Richtung Strand, um wie die »Sieben Schwaben«, eine hinter der anderen, nach Altona zu ziehen. Zehn Kilometer weit. Gerade schlug die Nienstedtener Kirchturmuhr eins. Blieben also vier Stunden, den langen Weg zu schaffen. Da würde man sich beeilen müssen.

Kaum spannte das Seil, da merkten sie, wie schwer es wirklich war, einen vollbeladenen Fischewer gegen Strom und Wind zu ziehen. Herta stöhnte leise auf. »Wenn das Boot erst mal in Fahrt ist, wird es leichter!«, versuchte jemand zu trösten. Glücklicherweise konnten sie die ganze Zeit über im feuchten Sand am Wassersaum gehen. Das war der Vorteil bei Ebbe. Auf feuchtem Untergrund war das Treideln nämlich leichter als im trockenen Pudersand. Dabei waren die Rockenden der Mädchen und Frauen längst pitschnass, weil sie immer wieder durchs schenkeltiefe Wasser waten mussten. Die nassen und teils auch sandig gewordenen Röcke scheuerten an ihren Waden und ließen sie wund werden. Und immer wieder war ihr Weg durch Gesträuch und umgestürzte Bäume versperrt. In diesen Fällen musste entschieden werden, wie man das Hindernis umgehen konnte.

Wurde die Fahrt des Ewers bei diesen Verzögerungen unterbrochen, war es doppelt schwer, ihn wieder auf die vorherige Geschwindigkeit zu bringen.

Vornübergebeugt stemmten sich die Frauen mit dem Seil über den Schultern tief in den Sand, zogen, schwitzten und keuchten. »Das ist Arbeit für einen, der Vater und Mutter erschlagen hat!«, ärgerte sich Catharina und verfluchte die Ehe mit dem geizigen Hannes. Noch mehr aber schimpfte sie, als sie sich den großen Zeh an einem dicken Stein stieß. Sie als Reedersfrau musste ein vollbeladenes Boot treideln! Wenn man sich das mal vorstellte! Wo gab's denn so was! Immerhin wurde die Arbeit nicht schlecht bezahlt. Und sowohl sie als auch ihre frisch verheiratete Tochter Herta konnte jede Mark Courant gut gebrauchen. Allerdings: Wenn das ihr seliger Mann erleben wür-de. Oder ihr Sohn Viet! Die würden Hannes ganz schön den Marsch blasen. Und ihr wahrscheinlich auch. »Mutter, das darfst du als Reedersfrau nicht machen! Das ist unter deiner Würde!«

Bis Nienstedten hörten sie, welche Stunde es schlug. Danach wurden die Glockentöne vom Ostwind verschlungen. Die Zeit verrann. Hielt eine der Frauen vor Erschöpfung inne, wurde sie von den anderen beschimpft: »Willst etwa aufgeben? Das geht nicht!« Denn dann mussten sie noch mehr Kraft aufwenden, dem Ewer den alten Schwung zu geben. Bei Teufelsbrück setzte Nieselregen ein. Der Regen vermischte sich schnell mit dem Schweiß auf den Gesichtern der Frauen und durchnässte ihre Blusen und Jacken von innen wie außen.

Immerhin hatten sie es nach dreieinhalb Stunden geschafft, das Boot zum Fischmarkt zu treideln. Da war es halb fünf. Kaum lag es an der Pier, begann die Entladung der Fischkisten. Eine Hieve nach der anderen wurde aus der Tiefe des Laderaums auf die Kaikante gesetzt. Von dort gelangte der Fisch per Schottscher Karre in die Auktionshalle zur Versteigerung. Hier wurden die Kisten mit den vorsortierten Fischen in Reih und Glied aufgestellt, über die ein paar Minuten später der Auktionator steigen und deren Verkaufspreise mit Singsang aufrufen würde. Piepers Fische waren also rechtzeitig auf dem Markt und konnten ab sechs Uhr versteigert werden. Das hatte geklappt!

Nach Auszahlung ihrer Löhne kehrten die Frauen und Mädchen

mit frisch gekauftem Weißbrot bei Butterhändler Saul ein, wo sie die Weißbrotscheiben dick mit Butter bestrichen und sich dazu eine Tasse Kaffee gönnten. Catharina und Herta dagegen setzten sich dazu, verzehrten ihre mitgebrachten Schnitten und tranken aus ihrer Wasserflasche. Als eines der Mädchen Metta Pieper fragte, ob sie wohl mit dem Pieper'schen Ewer zurück nach Blankenese fahren dürften, lachte Metta bitter. »Nee, mein Deern. Fischer Pieper muss noch ein paar wichtige Dinge klären. In der Kneipe gleich um die Ecke nämlich. Bei Rum und Arrak. Und erst wenn alles besprochen ist, geht's für ihn nach Hause. Da können wir lange warten!« Deshalb gingen die Frauen zu Fuß zurück nach Blankenese und trafen dort gegen neun Uhr morgens ein. Hundemüde, aber zufrieden mit ihrem Verdienst.

DER AUSTAUSCH

Der Engländer, der auf dem erhöhten Achterdeck der Dschunke stand, machte eine beruhigende Handbewegung zu Hein. »Keep it down!« Auch die chinesischen Fischer riefen ein »No ploblem!« und versuchten die Situation durch beruhigende Gesten ebenfalls herunterzuspielen. Der vom Ausguck als feindlich eingeschätzte Kahn war ein Fährboot, das von einem zum anderen Ufer fuhr.

Schließlich kam es zum Austausch der Gefangenen, der wie vereinbart ablief. Zunächst wurden die Toten, dann die Schwerverletzten von der Dschunke auf das chinesische Fischerboot gebracht. Wobei hundert misstrauische Augen das Geschehen verfolgten. Im Gegenzug wurde Viet auf das Boot des Engländers geschafft. Doch dann stockte der Ablauf. Die Chinesen wurden unruhig. Nach einigem Geplänkel wurden schließlich auch die leichter verletzten Wrackräuber ausgetauscht, was bei deren Landsleuten große Erleichterung auslöste.

Viet wurde umgehend zur CERES gebracht. Hier sollte seine Wunde begutachtet und frisch verarztet werden. Kaum war er beim Smut gelandet, stürmte der aufgeregte Külper in die Kombüse. »Was machen Sie denn für Sachen, Steuermann? Ich hoffe nur, dass unser Smut Sie schnell wieder auf die Beine bringt!« Dabei blickte er sorgenvoll auf die Fleischwunde an Viets Schulter. »Das muss ein Butterfly-Messer gewesen sein. Wie sonst kann eine so tiefe Wunde entstehen? Da können Sie von Glück sagen, dass nicht mehr passiert ist! Oder? Was meinen Sie, Smut? Ich denke, diese Verletzung sollten wir besser einem chinesischen Arzt überlassen. Das sollen ja wahre Zauberkünstler sein, was ihre Heilkunst anbelangt.«

»Und was ist mit Clasen?«, bohrte Viet, ohne auf die Einschätzungen und den Rat des Kapitäns einzugehen. Nach dieser Frage wurde Külper still, verlor seine Leutseligkeit. »Bootsmann Clasen? Den armen Teufel hat es leider erwischt!« Als Külper den Kloß im Hals überwunden hatte, erzählte er, dass von der CERES nur Viet und der Bootsmann zu Schaden gekommen seien. Insgesamt waren zwei Tote und drei Verletzte auf Seiten der deutschen Schiffsmannschaften zu beklagen. Im Gegensatz zu den Wrackräubern. Von denen seien sehr viele getötet und noch mehr verletzt worden.

Kaum war Külper aus dem Raum, betrat Else die Kombüse, um dem Smut bei der Behandlung zu helfen. Doch ein frischer Verband war schon angelegt. Überschwänglich begrüßte sie Viet, umarmte ihn herzlich. »Au! Pass doch auf meine Schulter auf!«

»Oh, entschuldige!« An seine Schulterverletzung hatte sie einen Augenblick lang nicht gedacht.

Dann zauberte sie eine Überraschung hervor: »Schau mal, was ich gefunden hab: deine Schiffermütze! Die hast du wohl beim Gefecht auf dem Wrack verloren!« Mit diesen Worten setzte sie ihm die dunkelblaue Mütze mit dem schwarzen Lackschirm und dem goldenen Anker im Eichenkranz auf. Damit war er wieder ganz Steuermann.

Der Smut meinte nach längerer Begutachtung: »Die Wunde an Ihrer Schulter muss genäht werden, sonst verheilt sie nicht. Wie der Käpten schon sagte, werden wir einen chinesischen Arzt kommen lassen, der was davon versteht!« Dann hielt auch der Smut eine Überraschung für Viet bereit: »Das hier haben unsere Leute nach dem Gefecht an Deck gefunden. Ihren Colt. Er war nicht mehr geladen. Die Räuber haben ihn wohl in der Eile des Rückzugs übersehen.«

Noch am gleichen Tag erschien ein weitgehend glatzköpfiger Chinese an Deck, dessen Hinterkopf ein winziger dünner Zopf zierte. Nach kurzer Begutachtung der Schulterwunde packte der Arzt, um den es sich offenbar handelte, ein kostbar verziertes Holzkästchen aus. Diesem entnahm er eine Seidentuchrolle mit schmalen Taschen, in denen aufgereiht sicherlich 50 Nadeln steckten. Sie waren unterschiedlich fein und lang. Viet sah verwundert zum Smut. Doch auch der zuckte nur die Achseln, griff aber zur bereitgestellten Schnapsflasche, um Viet einen schmerzlindernden Schluck einzugießen. Doch nun wurde der Arzt energisch, wehrte den Schnaps ab und wies auf seine Nadeln. Eine nach der anderen spießte er rund um die Verletzung in Viets Schulter.

»Tut es sehr weh?«, fragte der Smut.

»Nein, bisher überhaupt nicht!« war Viets Antwort, selbst als der Chinese die Wunde mit einem Messer säuberte, sie mit einer scharf riechenden Flüssigkeit betupfte, die Hautränder bereinigte und die Wunde zunähte. Bevor er sich mit vielen Verbeugungen verabschiedete, versorgte der chinesische Arzt den Smut mit Salben und Tinkturen, die sie täglich frisch auftragen mussten.

»Und es hat wirklich gar nicht wehgetan?«, wollte Else immer wieder wissen. »Das muss an den Nadeln gelegen haben, die der Arzt nach der Behandlung wieder mitgenommen hat.« Gemeinsam überlegten sie, ob die Nadelspitzen wohl eine betäubende Flüssigkeit enthielten. Wie sonst war ihre Wirkung zu erklären?

Külper bemühte sich um einen neuen Bootsmann, kaum dass Clasen unter der Erde war. Doch in dieser gottvergessenen Ecke der Welt einen geeigneten Mann zu finden war unmöglich. Deshalb ernannte er Hein Lindemann zum Bootsmann und suchte statt seiner einen Matrosen, den er nach einigen Mühen auch fand. Es handelte sich um einen Friedrich Huber aus dem Allgäu. Er war noch nicht ganz an Bord, da hatte er schon einen Spitznamen weg: Fiete von de Alm.

Viets Wunde heilte erstaunlich gut. Else schaute dem Smut einige Male beim Verbandswechsel zu. Dann übernahm sie diese Aufgabe selbst. Als Viet endlich wieder auf den Beinen war, kauften sie gemeinsam einen Ersatz für seine zerschnittene Joppe und diskutierten über manches Problem. Doch ihre Beziehung blieb sachlich. Daran änderte auch Kapitän Külpers Feststellung nichts: »Else ist wohl Ihre Florence Nightingale?« Er hatte die Frau aus Rügenwalde mit der selbstlosen Engländerin verglichen, die während des Krimkrieges anno 1854 bis 56 aufopfernd Kranke und Verwundete gepflegt hatte.

Ein zweites deutsches Schiff trieb bei starkem auflandigen Sturm auf die Kliffs von Tschifu und sank. Auch in diesem Fall konnte sich die Mannschaft retten. Auch hier bargen die Männer der im Hafen festliegenden deutschen Schiffe alles, was nicht niet- und nagelfest war. Segel wurden abgeschlagen, Rahen heruntergenommen, alles Transportable an Land geschafft.

So schlich die Winterzeit dahin, bis die Sonne endlich wieder höher stand. Dann kam der Tag, an dem Külper seine CERES endlich seeklar machen ließ. Rahen und Stengen wurden in die Masten geschafft, und eines guten Tages, als die Nachricht kam, Tientsin sei eisfrei, hievten sie die Anker. Das war Anfang April. Da war auch Steuermann Viet von Appen wieder voll einsatzfähig. Jetzt konnten sie endlich weitersegeln. Sie kreuzten das Gelbe Meer und erreichten die

Taku-Barre. Dort warteten sie, bis das Unterwasserhindernis genügend Wasser führte, und gingen den Peiho, den Weißen Fluss, aufwärts, die großen Taku-Forts steuerbord liegen lassend. Nach einem halben Jahr Wartezeit hatten sie Tientsin endlich erreicht und vertäuten die CERES am Hafenbollwerk.

Tientsin liegt nicht sehr weit von Peking entfernt am Peiho-Fluss. Die Region um die Stadt war geprägt von Landwirtschaft und Viehzucht. Das bekamen sie bald zu spüren, denn die Gerichte des Smuts wurden reicher und vielfältiger. Hier mussten einige der Godeffroy'schen Musterkisten für die Firma Smith & Sons entladen werden. Deren Vertreter hatte sie schon sehnsüchtig erwartet. Nachdem die Muster gelöscht waren, übernahmen sie stattdessen 40 Tons gesalzene Häute, die im Unterraum gestaut wurden.

Die vor ihnen liegende Stadt besaß neben dem großen Chinesenviertel ein französisches und ein englisches Settlement. Den chinesischen Stadtteil lernten sie bald näher kennen. Leider. Denn das slumartige Quartier war äußerst unangenehm. Wenn es stürmte, wehten so große Staubwolken durch seine Gassen, dass man ohne Schutzbrillen kaum vor die Tür treten mochte. Die engen Wege waren oft nur einen Meter breit. Menschen, die sich hier begegneten, mussten sich seitwärts aneinander vorbeischieben.

Ausgerechnet hier kam Lindemann auf die Idee, Reittiere auszuleihen. Denn Pferde und Esel gab es an beinahe jeder Straßenecke zu mieten. Und sie kosteten fast nichts. Im Nu wurden aus Seeleuten Reiter. Die meisten ritten allerdings graue Esel. Im Trab ging es kreuz und quer durch die Umgebung. Als sie zurück ins Chinesenviertel kamen, trabten sie versehentlich in die falsche der extrem schmalbrüstigen Gassen und wurden von den Anwohnern bestaunt wie tölpelige Greenhorns! Denn der kaum meterbreite Gang endete vor einem quer stehenden Haus. Wie sollten die reitfreudigen Janmaaten aus dieser unglaublich engen Sackgasse jemals wieder herauskommen? Pferde und Esel waren kaum rückwärts zu führen. Ihr Rückzug erfolgte zu Fuß unter lautem Hufgeklapper und noch mehr Gespött der Bewohner, das sie zum Glück nicht verstanden. Sie waren heilfroh, als sie dem Wirrwarr der Gassen dann endlich ohne Zwischenfall entkommen waren

In Tientsin hatte der Käpten neue Seekarten besorgt, mit denen sich Viet in Gesellschaft von Hein Lindemann vertraut machte. Sie ließen sich eine Mug Kaffee vom Smut bringen und schmökten Zigarren, während sie den Kurs über Hawaii nach Valparaíso absteckten. Als sie so zusammensaßen und zwischendurch auch mal ins Klönen kamen, platzte Hein mit einer Frage heraus, die ihm offenbar wichtig war: »Was haben Sie eigentlich neuerdings, Steuermann? Ist Ihnen eine Laus über die Leber gelaufen? Sie sind in letzter Zeit so gnatterig. Entschuldigung, aber manchmal sind Sie wirklich unausstehlich! Als alter Nachbar und Spielgefährte darf ich das doch sagen, oder?«

»Was meinst du?«, wusste Viet nicht recht zu antworten. Um dann, nach einer kurzen Pause, doch fortzufahren: »Ich hab mich mal wieder über Else geärgert. Du müsstest mal erleben, wie sie mit mir umspringt. Wie mit einem Gegenstand, der ihr total egal ist! Zu allen anderen ist sie freundlich und nett. Mich meidet sie oder – wenn eine Begegnung nicht zu vermeiden ist – reagiert sie höflich neutral!« Viet tippte seine Zigarre nervös auf den Rand des Aschenbechers.

Schweigen hing im Raum, bis Hein zaghaft entgegnete: »Aber Steuermann, für mich stellt sich die Sache ganz anders dar. Ich hab nämlich den Eindruck, dass Else Sie nicht nur gern hat, sondern da ein büschen mehr ist. Wenn ich das so sagen darf. Sie ist kein Besatzungsmitglied. Trotzdem hat sie Ihre Wunde immer wieder verbunden und Sie gesund gepflegt! Wer hat Ihre Mütze nach der Schlacht an sich genommen und die neue Joppe mit Ihnen gekauft? Unsere Kapitänsfrau Lisette ist schon mächtig eifersüchtig, weil Else sich kaum noch um die kleine Alwine kümmert. Merken Sie das nicht? Sie müssen aktiv werden!«

Das saß. Viet war geplättet. Hatte er Elses Sympathiebekundungen wirklich nicht zu deuten gewusst? Es rumorte in seinem Kopf. Wenn Hein nun tatsächlich recht hätte ... Er beschloss, mit Else zu sprechen. Das war sicher nicht verkehrt. Doch zunächst bedankte er sich bei Hein für dessen offene Worte.

Viet wollte sich mit Else so bald wie möglich aussprechen. Doch als sie vom Landgang mit Lisette und der kleinen Alwine zurückkehrte, waren die Damen mit einer Reparatur des Kinderwagens beschäftigt. Und danach hatte der Steuermann wieder zu viel zu erledigen.

Aber Else bemerkte, dass Viet sich immer wieder in ihre Nähe begeben hatte. Nach dem Abendessen ergriff sie deshalb die Initiative,

»Ich glaube, du willst mir schon den ganzen Tag etwas sagen! Hab ich recht?« »Ja, also, äh ... Ich weiß nicht.« Dann verfiel er abermals in Schweigen.

»Nun mal raus mit der Sprache! Wo drückt denn der Schuh?«, ermunterte sie ihn. Unschlüssig standen sie an Deck.

»Es drückt kein Schuh, sondern etwas anderes!« Damit setzte er sich auf einen Lukendeckel und bat Else, neben ihm Platz zu nehmen. »Ich hab deinem Bruder damals fest versprechen müssen, mich um dich zu kümmern. Das Versprechen will ich gern einlösen. Nur ich fürchte, es ist mir bisher nicht gelungen!« Endlich hatte er den Gesprächsfaden gefunden. »Ich weiß wirklich nicht, wie ich das mit dem Kümmern anstellen soll, obwohl ich mich mehr als gern um dich bemühen würde. Aber wenn ich an die Zukunft denke, ist mir unklar, wie ich mich nach der Zeit an Bord um dich kümmern soll!«

Jetzt war es an ihr, sich in längere Stille zu hüllen, bis sie schließlich ganz offen fragte: »Soll das etwa ein Antrag sein?«

Antrag war ein Wort, das in Viets Ohren wie ein Paukenschlag dröhnte. Dieses Wort oder eines mit ähnlichem Inhalt hatte er nun überhaupt nicht gemeint!

»Wie kommst du darauf?« »Nun, es hat für mich so geklungen!«

Sie saßen stumm nebeneinander, bis Viet Elses Rechte mit beiden Händen ergriff. »Was willst du eigentlich machen, wenn wir wieder in Hamburg sind? Gehst du dann zurück nach Rügenwalde?«

»Du, das weiß ich doch jetzt noch nicht. Das kommt drauf an!« Worauf mochte es ihr ankommen? Ob er sie heiraten würde?

Viet unternahm einen neuen Anlauf, Heins Mahnung gedenkend: »Also, an einen Antrag hatte ich überhaupt noch nicht gedacht. Aber da du den Gedanken nun mal ins Spiel gebracht hast, darf ich dir sagen, dass ich sehr gern mit dir zusammen sein würde. Für immer. Das hab ich deinem Bruder ...«

Sie legte ihm den Zeigefinger auf die Lippen und gab ihm einen raschen Kuss auf die Wange. »Was du meinem Bruder versprochen hast, weiß ich inzwischen zur Genüge!« Else fröstelte. »Ich glaube, wir sollten jetzt besser reingehen, bevor wir uns noch was aufsacken!«

Sie verabschiedete sich mit einem weiteren Kuss von Viet und ging in ihre Steuermannskajüte, während er sich beschwingt nach vorn ins Mannschaftslogis verzog.

NACH HAWAII UND VALPARAÍSO IN CHILE

Viele deutsche Schiffe waren während der zweiten Hälfte des 19. Jahrhunderts an der chinesischen Küste anzutreffen. In diesem Fahrgebiet waren die Mannschaften weder mit Laden noch Löschen beschäftigt. Das übernahmen die Chinesen für billiges Geld. Und da Farben zu billigen Preisen angeboten wurden, wetteiferten die Kapitäne, ihre Schiffe in Schuss zu halten. Es war ein imposantes Bild, wenn ein so gepflegtes deutsches Schiff unter vollen Segeln in einen der chinesischen Häfen einlief. Die schwarz-weiß-rote Flagge des Norddeutschen Bundes wehte von der Gaffel des Aufkommers, und die im Hafen liegenden deutschen Schiffe grüßten, indem sie ihre Flagge dippten. Zumal die Besatzungen meist schon miteinander bekannt waren.

Wegen der niedrigen chinesischen Arbeitslöhne beschloss Külper, dem Schiff noch vor der Heimreise eine neue Kupferhaut gegen die bedrohlichen Schiffsbohrwürmer geben zu lassen. Zu diesem Zweck gingen sie in eine Werft. Die alte Kupferhaut wurde heruntergerissen, der Rumpf abgeschabt und gestrichen. Bei dieser Arbeit entdeckten die Werftarbeiter, dass unter der Kupferhaut mal wieder der Wurm im Schiff steckte. Eine Reihe von Planken musste herausgenommen und erneuert werden. Als die neue Haut endlich um den Schiffsbauch lag, wurde der Kahn für die Reise über den Pazifik und rund Kap Hoorn seeklar gemacht.

Noch bei abendlichem Laternenlicht schalkten sie die große Luke, damit sie so schnell wie möglich ausklarieren konnten. Parallel dazu übernahmen sie Frischwasser und Proviant. Danach wurde das Beiboot an Deck gesetzt und alles nach Seemannsweise in Ordnung gebracht. Die Kragen um Masten und Pumpen wurden noch einmal überprüft. Wegen des stürmischen Wetters kam der Lotse aber erst einen Tag später. Am Morgen danach nahmen sie den Anker auf, passierten die Hafeneinfahrt von Tientsin bei immer noch hartem Wind und mussten sofort kreuzen. Deshalb hatten sie ein Reff im Toppsegel, während die Schonersegel und die Breitfock gesetzt blieben, alle anderen Segel waren fest.

Zehn Tage später lagen sie weit draußen im Stillen Ozean, der seinem Namen alle Ehre machte. Eine lange Periode war angebrochen, in der jede Art von Wind fehlte. Der ausbleibende Wind verurteilte sie zum Nichtstun. Und ihrem Ziel, der Hawaii-Insel Oahu, kamen sie auf diese Weise keinen Deut näher. Schlimmer konnte es nicht kommen. Die Sonne brannte vom Himmel, als wollte sie das Schiff mit Mann und Maus versengen. Das aufgespannte Sonnensegel schützte kaum. Die Mannschaft wurde vom Brennglas der Sonne so gebacken, wie Mauersteine in einer Ziegelei. Auch die Holzteile des Schiffs litten unter Sonne und Hitze. Risse entstanden in der Beplankung. Verbindungen platzten. Rahen und Blöcke verformten sich. Selbst die Taue und Seile wurden brüchig. Sogar das Segeltuch litt.

Für 60 Tage hatten sie Proviant übernommen. Da sich die Reisedauer aber immer weiter verzögerte, setzte Külper die Besatzung auf halbe Ration. Als auch das nicht zu reichen schien, musste selbst der Proviant im Notbeiboot angegriffen werden. Einige Zeit lang bekamen die Männer nur 200 Gramm Brot und eine Portion dünne Erbsensuppe täglich. Die Folge war, dass die Backbordwache beim Segelsetzen irgendwann schlappmachte, so dass die Männer auch das Deck nicht mehr aufklaren konnten. Zum Glück erhielten sie an diesem Tag von einem aufkommenden Fischerboot Miesmuscheln und Fische. Gierig verschlangen sie die Muscheln in gekochtem Zustand. Doch die Mägen der Männer waren derart geschwächt, dass sie sich übergeben mussten. Die danach verzehrten Fische bekamen ihnen zum Glück besser. Es sollte beinahe 80 Tage dauern, bis sie den Hafen von Kulolia auf der Hawaii-Insel Oahu erreichten.

Es war Sonntag, als sie auf der Reede vor Anker gingen. Da aber weder ein Lotsen- noch ein Stiemboot aufkam, entschied sich Külper zu warten. Nach weiteren drei Tagen bekamen sie Erlaubnis, in den Hafen einzulaufen. Alle Segel, bis auf die Royals, wurden dafür gesetzt, und mit Eintritt der Seebrise liefen sie in den Hafen und ankerten um sieben Uhr morgens vor Kulolia. Hier erschien das lang erwartete Dampfboot, das sie zu ihrem endgültigen Liegeplatz bringen sollte. Endlich gab es wieder ausreichend zu essen und zu trinken.

Kulolia ist der Hafen von Honolulu. An den Kais lagen zahlreiche

Walfänger im Päckchen, die von hier aus in ihre Fanggebiete liefen. Wale-Boys traf man deshalb in jeder Hafenkneipe. Ein wilder Haufen. Weder zu übersehen noch zu überhören, denn wo immer sie auftauchten, gab es Rabatz!

Als Viet mit Hein Lindemann in einer der angesagten Kneipen ihren Supercargo treffen sollten, wurden sie von ein paar Walfängern angequatscht: »Das hättet ihr früher mal erleben sollen! Hier war das tosende Paradies, kann ich euch sagen! Die Mädchen bildschön und offen für alles, was Spaß macht!«

»Was heißt hier offen?«, fragte sein Kumpel.

»Die haben es mit jedem getrieben! Aber das hatte üble Folgen für sie. Die europäischen und amerikanischen Janmaaten brachten zu viele Krankheiten mit. Geschlechtskrankheiten, TB und so. Dem hatten die Mädels nichts entgegenzusetzen. Das war dann das Ende der Fröhlichkeit! Denn die meisten Hawaiianer starben an diesem eingeschleppten Mist.« Dabei tippte er immer wieder auf die Tätowierung auf seinem Arm, die eine Südseeschöne darstellen sollte: »Meine Braut. Auch sie wurde vom Satan geholt!« Dabei hatte man den Eindruck, ihm würden gleich die Tränen kommen.

»So stimmt das nicht wirklich!«, rief ein anderer, wie sich herausstellte, ein rechter Besserwisser. Der packte nun sein ganzes Geschichtswissen aus: »Tatsächlich kamen Missionare aus den Neu-England-Staaten und versuchten die Hawaiianer in den 1830er-Jahren zu bekehren. Dazu gehörte, dass sie ihnen verboten, luftige Kleidung zu tragen, wie man es im Pazifik seit Jahrhunderten gewohnt war. Die hochgeschlossene schwarze Neuengland-Kleidung, die sie tragen mussten, begünstigte Erkrankungen. Obendrein verboten die Missionare den Einheimischen, ihre Häuser mit breiten Luftschlitzen zwischen Dach und Hauswand zu bauen. Diese traditionelle Architektur hatte sich über Jahrhunderte bewährt, weil sie ständigen Luftaustausch ermöglichte. Auch die neue Bauvorschrift gab eingeschleppten Krankheiten Vorschub und ließ die Menschen krank werden. Genau wie das ungenierte Sexualleben!«

So genau und penibel wollte es ja eigentlich keiner wissen.

Ein Alter mit schütterem Haar, krisseligem Graubart und leuchtturmroter Nase brachte es da schon eher auf den Punkt: »Kinder, war das damals eine Wonne mit den Weibern. Sobald wir von einer dieser

Höllenfahrten zurückkamen, landeten wir im Paradies, das könnt ihr einem alten Seebären glauben! Jeden von uns erwartete ein bildschöner Engel. Manchmal auch gleich mehrere. Den Missionaren ist es dann gelungen, uns aus diesem schönen Paradies zu vertreiben! Teufel noch mal!«

Bei Viet und Hein Lindemann kam so etwas wie Mitleid mit den raubeinigen Kerlen auf, die seit dieser Zeit auf dem Trockenen zu sitzen schienen. Zu gern hätten sie mehr von diesen paradiesischen Zuständen gehört. Doch der Supercargo erschien, und sie mussten sich ganz ihm und seinem Anliegen widmen.

Tian, der chinesische Schiffsjunge, der sich mit dem einarmigen Carl die Koje teilte, hatte eine Tante auf Hawaii. Diese Verwandte wollte er treffen. Sie würde in einer Wäscherei in Honolulu arbeiten, teilte er mit. Erst vor ein paar Jahren sei sie nach Hawaii zugewandert, nachdem der hawaiianische König David Kalakau Menschen aus aller Welt aufgefordert hatte, nach Hawaii zu kommen. Viele Japaner und Chinesen folgten seinem Ruf, um auf einer der Ananasfarmen zu schaffen oder in einer Wäscherei und damit ein besseres Leben zu führen als in ihren Heimatländern.

Kurz vor Dunkelwerden kehrte Tian von seinem Verwandtenbesuch zurück. Über der Schulter trug er einen Sack mit Ananasfrüchten. »Die sind für deine Kollegen«, hatte die Tante gesagt. Holperig berichtete er von seinen Tageserlebnissen. »Tante und Onkel viel Geld machen mit Wascherei! Viel Chinese hier! Auch Japan! Bald kein Hawaiimenschen mehr!«

Der Smut hatte gerade ein ganz anderes Problem: »Hat deine Tante dir auch gesagt, wie man die Dinger schält?« Das wusste Tian nicht, obwohl er ein pfiffiges Kerlchen war. Der Smut kam schließlich selbst auf den Dreh, den Ananasfrüchten Ober- und Unterteil abzuschlagen, um danach mit vier Schnitten einen kantigen Würfel aus Fruchtfleisch zu zaubern. Den rechteckigen Würfel zerteilte er in Scheiben, den Kern entfernte er.

Während des Inselaufenthalts lernte die kleine Alwine, erste Schritte zu machen. Zunächst zwischen den Beinen ihrer Mutter, die die Lütte an den Ärmchen festhielt, um Schritt für Schritt mit ihr zu üben. Dann auch mit Else. Doch Else war nicht nur mit dem Kind beschäftigt. Immer öfter nutzte sie Viets Wache, um sie mit ihm zu verbringen. »Hast du unseren Steuermann gesehen? Hat er nun was mit ihr?«, wurde im Mannschaftslogis getuschelt, wenn Viet nicht dabei war. Aber so weit war es noch nicht gekommen. Das hätte Külper auch nicht geduldet.

Es vergingen keine 72 Stunden, da waren Proviant und Frischwasser übernommen, und die CERES konnte den Hafen von Honolulu verlassen, um die Fahrt nach Valparaíso in Chile fortzusetzen. Während der folgenden Tage wehte ein flauer, aber warmer Wind. Am dritten Reisetag kam ein Eingeborenenboot längsseits und tauschte Fische gegen Fleisch.

Bald darauf änderte sich das Wetter, und ein lebhafter Nordnordwest mit ziemlich bewegter See und kühler Luft wehte. Deshalb mussten alle leichten Segel festgemacht werden. Der Wind nahm mehr und mehr zu. Schließlich wurde aus der Mütze voll Wind ein ausgewachsener Sturm. Viet ließ die meisten Segel festmachen.

Am Ende dieses Sturms stand ein grauer Abend. Der Himmel hing noch immer voller Wolkenfetzen, die zerhackt und zerschnitten in Richtung Südsüdost stürmten. Wie hatten sich die Elemente wieder einmal ausgetobt und waren mit Macht über die CERES hergefallen. Dabei war irgendetwas in den Toppen gebrochen. Schiffszimmerer Hein Lindemann ging gemeinsam mit dem Steuermann in den Mast, um die Reparatur auszuführen. Dabei mussten sie sich mit beiden Händen in der schwankenden Takelage festklammern. Die Bark rollte in der noch immer aufgewühlten See so stark, dass sie hoch oben in der Mastspitze glaubten, sie würde gleich durchkentern.

Immer wieder versank das Deck unter ihnen in gischtigem Wasser, und es dauerte lange, bis der Schiffskörper erneut freikam. Auch oben bei ihnen vergingen immer wieder lange Minuten, bis sie weiterarbeiten konnten. Viet ertappte sich, wie er seine Männer aus luftiger Masthöhe zählte, die unten an Deck arbeiteten. Gottlob. Es war keiner über Bord gegangen. Mitten bei der Arbeit stieß Hein Lindemann ihn an und schrie: »Steuermann, da vorn! Was ist das?« Viet starrte gebannt in die von Lindemann gewiesene Richtung. Doch er sah nichts. Die See war eine wilde Wüstenei mit Tausenden von Schaumkronen und noch mehr tiefen Wellentälern. Hinzu kam die in der Abenddämmerung schlechter werdende Sicht.

»Sehen Sie das nicht?«, brüllte der Zimmermann erneut.

Jetzt erkannte Viet etwas in den Wellen Treibendes, riesengroß, das direkt auf ihrem Kurs lag. Ein Floß? Nein, aber es konnte ein Schiffswrack sein! Knapp unter der Wasseroberfläche schwimmend. Für die CERES aufs Höchste gefährlich. Runter an Deck klettern konnte der Steuermann nicht mehr, dazu war die Zeit zu knapp. Er schrie aus Leibeskräften zum Rudergänger. Immer wieder. Schließlich wurde er gehört. Gottlob. Der konnte im letzten Moment den Kurs ändern. Wären sie diesem Hindernis ein paar Augenblicke später begegnet, ihr letztes Stündlein hätte geschlagen. So schrammte das vollgelaufene Wrack nur an ihrer Backbordwand entlang! So schnell konnte es manchmal gehen, dass das eigene Schiff in der »Shipping Gazette« unter den Verlustnachrichten auftauchte. Jede Eintragung dort war eine Nachricht, die allen Seemännern ins Herz schnitt. Denn eine Erwähnung in der »Gazette« war die allerletzte Nachricht, die es von dem Schiff geben würde.

Es kamen auch Tage, da wehte kein einziger Hauch. Eine Wetterlage, die sie leider ebenfalls zur Genüge kannten. Flirrende Hitze stand dann über dem Schiff. Menschen wurden von dieser Glut tief gedemütigt. Jede Bewegung gedieh zur übermenschlichen Anstrengung. Man fühlte sich zu nichts mehr in der Lage. Kein Segel war zu setzen oder dichtzuholen. Keine Planke zu streichen. Nur schwitzendes Dämmern unter dem Sonnensegel war ihnen geblieben. Dabei hatten sie nicht einmal die Hälfte der Strecke nach Valparaíso geschafft. Das erneut rationierte Wasser schmeckte wie die abgestandene Brühe einer Regentonne. Dafür rann Schweiß in Strömen von ihren Körpern und durchnässte die wenigen Kleidungsstücke, die sie noch trugen.

Viet hatte inzwischen sein eigenes Rezept, der alles verdorrenden Hitze zu entfliehen: Da die CERES unbeweglich wie an einem Hafendalben in der Weite des Stillen Ozeans lag, wagte er immer wieder Sprünge ins Wasser, um sich zu erfrischen. Allerdings konnte davon nur bedingt dic Rede sein, denn auch das Meer hatte an der Oberfläche eine Temperatur von 28 Grad.

Andere konnten solche Bäder nicht wagen, weil sie nie Schwimmen gelernt hatten. »Das ist doch scheiße! Wenn du schwimmen kannst, verlängerst du nur deinen Überlebenskampf bei einem Schiffsuntergang! Ich find es viel besser, lieber gleich abzusaufen!«

Die Nichtschwimmer hatten noch ein weiteres Argument: »Was ist, wenn nun ein Hai oder ein anderes gefährliches Meerestier kommt und dich angreift, während du da unten rumspaddelst? Nee, da verzichte ich lieber auf diese Art von Erfrischung!«

Viet beobachtete, dass die CERES, trotzt des fehlenden Windes, von einer nicht bemerkten Strömung leise bewegt wurde. Er hatte sogar das Gefühl, sie drehte sich im Kreis. Doch das war ein unbestimmtes Empfinden.

Dann endlich erreichte sie ein zarter Hauch, der die spiegelglatte See kräuselte. Die deutlich spürbare Brise bewegte die Bark endlich, endlich weiter Richtung Südamerika. Aus dem Hauch wuchs nach ein paar Stunden ein starker Wind. Das auslaugende Schwitzen nahm ein Ende, sie mussten wieder ein Hemd tragen und konnten erneut Kajüten und Logis benutzen.

Schließlich erreichten sie die im kühlen Humboldt-Strom liegenden Islas Galápagos. »Der Archipel besteht aus dreizehn größeren und über hundert kleineren Inseln«, führte Külper seinen Ladys beim Essen aus. Das klang manchmal wie die Ausführungen eines Reiseführers. Er hatte Spaß daran, sein Wissen auszubreiten: »Fünf davon sind besiedelt. Die Inseln wurden 1535 entdeckt, als der spanische Bischof von Panama auf dem Weg nach Peru vom Kurs abkam. Mehrere Tage verbrachte der Geistliche mit seinem Gefolge an Land, um die aufgebrauchten Wasservorräte zu ergänzen. Doch als sie keine Süßwasser- quellen entdeckten, verdursteten zwei der Männer und zehn ihrer Pferde. Aus purer Not kamen sie schließlich auf die Idee, Kakteensaft zu trinken. Das wendete ihr Schicksal zum Positiven. Ihr nächstes Problem war der aufgebrauchte Proviant. Um die Bestände aufzufüllen, erlegten sie eine Reihe von Seelöwen und Riesenschildkröten. Schließlich fanden sie in einer versteckt liegenden Schlucht eine Süßwasserquelle, die es ihnen erlaubte, zurück zum Festland zu segeln. Niemand hatte bis dahin eine Inselgruppe tausend Kilometer westlich vom südamerikanischen Festland vermutet. Bei späteren Seefahrern herrschte sogar die Ansicht, die Inseln verschöben langsam ihre Positionen und würden immer weiter in den Pazifik Richtung Westen driften. Zu dieser Annahme trug die starke Strömung zwischen den Inseln bei. Ihren Namen erhielten sie von den dort lebenden Riesenschildkröten, die im Nackenbereich eine wulstartige

Wölbung wie ein Sattel aufweisen. Die heißen auf Spanisch ›Galápagos‹. Und obwohl sie in Äquatornähe liegen, haben die Inseln ein sehr angenehmes Klima.«

Auf San Cristóbal übernahm die CERES sowohl Frischwasser wie Proviant, genau wie vor Jahrhunderten der Bischof von Panama. Ein paar Tage Liegezeit waren dafür notwendig. Zur frisch erworbenen Verpflegung gehörten Ziegenfleisch und obendrein ein paar lebende Wildziegen, die man unterwegs schlachten würde. Die Viecher waren von irgendwelchen Seefahrern ausgesetzt und im Laufe der Jahrhunderte zu einer Inselplage geworden. Denn sie fraßen den Schildkröten das Futter weg, die jetzt vom Aussterben bedroht waren.

Aufgeregt zeigte Alwine bei einem Spaziergang an Land auf eine Riesenschildkröte, die sich – zusammen mit ein paar anderen – gemächlich über eine Wiese bewegte. Die Kleine wurde von Lisette auf das uralte Panzertier gesetzt. Ob ihr das wohl Freude machte? »Hoppe, hoppe, Reiter!«, deklamierte ihre Mutter. Doch tatsächlich kam sich das Mädchen vor, als müsse es einen wilden Hengst zureiten. Ängstlich weinend reckte es die Ärmchen nach seiner Mutter, die Alwine umgehend an ihr Herz drückte.

Auch andere Tierarten, die man am Strand beobachten konnte, machten Angst. Else und Lisette hatten das Gefühl, »als habe der liebe Gott die Natur hier noch einmal erfunden! Und zwar grausam und gefährlich.« Beispielsweise hatten sich zahlreiche schwarze Meerechsen auf einem Felsplateau zum Sonnenbaden versammelt. Sie sahen aus wie Minidrachen. Ständig spien sie Wasserfontänen. Warum? fragten sie sich. Weiter entdeckten sie Kormorane, die sie aus der Heimat kannten. Doch diese Kormorane konnten nicht fliegen. Merkwürdig!

Plötzlich schrie Alwine und deutete auf eine große Echse, die aus einem Gebüsch hervortrat. Das zwei Meter lange Biest sah höchst bedrohlich aus. Ob es sie angreifen wollte? Die Frauen schnappten sich Alwine und räumten eilig das Feld. Doch der Drache machte keine Anstalten, ihnen nachzutrotten. Trotzdem fühlten sie sich erst auf der vertrauten CERES endlich sicher.

Sie kamen gerade rechtzeitig, denn Steuermann von Appen hatte die Übernahme von Wasser und Proviant vorzeitig beenden können und das Schiff für die Abreise fertig machen lassen.

BESUCH BEI ONKEL CLAUS

Von Galápagos ging es weiter nach Valparaíso in Chile. Das war der letzte Hafen für tiefgehende Schiffe vor Kap Hoorn. Hier wollten sie abermals ihre Vorräte ergänzen. Während der Liegezeit hatte Viet um fünf Tage Urlaub gebeten, weil er Onkel Claus besuchen wollte, der im Gebirge an der chilenisch-argentinischen Grenze lebte. Auf seiner ersten Reise mit der COMET hatte er den verschollenen Bruder seiner Mutter ausfindig gemacht und ihm versprochen: »Ich komm wieder.« Dieses Versprechen wollte er jetzt einlösen.

Onkel Claus war als 14-Jähriger vom elterlichen Bauernhof in Dockenhuden ausgebüxt, um nicht unter seinem Bruder auf dem Hof arbeiten zu müssen. Gelandet war er als Schiffsjunge auf einem Windjammer. Nachdem er zweimal mit einem Schiff abgesoffen war und er jeweils als einer der wenigen überlebt hatte, wollte er nie wieder einen Hafen, geschweige denn ein Schiff betreten. So groß war der bei den Schiffsuntergängen erlittene Schaden an seiner Seele. In Chile ging er für immer von Bord. Und da er weder lesen noch schreiben gelernt hatte, konnte er seinen Eltern und Geschwistern auch nichts von seinen Lebenskatastrophen, beziehungsweise seinen späteren Erfolgen berichten. Dabei war er inzwischen zum wohlhabenden Viehzüchter geworden.

Natürlich hatte Viet seiner Else von diesem merkwürdigen Onkel und dem geplanten Besuch erzählt. Und er hatte sie gebeten mitzukommen. »Den musst du unbedingt kennenlernen! Das ist ein ganz verrücktes Huhn!« Else stimmte erst nach längerem Zögern zu. Zunächst hatte sie geschwankt, weil sie eine Reise mit Viet allein und dann auch noch über mehrere Nächte für unschicklich hielt. Doch letztlich hatten sowohl seine Argumente als auch ihre Neugier gesiegt. »Wann kommen wir hier schon mal wieder her? Wahrscheinlich doch nie. Und weil du und ich zusammenbleiben werden, musst du eben auch meine Verwandtschaft kennenlernen! Deshalb solltest du unbedingt mitkommen.« Mit diesen Argumenten hatte sie sich erweichen lassen.

Sie brachen an einem verregneten Morgen auf, um zunächst mit der Eisenbahn durch die Küstenkordilleren zu dampfen. Viet hatte Else alle Wegetappen, die er seinerzeit mit Sören gemacht hatte, genauestens beschrieben. Daher kannte Else schon viele Details. Die Eisenbahnfahrt bis Curacaví hätte sie nachzeichnen können, so genau war sie ihr von Viet geschildert worden. Gern fuhr sie allerdings nicht mit der schaukelnden und schnaufenden Bahn, nachdem sie die Reise von Rügenwalde über Stettin nach Hamburg nur unter Höllenängsten überstanden hatte.

Von Curacaví aus mussten sie dann wohl zu Fuß marschieren. Dafür hatte sie derbes Schuhzeug angezogen. Doch Viet hatte einen überraschenden Plan, von dem er erst auf der Eisenbahnfahrt sprach: Er wollte Else den beschwerlichen Fußweg ersparen und Maultiere mieten. Dadurch würden sie wesentlich schneller und bequemer vorankommen.

Für alle Fälle hatte er seinen Colt in den Gürtel gesteckt. Dabei hatte er an das Erlebnis im Schmuggler-Gasthaus gedacht, bei dem Sören und er damals eine sehr unangenehme Begegnung mit Ganoven gehabt hatten.

Doch als sie den Ort des Geschehens erreichten, sahen sie nur noch eine ausgebrannte Ruine. Verkohlte Balken und Brandschutt bedeckten die steinernen Hausreste. Kein Mensch, nicht einmal ein kreisender Geier war zu entdecken.

Als sich der Tag neigte, bemühte sich Viet, einen sicheren Platz für das Nachtlager zu finden. Häuser oder Katen gab es in dieser Gegend nicht, erinnerte er. Deshalb schlugen sie ihren Ruheplatz in einer von Felsen umgebenen Mulde auf, die Platz für die Maultiere und sie bot. Die konnte man im Notfall verteidigen. Hier entzündeten sie ein kleines Feuer, um sich zu wärmen, denn es war bitterkalt. Die Bergluft kühlte auf deutlich unter null Grad ab.

Als das Feuer niedergebrannt war und sie die Reste ihrer Vorräte verzehrt hatten, legten sie sich unter eine Pferdedecke, um sich gegen die Nachtkälte zu schützen. Auch wenn sie eng beieinander unter einer Decke lagen, war es nicht der Moment, sich noch näher zu kommen. Dazu war Viet viel zu unruhig und die ganze Nacht über auf dem Sprung, sie vor auftauchenden Räubern zu schützen. Durchgefroren und müde setzten sie den Weg schon bei den ersten Sonnenstrahlen fort, ohne auch nur einen Happen zum Frühstück eingenommen zu haben.

Am späten Vormittag sahen sie die Hazienda. Wie damals lag sie friedlich zwischen Almwiesen gebettet an der Lehne des gegenüberliegenden Hanges. »Damals sind wir zur Nachtzeit angekommen. Hätte uns nicht zufällig ein Lichtschein und das Gebell seiner Köter den Weg gewiesen, wir hätten Onkel Claus' Haus nie gefunden.«

Auch dieses Mal war es lang anhaltendes Hundegebell, das sie ankündigte. Irgendwann trat eine kleine Frau vor die Küchentür und schaute, wer da käme. »Das wird Maria sein!«, vermutete Viet aufgeregt. Er trieb sein Tier so an, dass Else kaum folgen konnte. »Nun lass doch. Wir werden schon noch rechtzeitig ankommen!«, wiegelte sie ab. Doch er ließ sich nicht bremsen. Stattdessen gab er seinem Maultier die Sporen und trabte los.

Als sie das Haus schließlich erreichten, lag Else deutlich mehr als 40 Schritte hinter ihm. »Maria! Maria!«, rief er und winkte mit seiner Schiffermütze. Die Frau seines Onkels trat aus der Küchentür und rieb sich verwundert die Augen. »De Buttje!«, sagte sie, die Maputoche-Frau, mit perfekter Blankeneser Aussprache. Beim letzten Besuch hatte sie weder Spanisch noch Deutsch gesprochen. »Buttje« war er als Kleinkind genannt worden. Wahrscheinlich hatte sein Onkel ihn weiter so bezeichnet, und sie hatte Begriff und Tonfall übernommen. Noch einmal rief sie »De Buttje« und hieß ihn willkommen, als er aus dem Sattel rutschte.

Doch Viet lenkte die Aufmerksamkeit auf Else, die der Begrüßung hilflos zugeschaut hatte. »Else«, sagte der Steuermann und wies mit der Hand auf seine Begleiterin, woraufhin Maria leuchtende Augen machte. »Ah, Else!« Ihre Blicke gingen zwischen beiden hin und her. Damit jedoch erschöpfte sich die Begrüßung aufgrund fehlender Sprachkenntnis. Sie kommunizierte noch immer nur in ihrer Mapuche-Sprache. Schließlich schlossen die beiden aus ihren Gesten, dass Onkel Claus zurzeit nicht auf dem Hof, sondern mit Pferden unterwegs sei. »Wann wird er zurückkommen? Cuando?«, versuchte sich Viet in verschiedenen Sprachen und Gesten zu erkundigen. Was Maria daraufhin ausdrückte, konnte »morgen« bedeuten!

Viet staunte: Einer von Onkel Claus' Jungen, der Bengel war in der Zwischenzeit beinahe erwachsen geworden, nahm die Maultiere, sattelte sie ab, rieb sie trocken, tränkte sie und führte sie auf die Weide. Man merkte: Er war der Sohn eines Viehzüchters. Arbeiten wie diese gehörten zu seinem Alltag.

Nachdem sie gegessen hatten, schauten sie sich die Hazienda an. »In der Scheune da drüben haben Sören und ich letztes Mal geschlafen. Bin gespannt, in welcher Koje wir diesmal pennen!« Als sie den Garten mit der kleinen Bank erreichten, auf der er damals so lange auf das Gespräch mit Onkel Claus hatte warten müssen, staunte Else. »Hier habt ihr also einen halben Tag verwartet, um eine Audienz bei deinem Onkel zu erhalten?«

Später wurde ihnen eine kleine Kammer unterm Dach zugewiesen. Viets Herz klopfte bis zum Hals. Hier würde er gemeinsam mit Else nächtigen? Wirklich? Glaubte Maria denn, sie seien verheiratet? Else stand – genau wie er – mit rotem Kopf und etwas verlegen da. Maria schaute für einen Moment irritiert von einem zum anderen. »Hab ich etwas falsch gemacht?«, schien sie zu denken. Kaum aber war sie aus dem Raum, nahm Viet Else in beide Arme, saugte sich mit Küssen an ihrem Mund fest, streichelte zunächst ihr Haar, dann ihren Rücken und schließlich auch den Po.

Fast hätten sie das Geschrei ignoriert, weil sie so mit sich beschäftigt waren. Als es dann aber aufgeregt an ihrer Tür hämmerte, ahnten sie, dass etwas Dramatisches passiert sein musste. Atemlos stand Maria vor der Tür, griff Viets Arm, kaum dass er geöffnet hatte, und zerrte ihn hinter sich her. In einem Nebengelass der Küche standen mehrere Frauen und starrten auf den Fußboden. Doch verblüffenderweise gab es gar keinen Fußboden. Mitten in dem kleinen Kämmerchen gähnte eine offene Grube. Jetzt konnten sie es beinahe ganz übersehen: Einer von Claus' Jungen hockte in dem Loch und kratzte Erde wie ein Hund heraus, der sich in einen Kaninchenbau gräbt. Einen Augenblick später erkannten sie die Situation vollends. Der größere der beiden Jungen steckte bis zur Brust im Sand, denn eine Grubenseite war eingestürzt und hatte ihn beinahe ganz verschüttet. Als Viet das erkannt hatte, bedeutete er Maria, so schnell es ging Schaufeln zu holen. Dann ließ er sich vorsichtig in die Grube gleiten und fing ebenfalls mit bloßen Händen an, Erde aus dem Loch zu werfen. Doch da nur Platz für eine Person war, schickte er den anderen Jungen aus dem Loch.

Um effektiver zu arbeiten, benötigten sie Schaufeln und Eimer. Eimer, mit denen sie die herausgeworfene Erde wegbringen konnten. Eimer, so viele es im Haus gab. Verdammt noch mal, die Frauen sollten nicht herumstehen und Maulaffen feilhalten, sondern die mit Erde gefüllten Eimer wegschaffen und so schnell wie möglich wiederkommen. Denn der verschüttete Junge geriet immer mehr in Panik, die mit Atemnot verbunden war, versuchte, sich zu winden, um sich aus seiner misslichen Lage zu befreien. Aber auch seine Hände und Arme waren vom Erdreich gefangen. Er kam nicht frei, dafür wurde sein Kopf hochrot, und er atmete schwer.

Als die Schaufeln endlich da waren, ging es schneller. Doch immer wieder rutschte Erdreich von den Seitenwänden nach. Als auch Viet nach ein paar Minuten außer Atem war, wechselte er sich mit dem Jungen ab. »Wir brauchen Bretter und Pfähle, um die nachrutschende Erde aufzuhalten«, murmelte er und versuchte, Maria diesen Wunsch deutlich zu machen. Nach einigen Missverständnissen kapierte sie und schleppte Bretter an. Doch sie waren zu lang. Gab es denn keine Säge im Haus? Es dauerte, bis sie auch damit erschien. Da war er allerdings schon wieder in der Grube und buddelte erneut wie ein Wilder. Aber der Junge, der jetzt am Rand Atem schöpfte – wie hieß er eigentlich und wie sein verschütteter Bruder? –, verstand nicht, was er machen sollte. »Die Bretter absägen, verdammt noch mal!«, schrie Viet. »Und wo bleiben die Pfähle?« Denn von der Seitenwand stürzte immer mehr Erdreich ins Erdloch und begrub den im Sand Steckenden immer wieder. Viet sprang hoch und schubste Antonio, so hieß der Bengel, zurück zum Buddeln, während er die Bretter auf Maß schnitt. Inzwischen war Maria mit Pfählen gekommen, doch sie waren zu dünn. Er gestikulierte wild, verlangte nach dickeren Pfosten, zeigte mit beiden Händen, welchen Durchmesser sie haben sollten. Abermals vergingen wertvolle Minuten, bis sie mit dickeren Balken angeschleppt kam, die allerdings viel zu lang waren. Wieder musste zugesägt, dann angespitzt werden. Gab es dafür denn kein Beil?

Während Antonio immer noch im nachstürzenden Sand wühlte, trieb Viet die Pfähle in den Boden, um danach die ersten Bretter zwischen Erdreich und Pfähle zu schlagen. Einer der Frauen erteilte er die Aufgabe, mehr Bretter in der vorgegebenen Länge zuzuschneiden, denn davon würden sie jede Menge benötigen. Dann stürzte er wieder in die Grube, um Antonio abzulösen. Der verschüttete Junge, dessen Name Pedro war, verkippte die Augen und wurde ohnmächtig. Nachdem die ersten Bretter zur Armierung der Grubenseite eingezogen waren, machten sie endlich Fortschritte. Jetzt konnten sie den Zustrom des nachstürzenden Sandes stoppen.

Auch Else packte zu. Sie rammte Brett für Brett mit einem Vorschlaghammer hinter die Pfähle, während Antonio und Viet abwechselnd Sand wegschaufelten. Auf diese Weise waren sie in der Lage, Pedro langsam aus dem Sand zu befreien. Als seine Arme freikamen, jubelten die oben stehenden Frauen. Wenigstens war die Brust nicht mehr vom Sandgewicht belastet, und der Junge konnte frei atmen. Als sie im Bereich seiner Hüfte angekommen waren, kippte der Ohnmächtige nach vorn über und erschwerte das Schaufeln noch mehr. Außerdem mussten sie darauf achten, dass von den anderen Seitenwänden nicht auch noch Erde in die Grube stürzte. Es blieb ein Wettlauf gegen die Zeit.

Schließlich hatten sie es geschafft: Antonio und Viet griffen Pedro, der immer noch bis zu den Knien feststeckte, und versuchten ihn endgültig aus dem Sand zu ziehen. Als das nicht gelang, suchte Viet nach einem Tau. Das hatte Else schon bereitgelegt. Es wurde Pedro um die Brust gebunden. Dann zogen sie mit vereinten Kräften, bis der Verschüttete ganz freikam. Seine Schuhe blieben allerdings im Dreck stecken.

Aufgeregt bekreuzigten sich die Frauen, murmelten Dankgebete und starrten mitfühlend zu dem leblos auf dem Küchenfußboden liegenden Pedro. Viet hockte sich über den Jungen, schlug ihm leicht auf die Wangen. Nach einiger Zeit öffnete der Junge langsam die Augen, die jedoch bald wieder verkippten. Maria schickte alle außer Viet vor die Tür. Sie wollte Pedro – zusammen mit Viet – ausziehen. Doch der griff einen der herumstehenden Eimer, füllte ihn unter der Pumpe mit Wasser, um den Jungen mit einer eiskalten Pütz zurück ins Leben zu holen. In der Tat hob Pedro augenblicklich den Kopf, schüttelte sich leicht und war wieder bei Bewusstsein. Viet und Maria entkleideten und wuschen ihn, um ihn anschließend zu seiner Schlafstatt zu schleppen. Nachdem er versorgt war, umarmte Maria den Blankeneser »Buttje« und gab ihm einen Kuss. Dann schob sie ihn weg, um allein am Bett ihres geretteten Jungen zu wachen.

Viet ging ins Dachkämmerchen, in dem Else schon lag, und wollte nur noch eines: schlafen. Denn er war durch die furchtbare Anstrengung total zerschlagen. Dafür lag Else noch lange aufgeregt von dem schrecklichen Ereignis im Bett und konnte keine Ruhe finden.

Am nächsten Vormittag kam Onkel Claus mit seinen Männern im gestreckten Galopp angeritten. Er hatte schon von weitem entdeckt, dass auf seiner Hausweide zwei unbekannte Maultiere standen. Gehörten sie Gangstern, oder hatten sie überraschenden Besuch bekommen? Denn fremde Tiere auf seiner Weide waren ungewöhnlich. Wie erstaunt und glücklich aber war er, als er seinen Neffen aus Blankenese, den »Buttje«, antraf. Hatte der Bengel sein Versprechen also tatsächlich wahr gemacht und war zurückgekommen. Doch als er erfuhr, was sich vergangene Nacht in seinem Haus abgespielt hatte, war der Schrecken groß.

»Wozu wollten deine Jungen so ein tiefes Loch graben? Und das mitten in der Küche?«, fragte Viet seinen Onkel.

»Es sollte eine Überraschung für mich werden. Pedro wollte einen kleinen Kellerraum für unsere Lebensmittel bauen, damit wir sie während der Sommerzeit kühl lagern können. Du musst wissen, dass das ein lange gehegter Plan von mir war, den ich allerdings nie angepackt habe. – Damit wollte er mich überraschen. Da das Vorhaben aber doch länger dauerte, wollte der Junge in der Nacht vor meinem Kommen wenigstens die Grube fertigstellen. Der Bengel aber ahnte nichts von den Gefahren, die bei Erdarbeiten entstehen können. Du kannst dir gar nicht vorstellen, wie glücklich ich über die Rettung bin. Genau wie Maria und Pedro. Ich weiß nicht, wie wir das wiedergutmachen können. Denn ohne euch wäre Pedro wahrscheinlich nicht mehr am Leben.«

Nachdem man sich zunächst noch in der Küche über den Unfall ausgetauscht hatte, ging Claus Behrmann mit seinem Neffen und dessen Begleitung endlich in die gute Stube.

»Dank deines Geldes bin ich heute Steuermann!«, wechselte Viet das Thema und wies auf seine Schiffermütze mit den Steuermannsinsignien. Dann erzählte er vom Verlauf ihrer bisherigen Reise, die sie letztlich rund um die Welt führen würde. Es wurde ein sehr langer Bericht, in dem auch Else ihren Part fand.

»Wie lange ist das denn nun her, dass du das letzte Mal bei uns warst?«, erkundigte sich Claus.

»Drei, vier Jahre werden es wohl sein!«, rechnete Viet nach und schaute Else fragend an. »Mich brauchst du nicht zu fragen. Ich war nicht dabei!«, platzte sie lachend heraus, während Maria das Essen auftrug.

Die Blankeneser und Dockenhudener Geschichten, die Fragerei nach diesem und jenem wollte kein Ende nehmen. Danach musste auch Else von sich und ihrem auf der Reise verstorbenen Bruder berichten. Da stand der Mond allerdings schon hoch über dem Haus. »Draußen ist alles ruhig«, stellte Onkel Claus nach einem kurzen Kontrollgang fest und erzählte bis in die Morgenstunden von seiner Familie und dem Viehhandel.

Besonderheiten, die Viet nicht kannte, hatte es seit seinem letzten Besuch allerdings nicht gegeben. Als sie schließlich in die Kojen stolperten, merkte der Steuermann, dass er trotz aller guten Vorsätze ein wenig zu viel getrunken und viel zu wenig geschlafen hatte. Wie ein Sack fiel er in die Puch.

Nach einem späten Frühstück starteten Else und Viet zurück zu ihrem Schiff. Am frühen Abend langten sie in Curacaví an, wo sie die Maultiere abgaben und sich in einem Hotel einmieteten. Gemeinsam in einem Zimmer – um am nächsten Morgen mit dem Zug zurück nach Valparaíso zu fahren. Jetzt waren sie zum ersten Mal nicht todmüde oder erschöpft. Von dieser Nacht sprachen sie später als ihrer Verlobungsnacht, und der Name Curacaví erhielt für sie eine durch und durch romantische Prägung.

Während die beiden Verliebten gemächlich vom Bahnhof zum Hafen von Valparaíso schlenderten, bauten sich 20, 30 Meter vor ihnen fünf Lümmel auf der schmalen Gasse auf. Als Viet einen flüchtigen Blick nach hinten warf, entdeckte er eine ähnlich große Zahl von Kerlen, die die enge Gasse hinter ihnen absperrten. Hinten und vorne dunkle Gestalten. Festen Schrittes ging er auf die vor ihnen stehenden Leute zu, als sei die gebildete Sperre das Selbstverständlichste von der Welt. »Bleib ganz dicht an meiner Seite, Else«, flüsterte Viet ihr zu, »und zeig keine Angst! Wir kommen da durch.« Trotzdem tastete er zur Sicherheit die Stelle seines Gürtels ab, an der der Colt steckte. Dann knöpfte er seine Jacke auf, um die Waffe schneller greifen zu können. Dabei hatten er und Else ihre Gangart um keinen Deut vermindert.

Die Gruppe vor ihnen schien dieses Verhalten ein wenig ratlos zu machen. Denn die meisten der so Eingekesselten versuchten fortzulaufen oder fieberhaft einen Ausweg zu suchen. Dieses Paar aber ging schnurstracks auf die Männersperre zu, als wollten sie sie überlaufen. Als sie bis auf fünf Meter an sie herangekommen waren, zauberten die Kerle lange Prügel hinter ihren Rücken hervor. »Buenos días!«, wünschte ihnen Viet daraufhin und zog seinen Colt, um augenblicklich auf das Straßenpflaster zu schießen.

Sein Schuss knallte auf das Steinpflaster, prallte ab und flog jaulend durch die Gegend. Zeitgleich mit dem Zirpen der Kugel fing einer der Männer an zu schreien, denn ihn hatte das abgeprallte Geschoss am Oberschenkel getroffen. Das war zwar nicht Viets Absicht gewesen, doch es würde helfen. Die Männer wichen sofort nach dem Schuss zurück, um einen Augenblick später wie auf Kommando wegzulaufen. Die von hinten Aufkommenden waren dagegen stehen geblieben und versorgten ihren getroffenen Spießgesellen. Daraufhin riss Viet seine Else im Laufschritt mit sich, um so schnell wie möglich zum Schiff zu eilen. Aufgeregt kamen sie bei der friedlich im Hafenwasser dümpelnden CERES an, nicht ohne sich immer wieder nach etwaigen Verfolgern umzudrehen. Doch niemand war ihnen gefolgt.

Als Ersten trafen sie Hein Lindemann, dem sie – immer noch ganz außer Atem – von ihrem eben erlebten Abenteuer erzählten. »Du, wir müssen jetzt erst mal zur Polizei, um den Vorfall anzuzeigen. Solchen Kerlen muss man das Handwerk legen!«, erklärte Viet von Appen. Lindemann winkte ab: »Steuermann, Sie sollten erst mal hören, was unser Alter erlebt hat! Haben Sie ihn schon gesehen?«

Nein, sie waren doch gerade erst an Bord gekommen.

»Wieso? Ist was passiert?« Das war das Zeichen für Lindemann: »Also, der Alte wollte mit seiner Frau und der Kleinen in die Stadt. Als sie durch die Straße gingen, in der vermutlich auch Sie überfallen worden sind, wurden die drei von einer Bande bedroht. Leider hatte unser Käpten keine Schusswaffe dabei. Deshalb versuchte er, seine Familie und sich mit Fäusten zu verteidigen. Lisette erzählte, dass er drei Mann zu Boden geschickt hat. Aber gegen zehn Kerle auf einmal kommt selbst der stärkste Mann nicht an. Die haben ihn mit Knüppeln verdroschen und all sein Geld und seine Wertsachen geklaut, aber schließlich konnte er mit seiner Frau und der Lütten fliehen. Grün und blau haben sie unseren Alten geschlagen, einen Arm gebrochen und das linke Bein geprellt. Külper wollte den Vorfall, genau wie Sie, der Polizei melden. Hat er auch. Aber wissen Sie, was die gemacht haben? Nichts! Offenbar werden sie von der Bande geschmiert! Seien Sie bloß vorsichtig. Nicht dass man Sie wegen unerlaubten Waffenbesitzes hier ins Kittchen steckt!« Mit dieser Warnung endete Hein Lindemanns Bericht.

»Wir gehen erst mal zum Alten und melden uns!« war Viets Kommentar.

Als sie in die Kapitänskajüte traten, erschraken sie bei Külpers Anblick. Sein Hinterkopf war verbunden. Und die nicht bandagierten Gesichtsteile waren blutunterlaufen. Er konnte nicht ohne Hilfe aus seinem Captain's Chair aufstehen, weil sowohl der rechte Arm als auch das rechte Bein in Bandagen steckten.

»Was sagt denn die Polizei dazu? Sind die Gangster schon gefasst?«, fragte Viet, der nicht glauben wollte, dass die hiesigen Ordnungskräfte nichts gegen die Verbrecher unternahmen. »Vergessen Sie es!«, grummelte Külper verbittert und forderte Viet auf, sich zu setzen. Else wurde entlassen, weil die beiden Männer nun über Seemännisches sprechen mussten. »Sie sehen ja selbst, wie es um mich steht. Deshalb werden Sie die nächste Zeit das Schiff allein führen. Meinen Sie, Sie schaffen das?« Natürlich würde Viet das bewerkstelligen können. Keine Frage. Er hatte die CERES ja schon seit einiger Zeit geführt.

KAP HOORN RUND

Schon wieder waren sie drei Wochen auf See. Der Wind wehte mit Stärke fünf bis sechs aus Westsüdwest. Viet ließ die Männer, die nicht in den Segeln benötigt wurden, noch einmal Klarschiff machen, bevor sie Kap Hoorn passieren würden. Peter Diercks stand am Ruder. Der Wind stimmte, sein Pfeifchen brannte, alles schien in bester Ordnung. Da entdeckte er, dass sich der einarmige Carl wieder einmal in den Wanten versuchte. Das hatte ihm der Alte doch erst gestern verboten! Zum wiederholten Mal. Aber der Junge war so ehrgeizig. Er versuchte, seine Behinderung durch ständige Übungen zu überspielen, kletterte die Wanten rauf und runter, als habe er zwei Arme und zwei Hände, um sich festhalten zu können. Denn sein größter Wunsch war, wieder in die Segel zu dürfen. Doch das ging nun wirklich nicht. »One hand for the ship, one hand for the man!«, lautete die alte Seefahrerregel. Und das nicht zu Unrecht. Carl jedoch wollte sie ganz offensichtlich außer Kraft setzen.

Doch es kam, wie es kommen musste: Bei einem plötzlichen Überholen des Schiffs verlor er diesmal den Halt und fiel über Lee aus den Wanten. »Mann über Bord«, schrie Diercks, woraufhin viele an Deck stürzten. Gleichzeitig ließ er die CERES in den Wind kommen, während zwei Männer ein Want hinaufliefen, um Carl in Sicht zu behalten. Tian, der chinesische Schiffsjunge, musste festgehalten werden, denn er versuchte, seinem Freund Carl nachzuspringen, um ihn zu retten. Er musste schließlich ins Logis gesperrt werden, weil er sich nicht bändigen ließ.

Bis zum Dunkelwerden kreuzten sie an der Unfallstelle, leider aber vergebens. Sie konnten den armen Jungen zwischen den abertausend Wellentälern und -bergen nicht wiederfinden. Carl war auf 48 Grad südlicher Breite und 71 Grad westlicher Länge für immer verschwunden. Diesen dürren Tatbestand musste Külper abends ins Logbuch eintragen.

Dann setzten sie ihre Reise fort. Tian aber wollte die Weiterfahrt nicht mitmachen. »Warum weiter? Carl suchen!, waren seine beschwörenden Worte. Doch bei diesen Wassertemperaturen konnte Carl schon längst nicht mehr am Leben sein.

Bereits weit vor Kap Hoorn trafen sie auf erste Eisberge. Für den Oktoberanfang war das eigentlich noch zu früh. Der Himmel war wolkenleer. Mondlicht unterstrich die zügellose Wildheit des Sturms. Die CERES lag verschiedene Male beigedreht. Anders ging es nicht. Ihr Steven tauchte dabei in heranrollende Seen. Viet kam vom Mars herunter, stellte sich neben Erbmann an eine verhältnismäßig geschützte Stelle, wo ihnen das Wasser schlimmstenfalls bis zu den Knien ging. Über ihren Köpfen jammerte eine Bö nach der anderen. Aus der relativen Sicherheit der kleinen Nische meinte der Steuermann zum Matrosen: »Scheunen Schiet, das Wetter!« Dessen Antwort kam prompt: »Wenn es jetzt noch mehr weht, fliegt uns vielleicht noch ein Segel weg, oder eine Rah kommt runter! Aber solange alles hält, bin ich zufrieden!« Da hatte er recht.

Seeleute nannten Kap Hoorn selten beim vollen Namen. Vielmehr sprachen sie von einer Reise um die Hoorn oder: »Wir hatten furchtbares Wetter bei die Hoorn.« Aber nie fiel der Name Kap Hoorn. War das Aberglaube?

Viet hatte während der Fahrt ums Kap immer wieder die Wellenhöhen zu messen versucht. Dafür stieg er die Wanttaue auch bei starkem Sturm hinauf. Mehrere Wellenkämme mussten auf einmal in einer horizontalen Linie stehen, wenn sich das Schiff gerade in einem Wellental befand. Die Höhe seines Standortes über der Wasserlinie des Schiffs gab ihm dann Auskunft über die Höhe der Wellen. Mit dieser Methode hatte er in den Seen hier 46 Fuß gemessen. Das Gleiche hatte er schon einmal im Pazifik während eines Taifuns probiert, da aber nur eine Wellenhöhe von 40 Fuß festgestellt. An Land hätte man die Wellenhöhe hier also mit 14 Metern bemessen. Das war gewaltig.

Auch nach Umrundung des Kaps hielt sich das stürmische Wetter. Bei diesem Sturm verloren sie zunächst den Klüverbaum und dann noch die Vorstenge. Der Orkan war so stark, dass man Luft und Wasser nicht voneinander unterscheiden konnte. Deshalb lagen sie vor dicht gerefftem Besan unter dem Wind. Da das Schiff nicht überladen war, hielt die CERES dem Sturm gut stand. Trotzdem lag die Besatzung immer wieder stundenlang auf den Rahen, um die Segel festzumachen. Das musste auch bei Nacht, bei hartem Sturm mit Schnee oder Hagel, passieren. Und dabei war das ganze Schiff mehr unter als über Wasser. Der Warnruf »Wahrschau!« ging ständig übers Deck, sobald der nächste Wellenberg anstürmte. Dann rauschte der tonnenschwere Kaventsmann aus eisigem Wasser mit Krachen über Schiff und Männer hinweg. Oft wurden sie von einem reißenden und gurgelnden Brecher fortgerissen, bevor sie sich in allerletzter Sekunde an irgendeinem Gegenstand festklammern konnten. An Deck waren Leinen gespannt, damit man überhaupt eine Chance hatte, sich über die freien Flächen zu bewegen.

Während der Umrundung wurde Viet immer klarer, dass es hier um seine Meisterprüfung ging. Nicht nur, dass er bei den meisten Entscheidungen auf sich allein gestellt war. Nein, sein Anspruch an sich war auch: Geht nicht gibt's hier unten am Ende der Welt nicht. Denn im Kampf mit den Elementen muss ein Kapitän oder Steuermann wissen, was zu tun ist, sonst ist sein Schiff verloren.

Die letzten weißen Eisberg-Giganten passierten sie auf ihrem Weg nach Norden auf 38 Grad südlicher Breite, also viel zu weit nördlich für diese Jahreszeit.

Endlich, zwei weitere Wochen später, hatten sie die Falklands erreicht. Sie ankerten vor Port San Carlos im Falkland Sound, der die beiden Hauptinseln East- und West-Falkland trennt. Islas Malvinas wurde die aus 200 Inseln bestehende Gruppe in Südamerika genannt. Den spanischen Namen erhielt der Archipel nach Fischern aus Saint-Malo in Frankreich, die im 16. Jahrhundert als Erste hier ankamen. Das wurde ihnen von der alten Betty berichtet, der »Bardame« aus Port San Carlos.

Im Schutz der Meeresstraße konnte die CERES-Crew die dringend notwendigen Reparaturen in Angriff nehmen. Beispielsweise den Klüverbaum ersetzen. Vor der winzigen Häuseransammlung ankernd, genossen sie zwei ruhige Wochen, die zwar von morgens bis abends mit handwerklichen Arbeiten ausgefüllt waren, in der aber das Logis und die Kabinen trocknen konnten, genau wie die Kleidung. Die Nächte durften sie sogar ohne jede Unterbrechung durchschlafen. Kurzzeitig nahm ihr Leben einen ganz normalen Verlauf an, wenn sie als abendlichen Höhepunkt auf eine Pint Bier zu »Betty's Bar« schlenderten. Wobei die Bezeichnung Bar ein total falsches Bild vermittelt. Tatsächlich handelte es sich um einen Bier- und Drinkausschank unter freiem Himmel, den die alte Betty Hawker immer noch betrieb, obwohl sie bestimmt schon über 70 war. Gegen Regen und die eiskalten Winde war sie dick eingepackt, wenn sie an ihrem alten Gartentisch Pints of Beer und Whiskys verkaufte. Egal ob Sturm oder Wolkenbrüche das Wetter bestimmten. Doch schon am dritten Abend wurde ihnen besagter Barbesuch verboten, denn Ernst hatte wieder einmal über die Stränge geschlagen und sich dabei nicht nur ein blaues Auge eingefangen, sondern der gesamten CERES-Mannschaft das Verbot eingebrockt, sich der Bar nicht weiter als auf 20 Schritte zu nähern. Natürlich brachte das dem Knabenliebhaber gewaltigen Ärger ein.

Als sie nach der Reparatur den Falkland Sound wieder verließen, zog abermals schweres Wetter auf. Wieder standen Viet und seine Leute bis zu den Ohren im Wasser. Manchmal trieben sie sogar längs Deck, wenn sie von einer Welle fortgerissen wurden und nicht rechtzeitig eines der Taue greifen konnten. Wieder wurden Logis und Kabinen überflutet. Bei dieser Wetterlage segelten sie geschlagene zwei Monate. Es war zum Heulen und Zähneklappen, das brutale Wetter wollte und wollte kein Ende nehmen. Zu allem Überfluss kamen sie kaum voran.

Dafür hatte sich der Käpten etwas erholt, auch wenn er immer noch unter den Folgen des Überfalls in Valparaíso litt. Besonders sein Bein schmerzte bei jedem Schritt. Aber ein für Schiffsführer viel schwerwiegenderes Leiden machte ihm ganz andere Sorgen: Er konnte kaum noch sehen, weil er durch die ständige Arbeit mit dem Oktanten fast blind geworden war. Denn um die Position des Schiffs zu berechnen, musste man durch das nautische Instrument in die Sonne schauen. Wenn jemand von dieser Sehschwäche erführe, würde es das Ende seiner Kapitänskarriere bedeuten. Das wollte er unter allen Umständen vermeiden. Eigentlich war es bodenloser Leichtsinn, weiter als Kapitän zu arbeiten. Deshalb schob Külper seine in Chile erlittenen Verletzungen vor und delegierte noch mehr Aufgaben der Schiffsführung auf Viet. Diese Augenerkrankung war auch der Grund für das häufige Tränen gewesen. Niemand wusste aber davon.

Als der Steuermann die Wachen in die Kojen schickte, fanden sie wieder mal fußhohes Wasser im Mannschaftslogis vor. Alles war nass und bitterkalt. Gestern war auch der Smut in seiner Kombüse mit den Töpfen über Stag gegangen. Und das mitsamt dem frisch zubereiteten warmen Mittagessen. Denn durch plötzliches Rollen und Schlingern des Schiffs waren sämtliche Töpfe vom Herd geschleudert worden. Anstelle eines kräftigen Essens gab es deshalb nur feuchtkalten Schiffskeks und lauwarmen Kaffee, dazu immerhin einen Schnaps.

Der Zustand der Mannschaft war nach der langen Zeit in diesen Breiten und diesen Wettern allmählich kaum noch anders als desolat zu bezeichnen. Die Männer waren ausgezehrt. Unterversorgt. Übermüdet. Sobald seine eigene Wache beendet war, warf sich auch Viet todmüde in die nasskalte Koje und schlief vor Erschöpfung ein. Doch schon nach zwei Stunden wurde er mit dem Ruf »All hands on deck!« geweckt, um Segel zu bergen oder das Schiff über den Bug in den Wind zu legen.

Der Käpten erzählte ihm beim Wachwechsel, dass er seine kleine Alwine schon länger in einer offenen Schublade seiner Kajüt-Kommode schlafen lasse. Zum einen, weil die Schublade selbst bei schlimmstem Seegang nicht verrutsche, zum anderen, weil die Kleine dort so hoch läge, dass das in die Kajüte dringende Wasser sie in ihrer Schublade nicht erreichen könne. Noch nicht! Aber 50 bis 80 Zentimeter Wasser waren in den letzten 14 Tagen in seiner Kapitänskajüte keine Seltenheit. Sehr zum Leidwesen von Lisette, die wegen der unwirtlichen Lebensumstände immer wieder in Weinkrämpfe verfiel.

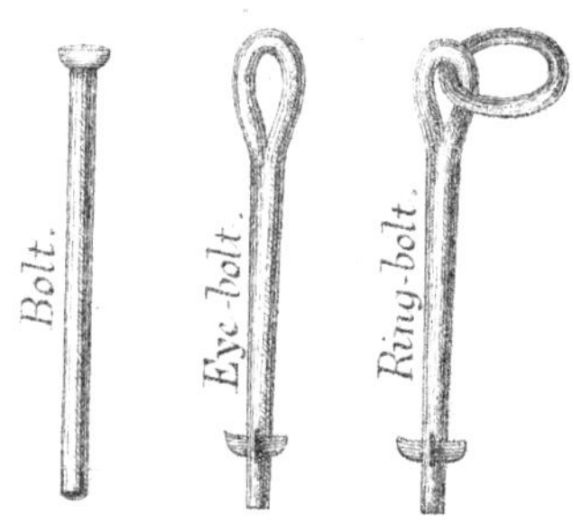

AUFGELAUFEN

Der heftige Sturm hielt an, doch es fiel kein Tropfen Regen. So konnten sie das im Hafen übernommene Trinkwasser nicht mit Regenwasser strecken. Inzwischen war das lebenswichtige Nass so gut wie aufgebraucht. Zum wiederholten Mal musste das Trinkwasser auf dieser Reise gekürzt werden. Durst wurde wieder zum quälenden Begleiter.

Tagelange, nächtelange, wochenlange, scheinbar nie enden wollende Stürme abzulaufen, das war nicht nur zermürbend. Es war höchst dramatisch. Denn auf einer Nussschale wie der CERES erlebte man die Gewalten der Natur in jeder Sekunde hautnah. Jeder Augenblick konnte ihr letzter sein. Zusätzlich quälte und schwächte der ständige Durst. Trotzdem hieß es beim Setzen oder Bergen der Segel tagein, tagaus »Alle Mann!«. Dann musste die Mannschaft wieder arbeiten, arbeiten, arbeiten. Bis ihnen das Blut unter den Nägeln hervorspritzte oder sie vor Erschöpfung umfielen.

Wegen des Wassermangels steuerten sie dicht unter Land, um irgendwo eine Möglichkeit zu finden, ihre Wasservorräte aufzufüllen. Doch die patagonische Küste ist abweisend, gebirgig und schroff. Ihre Berge erinnern an die Zähne aufgesperrter Raubtiermäuler. Tag für Tag, Stunde um Stunde suchten sie die Küste nach einer Möglichkeit ab, in eine Bucht, einen Meeresarm zu gelangen, in dem es eine Süßwasserquelle geben musste. Doch sie fanden nicht das kleinste Mauseloch von Durchlass. Und dabei waren sie inzwischen schon so weit, dass sie jeden Regentropfen aufgeleckt hätten, wenn es denn geregnet hätte.

Der eine oder andere litt aufgrund des Wassermangels an starken Kopfschmerzen, Schwindel, angeschwollenen Gelenken und Herzrasen. Lisette war sogar schon einmal in Ohnmacht gefallen. Doch weiterhin fiel kein Tropfen vom Himmel. Deshalb versuchten einige Männer, die frühmorgens in den Masten arbeiteten, Tau von den Segeln zu lecken. Doch es blieb bei diesem einmaligen Versuch, denn das Tuch war verklebt vom Seewassersalz, das bei stürmischem Wetter bis in die Segel sprüht. Durch Auflecken der versalzenen Tautropfen wurde ihr Durst noch quälender. Schließlich hatten sie eine andere Idee: Sie fingen Fische, schlachteten sie, nahmen sie aus und saugten deren Flüssigkeit auf. Auch wenn die Feuchtigkeit ein wenig salzig schmeckte, es waren immerhin genießbare Tropfen. Sogar die kleine Alwine schaffte es, Meerestiere auszusaugen.

Dass sie keine Bucht fanden, lag wohl auch an Külpers schlechten Augen. Er allein behielt sich nämlich vor, die Küste mit seinem Fernglas abzusuchen. Kein anderer durfte das. Obwohl seine Sehkraft berufsbedingt dahin war. Und an Bord gab es keinen zweiten Kieker. Sie konnten auch nicht näher an die Küste gehen, denn dann würden sie bei den vorherrschend auflandigen Winden Schwierigkeiten bekommen, sich freizusegeln. So verging kostbare Zeit, und der Durst wurde immer peinigender. Besonders höllisch litt das Kind.

Ernst hatte sich zum Fass geschlichen und versuchte, einen der letzten Tropfen Wasser zu stehlen. Doch er wurde von Diercks überrascht, der ihn vom Fass wegreißen wollte. Wie wild klammerte sich der Wasserdieb an den Fassrand und schlug rückwärts mit den Füßen nach seinem Angreifer. Dem gelang es jedoch, Ernst wegzustoßen. Sofort begann eine handfeste Balgerei, denn Ernst wollte immer wieder zurück zum Fass, um zu trinken. Beinahe hätte der Knabenliebhaber gesiegt, wäre nicht Lindemann darüber zugekommen und hätte die Streithähne getrennt.

Schwer prustend und mit geröteten Gesichtern standen sie sich lauernd gegenüber. »Hab ihn überrascht, als er die letzte Kelle Wasser stehlen wollte!«, keuchte Diercks und wies auf Ernst.

»Das ist nicht wahr!«, schrie der aufgeregt. Doch noch während er den Satz brüllte, bekam er unvermittelt einen Schlag vom wütenden Külper, der hinter ihm aufgetaucht war.

»Über dieses unglaubliche Vergehen werden wir uns zu gegebener Zeit weiter unterhalten!« waren seine Worte.

Im Logis war die Frage diskutiert worden, ob man wohl den eigenen Urin trinken könne. »Wieso? Muss doch gehen. Das kommt doch von dir selbst!«, meinte Huber, den sie Fiete von de Alm nannten, optimistisch. »Hast du denn schon mal daran gedacht, dass mit dem Urin auch der salzige Kram aus deinem Körper gespült wird?«, fragte Viet den Schlaumeier. Nachdem Huber trotz dieser Warnung versuchte, ein paar Tropfen seiner Pisse zu schlucken, bestätigte er Viets Einschätzung.

Külper vertraute sein Fernglas weiterhin keinem anderen an. Der Kieker war für ihn eine Herrschaftsinsignie. »Bis morgen früh müssen wir eine Möglichkeit gefunden haben, an Wasser zu kommen!«, stellte er fest und griff nach seiner Taschenuhr. Doch die war ihm in Valparaíso geraubt worden. »Oder wir sind alle miteinander verloren!« Diese Aussage hallte in den Ohren der Frauen und Männer wie ein Paukenschlag. »Oder wir sind alle miteinander verloren!«

Am Abend entdeckte Lisette einen Einschnitt in die Felsenküste, oder war es ein Fjord oder gar eine Bucht? Sie hatte nämlich das Glas ihres Mannes für ein paar Minuten stibitzen können, als er unter Deck war. »Jacob, da vorn seh ich eine Bucht. Dort können wir bestimmt rein!«, rief sie aufgeregt und zeigte mit ihrer winkenden Hand Richtung Küste, ohne das Fernglas abzusetzen.

»Ich hab nichts gesehen. Weibergewäsch! Das bildest du dir nur ein!«, lautete seine abweisende Antwort. Natürlich. Er konnte ja so gut wie nichts mehr sehen. Aber Lisette überzeugte ihn von ihrer Entdeckung, woraufhin auch Viet zurate gezogen wurde. Endlich durfte der Steuermann auch durch das Glas schauen und bestätigte Lisettes Beobachtung. Doch wie sollten sie in diesen Fjord kommen? Das würde lebensgefährlich werden. Kartenmaterial über den Küstenabschnitt besaßen sie nicht. Doch was der Steuermann sah, war Grund genug, dass niemand den Fjord anlaufen konnte. Im Küstenbereich entdeckte er Schaumkronen und Gischtspritzer, die sich über Riffen und Felsen aufbauten. »Dort dürfen wir nicht reingehen, Kapitän! Schauen Sie sich das doch bloß mal an!« Damit gab er das Glas an den Alten zurück.

»Wir müssen!«, lautete dessen Befehl. »Sonst sind wir verloren!« Damit übernahm Külper das Ruder, um sein Schiff in die Bucht zu steuern.

»Käpten, wollen Sie das nicht lieber mir überlassen?«, fragte Viet besorgt – trotz seiner schweren Bedenken bezüglich des Fahrwassers. Doch der Alte dachte nicht daran. Er schien zu glauben, dass es keinen Besseren auf der Welt gäbe, sein Schiff sicher durch die Riffe in die Bucht zu führen. Keinen Einzigen. Was er tat, war aus Verzweiflung geboren. Auch Külper war ausgezehrt, seine Augenkrankheit schloss ihn allmählich geradezu von der realen Welt ab. Was jetzt geschah, war die verzweifelte Tat eines kranken Mannes.

Bei dem stark auflandigen Strom, der mit deutlich mehr als acht Knoten lief, trieb die CERES rasch auf einen mit Strauchwerk bestandenen Felsen zu. Viet gab Befehl, Anker zu werfen. Da niemand diesem Befehl folgte, löste er das Pall am Ankerspill eigenhändig aus, doch der Anker hielt nicht. Einen Augenblick glaubte er zwar, durch Abfallen nach Steuerbord vom Felsen klarzukommen, und meldete dies dem Käpten. Haarscharf gelang es dem, um das Hindernis zu steuern, als plötzlich ein Ruck durch die CERES ging, verbunden mit entsetzlichem Knirschen und Krachen. Die an Deck Stehenden flogen nach vorn und mit ihnen etliche lose Gegenstände. Dem ersten Geräusch- und Schüttelszenario folgte der Lärm von Rahen, Blöcken und Tauen, die aus den Masten an Deck regneten oder ins Meer klatschten. Dann neigte sich der Großmast schlotternd nach vorn und schien nur noch von ein paar Stagen und Wanten gehalten zu werden. Der Affe, den Hein Lindemann auf den Philippinen erstanden hatte, sprang aufgeregt schreiend umher, um sich ängstlich in den Besanmast zu flüchten, wo er zitternd sitzen blieb.

Die CERES war einen guten Kilometer vor der Fjordmündung auf ein Riff gelaufen und saß mit dem Vorschiff fest. Zum Glück war niemand von den herabfallenden Teilen verletzt worden. Nachdem er durch den Aufprall aufs Deck geschleudert worden war, stürzte Viet aufs Vorschiff, um den Schaden zu begutachten. Auch Külper kam mit schmerzverzerrtem Gesicht angehumpelt, um sich ein Bild zu verschaffen. Mit jeder Welle wurde das Achterschiff angehoben, um danach ins nächste Wellental zu fallen und dann von der sich aufbauenden nächsten Welle abermals emporgehoben zu werden. Man konnte sich kaum auf den Füßen halten, so stark waren die Bewegungen des Schiffskörpers. Und bei jedem Aufprall in ein Wellental knirschten und brachen Planken und Spanten. Das tönte, als seien es Schmerzensschreie ihrer guten alten CERES. Vollendete sich in diesen Stunden die Spökenkiekerei der Kunze vom Anfang ihrer Fahrt?

»Ich hol Hilfe!«, stammelte der Alte und befahl schuldbewusst, das Beiboot klarzumachen. »Käpten, das können Sie nicht. Unser Beiboot muss von zwei Männern gerudert werden. Und Sie sind noch immer nicht hergestellt, sondern krank. Wichtiger ist, zunächst die Schäden am Schiff festzustellen. Deshalb schlage ich vor, wir beide gehen nach unten und schauen uns den Schaden von dort aus an. Dann entscheiden wir, was zu tun ist!«

Welche Ironie des Schicksals: Genau jetzt, während sie im Schiffsbauch verschwunden waren, hatte es zu regnen begonnen! Die Frauen und Männer leckten gierig jeden einzelnen Regentropfen auf, der ihnen auf die Haut fiel.

Im Laderaum, wo vor mehr als einem Jahr die Auswanderer und später die Kanaken gehaust hatten, hatte das Riff ein riesiges Loch in den Schiffsbauch gerissen. Auf dem Riff lag die CERES. Jedenfalls mit dem Vorschiff. Zu retten war da nichts mehr, das erkannte selbst der sehbehinderte Käpten. »Steuermann, Sie und Hein Lindemann bleiben an Bord, während ich die Mannschaft mit den Frauen und unserem Kind an Land führe und Hilfe hole.« Viet schwieg, denn er wusste keine Antwort. Was war besser? Hierbleiben oder in der Bucht Rettung suchen?

Das Beiboot wurde zu Wasser gelassen, was trotz des Seegangs und der ungewöhnlichen Lage des aufsitzenden Wracks gelang. Die Besatzung ging ins Boot, nicht ohne dass Viet kontrolliert hatte, dass jeder die dicksten Wollsachen trug, die er besaß. Sollten sie nass werden, würde die Wolle sie wärmen. So würden sie eher überleben. Außerdem wurde Verpflegung mitgenommen. Peter Diercks sprang als Erster ins Boot, gefolgt von Ernst Hase und Tian, dem chinesischen Schiffsjungen. Dann kamen der Smut, Felix Erbmann und Friedrich Huber. Zum Schluss wurde Külper vorsichtig ins Boot geleitet, zusammen mit seiner Frau Lisette und ihrer Tochter Alwine. Erst dann sprang Else.

Von ihr hatte sich Viet mit einem langen Kuss verabschiedet. »Hals- und Beinbruch. Wir sehen uns bald wieder«, flüsterte er ihr zu. »Wenn du aber bleiben willst, hast du jetzt die letzte Gelegenheit dazu!« Doch Else stöhnte mit ausgetrockneter Kehle: »Ich hab solchen Durst. Ich geh mit Külper! Pass du gut auf dich auf!«

Die letzten Worte, die Viet seinem Käpten zurief, waren: »Hals- und Beinbruch. Und vergessen Sie nicht, uns abzuholen!« Dann kam das Beiboot frei und war im nächsten Augenblick hinter einer großen Welle verschwunden, um nach einiger Zeit hinter einem ganz anderen Wasserberg wieder aufzutauchen. Wind und Strom waren auflandig und trieben das Boot mit großer Geschwindigkeit in die Bucht. Für Augenblicke sah man, wie die Riemen der Bootsgäste ins Wasser schlugen und die dabei entstehenden Gischtwolken über die kleine Nussschale hinwegpeitschten. Rhythmisch wechselten die Ruderer die Stellung, wenn sie ihre Riemen durchzogen und dabei mit nass glänzenden Gesichtern zurück zur CERES schauten.

Für Momente hatte Viet das Gefühl, Else winke ihm. Deshalb hob auch er den Arm, doch mitten in der Bewegung stockte er, denn das Boot war erneut hinter einer Welle verschwunden. Erst nach sehr langer Zeit war es noch einmal bei der Einfahrt in den Fjord auszumachen. Das war das Letzte, was sie von ihren Leuten sahen. Wahrscheinlich waren sie jetzt gerettet, und Hein und er gehörten zu den Verdammten auf dem Wrack. Oder sollte sich der Fluch der Kunze dort drüben an der Küste erfüllen?

Der Regen brachte Rettung. Die Männer hängten alle Laken und Tücher, die sie finden konnten, aufs Deck, um auch wirklich jeden Tropfen Regen aufzufangen. Sie wollten die Tücher erst auswringen, wenn es wirklich lohnte. Zusätzlich versuchten sie Schüsseln und Eimer aufzustellen, um weiteres Regenwasser zu sammeln. Doch die Gefäße mussten wegen der Schiffsbewegungen festgebunden werden. Trotzdem schwappte das darin aufgefangene Nass über oder verspritzte. Deshalb gaben sie die Wassergewinnung mit Schüsseln schnell wieder auf. Als Nächstes schnitten sie die noch aufgezogenen Segel los, die danach im Wind schlugen und knallten. So aber würden sie das Wrack nicht noch weiter auf das Riff drücken oder es ins tiefe Wasser ziehen, wo es gänzlich versinken musste.

Alle vorhandenen Lebensmittel sammelten sie in der noch trockenen Kapitänskajüte. Dabei handelte es sich um Schiffszwieback, Reis, Zucker und Mehl. Aber auch um Erbsen und Linsen. Selbst Viets beschlagnahmte Whiskyflaschen gehörten dazu. Feuer in der Kombüse zu machen war nicht mehr möglich. Um die Nahrungsmittel vor steigendem Wasser zu schützen, lagerten sie die Vorräte möglichst hoch und trocken. Denn wer wusste schon, wie lange sie auf Abholung würden warten müssen. Es konnte ja auch sein, dass man die Esswaren später an Land benötigte. Deshalb sollten sie auf keinen Fall feucht werden. Nur ein paar Zwiebacke und eine gemeinsame Flasche Bier würden sie nachher teilen, mehr auf keinen Fall. Doch auch damit wollten sie noch warten. Nachmittags ging der Großmast mit gewaltigem Lärm über Bord. Weil der lange Baum die CERES an Luv tief ins Wasser drückte, zerhackten sie das ihn haltende Tauwerk und versuchten, ihn unter größten Anstrengungen ins Meer zu schieben und zu drücken. Es kostete Stunden und unmenschliche Kräfte, bis ihnen das gelungen war. Doch das Problem blieb: Die Schieflage konnten sie nicht mehr entscheidend verbessern.

Als die Dunkelheit hereinbrach, war ihnen klar, dass das Beiboot sie heute nicht mehr abholen würde. Deshalb richteten sie sich in der Kapitänskajüte ein, so gut es ging. Doch es war schwierig, auch nur ein Auge zuzutun. Denn von jeder Welle wurde die CERES angehoben, um anschließend umso heftiger zurück auf das Riff zu prallen. Wie lange würde ihr Schiff das noch aushalten? Es könnte jeden Augenblick auseinanderbrechen und sie mit in die Tiefe reißen. Immer wieder verließ Viet die Kajüte, weil er hoffte, das Beiboot sei angekommen. Doch jedes Mal hatte er sich geirrt. Als er im Morgendämmern aufstand, traf er Hein Lindemann an Deck, der die Tücher auswrang. Gierig stürzten sie das wenige Nass hinunter. War das etwa alles, was Lindemann aus den Tüchern gequetscht hatte? Als sie dann die Küste bei Tageslicht absuchten, war immer noch kein Boot und an Land weder Feuer noch Rauch auszumachen.

Wie lange würden sie sich auf der CERES noch halten können? Wann würde man sie endlich abholen? Das war die Frage, die sie marterte. Ungeduldig warteten sie weiter. Damit verging der Vormittag wie auch der Nachmittag. Einmal meinten sie, ein Boot zu sehen. Doch es war ein Stück Treibholz, das sie narrte. Wieder fiel Dunkelheit ein, ohne dass sie auch nur eine Spur ihrer Leute entdecken konnten.

War ihnen etwas zugestoßen? Immer heftigere Sorgen nagten an ihnen.

Wie mochte es Else gehen? Hoffentlich war ihr nichts passiert. Das durfte nicht sein.

Vor Anspannung und Erregung kam Viet auf die Idee, eine der Schnapsflaschen zu öffnen, um sich mit einem Schluck zu stärken. »Das geht nicht, Steuermann. Wer Schnaps trinkt, bekommt noch mehr Durst, und den können wir uns im Moment überhaupt nicht leisten. Außerdem müssen wir einen klaren Kopf behalten und nicht beduselt in unser Schicksal tappen.« Doch von Appen hörte nicht auf Lindemann, sondern versuchte weiter, die Flasche zu öffnen. Da schlug Hein sie ihm aus der Hand und warf sie über Bord. »Tut mir leid, aber Saufen geht nicht, Steuermann!«

Nach einer kurzen Empörung hatte sich Viet gesammelt und wechselte das Thema: »Nun hör endlich auf, mich mit Sie und Steuermann anzureden! Wir sind Schiffbrüchige, die das gleiche Schicksal teilen. Außerdem sind wir uralte Nachbarn aus Blankenese! Du sagst von nun an wieder Du zu mir, verstanden?!«

Auch der nächste Tag brachte kein Lebenszeichen von ihren Leuten. Immerhin war der Sturm abgeflaut. Das Schiff aber war weiter von Wind und Wellen gerupft und demontiert worden. Überall fehlten Planken, Bretter und Tauwerk. Der Klüver hing abgeknickt und verloren im Wasser. Jetzt regnete es sintflutartig. Wenn dieses Wetter noch ein, zwei Tage so anhielt, würde die hohe Dünung nachlassen. »Dann wird es leichter für unser Beiboot, zurück zur CERES zu kommen. Vielleicht haben sie sich wegen des Seegangs nicht getraut, gegen die Dünung anzurudern. Hoffentlich hält der Kahn solange durch!«

Damit die Zeit bis zu ihrer Abholung schneller verging, durchsuchten sie die noch begehbaren Bereiche des Schiffs. Hein fand eine Angel in der Kombüse. Deshalb fing er an, Köder aus Lebensmittelresten zu basteln, um Fische zu fangen. Und in der Tat glückte das auf Anhieb. »Und wie essen wir die Biester, wenn wir kein Feuer haben?«, fragte Viet hilflos.

»Ganz einfach: So wie es die Japaner mit ihrem Sushi machen, nämlich roh!«

»Denn man tau!«, murmelte Viet, dem nicht wohl bei dem Gedanken war. Den ersten gefangenen Fisch saugten sie auf die ihnen inzwischen bekannte Weise aus.

Schon bald hatte ein zweiter angebissen, den jedoch ein Riesenhai vom Haken riss. Auf diese Weise ging das Angelgeschirr verloren. Dafür aber hatte Viet einen wichtigen Fund in der Kapitänskajüte gemacht: »Weißt du eigentlich, warum der Alte die Schiffspapiere nicht mitgenommen hat? Auch die Schiffskasse ist noch da. An nichts hat der Mensch gedacht! Das ist doch mehr als leichtsinnig! So kenn ich den Alten überhaupt nicht.« Lindemann, dem sein kleiner Affe mal wieder ängstlich auf der Schulter saß, hatte keine Ahnung von dem Warum.

Unzählige Male hatten sie zum felsigen Mündungstor des Fjords geschaut und dabei auf das Beiboot gehofft, das sie abholen sollte. »Was kann sie hindern, dort endlich rauszukommen? Warum können sie den Fjord nicht verlassen?« Hein wie Viet hatten keine Antwort auf diese Fragen.

Erst am vierten Tag geschah Außergewöhnliches: Ein zweimastiges Boot kam von Südsüdost auf und hielt auf die wracke CERES zu. Sofort griffen sie nach den zur Wasseraufnahme aufgehängten Laken und schwenkten sie hin und her. Der kleine Affe war vor Schreck kreischend auf den Stummel des abgebrochenen Besanmastes geflüchtet. Kein Zweifel, sie waren bemerkt worden. Doch das Schiff kam nicht etwa längsseits, sondern warf in respektvollem Abstand Anker. Von dort schickte man ein Beiboot. Es handelte sich um argentinische Fischer. Viet, der seit seiner ersten Südamerika-Reise Spanisch radebrechte, führte die Verhandlung mit den Rettern.

Sie wurden zu Kapitän Santini auf den Fischewer SANTA ROSA gebracht und mussten von der Havarie und dem Verbleib der anderen Besatzungsmitglieder berichten. Viets Erklärung wurde immer wieder von dem Wunsch nach Wasser, Wasser, Wasser unterbrochen. Doch mit dessen Ausgabe war Santini zögerlich. Er gab ihnen immer nur ganz wenig »agua«. »Wenn ihr jetzt zu große Mengen sauft, sterbt ihr! Trinken dürft ihr immer nur wenig!« Sobald er die rationierten Schlucke zu sich genommen hatte, berichtete Viet weiter von den letzten Tagen und der verzweifelten Trinkwasser-Situation auf der CERES. Schließlich kam er dazu, von der Fahrt des Beiboots zu erzählen, mit dem die Mannschaft, die Frauen und das Kind in die Bucht dort drüben gelaufen seien.

Bei den Fischern trat betretenes Schweigen ein. »Wo sind sie hin? Stimmt es wirklich, dass eure Leute in ›el agujero de la muerte‹ gerudert sind?«, bohrte Santini und schüttelte irritiert den Kopf. Doch Viet hatte die spanischen Vokabeln nicht verstanden. »Das hab ich jetzt nicht mitbekommen. Können Sie das noch mal ganz langsam wiederholen?« Beim dritten Mal begann er zu kapieren. Die Bucht dort drüben wurde offenbar »Das Todesloch« genannt. Der Name hörte sich nicht gerade freundlich an. In Blankenese gab es auch eine

Rodelbahn, die sie »Todesbahn« nannten, obwohl alle Kreekfahrer quicklebendig unten ankamen. Musste man also Angst haben, wenn eine Bucht »Todesloch« genannt wurde? Wahrscheinlich war das eine stark übertriebene Bezeichnung.

»Warum nennt ihr sie so?«, fragte er, ohne die Stimmung richtig einzuschätzen, die augenblicklich eingetreten war.

»Weil niemand von dort zurückkommt!« war die lapidare Antwort des argentinischen Kapitäns, der Viet und Hein mit einer Handbewegung aufforderte, sich doch zu setzen. Übertrieb der Argentinier – oder war es wirklich so, dass noch keiner aus der Bucht zurückgekehrt war? Dann würde sich der Fluch der Kunze erfüllt haben! Die CERES war verloren und der Käpten mit Frau, Tochter, der Passagierin und der Mannschaft ebenfalls.

Viet begann, sich Vorwürfe zu machen. Warum hatte er zugelassen, dass ausschließlich der stark sehbehinderte Kapitän die Küste mit seinem Fernglas absuchte? Warum hatte er nicht eingegriffen, als Külper das Ruder der CERES übernahm? Und warum hatte er der Mannschaft und den Frauen erlaubt, mit dem Beiboot bei diesem Sturm loszurudern? Er verlor sich in Selbstvorwürfen und düsteren Gedanken.

Santini sprach von einem starken Strom, der die Bucht zur Falle machte. Der lief bei dem vorherrschenden Wind mit acht, neun Knoten in den Fjord, und niemand konnte gegenanrudern. Er selbst, erzählte Santini, habe einmal versucht, dort hinein- und wieder herauszukommen. Dafür hatte er ein Seil an sein Beiboot gebunden, das am anderen Ende an seinem vor Anker liegenden Fischerboot befestigt war. Er habe sich ein Stück weit in die Bucht gewagt, habe es hinterher aber kaum geschafft, aus ihr wieder herauszukommen, obwohl seine Leute mit aller Kraft am Seil gezogen hatten. Die Bucht selbst sei etwa einen Kilometer tief und bestehe aus hohen Felswänden, gegen die der starke Strom prallt und jedes Schiff zu Kleinholz schlägt. Die reinste Mausefalle.

»Besteht denn keine Chance, dass man in der Bucht an Land gehen kann?«, fragte Viet immer verzweifelter. Unmerklich schüttelte Santini den Kopf, während Hein unbedingt die Worte des Argentiniers übersetzt haben wollte. Er hatte jedoch an den Gesichtern und der Stimmlage erkannt, dass es sich um sehr niederschmetternde Informationen handeln musste.

»Gibt es wirklich keine Möglichkeit, über Land zur Bucht zu gelangen, um nach Überlebenden zu suchen? Ich muss meine Leute doch retten!«, brachte Viet gequält hervor.

»Ich hab' mal von einem alten Patagonier gehört, dass das Todesloch schon bei seinen Urahnen ›Loch des Todes‹ genannt wurde. Weiter hat er erzählt, dass man selbst von oben, also von Land aus, nicht runterkommt, denn es gibt weder Weg noch Steg ins Reich des Todes!«, ließ sich Santini unmissverständlich aus.

Bedrücktes Schweigen hing in der verräucherten Kajüte. Viet stützte seinen Kopf in beide Hände und wusste nicht mehr weiter. Der Fluch! Der Fluch! Waren seine Leute alle verloren? Vielleicht auch Else? Und die CERES-Männer, waren sie alle ein Opfer von Külpers falscher Entscheidung geworden?

»Wir werden euch im nächsten Hafen absetzen. Habt ihr noch was an Bord, was ihre mitnehmen wollt? Ansonsten werde ich das Treibholz auffischen lassen und die wertvollsten Gegenstände vom Schiff bergen, denn ich nehme an, dass es jetzt ein freies Wrack ist!«

Viet nickte. Doch es fiel ihm unendlich schwer, konzentriert seinen Kram in den Seesack zu packen. Noch schwerer war es, zu entscheiden, was er von Elses Hab und Gut mitnehmen müsse. Und wie verhielt es sich mit den Privatsachen des Kapitäns und seiner Frau? Er konnte und mochte nicht darin herumwühlen. Oder war es seine Pflicht? Fast hätte er die Schiffspapiere und die Kasse vergessen. So sehr stand er neben sich. Genau wie Hein, der unbedingt seinen Affen retten wollte. Doch der ließ sich nicht vom Besanmast locken.

Auch deshalb schmeckte ihnen das warme Essen nicht, das man servierte. Kaum einen Happen bekamen sie runter. »Sie müssen was essen! Das Leben geht doch weiter!« Der Mann hatte gut reden. Der wusste offenbar nicht, wie schwer es ist, liebe Menschen zu verlieren. Doch irgendwann schlief Viet auf dem kleinen schmutzigen Sofa im Sitzen ein. Während Hein mit dem Kopf in seinen Armen auf der Tischplatte schnarchte.

»He, aufwachen!« Santini rüttelte ihn. Viet schreckte hoch. Was war denn los? Im Traum hatte er doch gerade einen grandiosen Einfall gehabt: Er würde in der Hafenstadt, in der sie landen würden, Reittiere mieten, Seile, Strickleitern und Anker besorgen und über Land zurück zum Teufelsloch reiten, um sich in die Bucht abzuseilen und nach seinen Leuten, vor allem aber nach Else zu suchen. Mit der Strickleiter würde er hinunter in den Hades steigen, während die Leiter oben verankert wäre. Diese Idee baute ihn auf.

»Wie bitte?« Er hatte Santini nicht verstanden, weil er nicht zugehört hatte. »Wir bringen euch jetzt nach Carmen de Patagones am Rio Negro. Für die Strecke benötigen wir ungefähr drei Tage. Dort setzen wir euch an Land. Die Stadt liegt zirka sechshundert Seemeilen südlich von Buenos Aires. Da ihr die letzten dreizehn Stunden verschlafen habt, müsst ihr endlich etwas essen. Unser Smut hat Fischsuppe gekocht. Die wird euch guttun!« Doch Hein und Viet hatten nichts als Durst. Durst und nochmals Durst.

Kaum lag die Mahlzeit hinter ihnen, waren sie schon wieder müde. »Señores, jetzt wieder schlafen geht in unserer kleinen Kajüte nicht. Wir brauchen sie auch mal selbst!« Das war Kapitän Santini, der das mit festen Worten äußerte. Die beiden Überlebenden hockten sich daraufhin ins Heck des Bootes und versuchten dort ein weiteres Nickerchen.

Doch Viet quälte die grausame Frage: Was hätte er besser machen müssen, um dieses furchtbare Unglück zu verhindern? Hätte er den Alten mit Gewalt davon abhalten sollen, das Ruder zu übernehmen? Und dann musste er auch noch mit dem Beiboot in die Bucht fahren! Beides war reiner Selbstmord. Er biss sich ein weiteres Mal auf die Lippen, die immer noch von Dehydrierung und schwerem Wetter mit schorfigen Wunden übersät waren.

Weil er seine Selbstvorwürfe laut aussprach, widersprach Hein. »Du kannst doch nichts dafür. Unser Alter hätte alles, was du gegen seine Anweisungen gesagt oder getan hättest, als Meuterei ausgelegt. Zumindest wäre das sehr wahrscheinlich gewesen! Also hör auf mit diesen Vorwürfen. Vielleicht sind unsere Leute ja doch gerettet worden.« Das war ein schwacher Trost, an den Viet nicht recht glauben konnte.

So verlief die Fahrt bis Carmen de Patagones, der alten Kolonialstadt. »Schau mal die Kanonen da oben auf der Festung!«, wollte ihn Hein auf die historische Verteidigungsanlage der Stadt aufmerksam machen. Doch Viet hatte dafür überhaupt kein Interesse. »Wir müssen wegen unserer Havarie zum Hafenamt und die Kondemnierung melden. Danach will ich versuchen, mit ein paar Pferden zurück zum

›agujero de la muerte‹ zu reiten, um zu sehen, ob irgendwer das Unglück überlebt hat und gerettet werden muss.«

Die beiden Männer wurden wegen der Verklarung der Havarie beim Hafenamt vorstellig. Doch der Diensthabende war nicht anwesend. »Mañana! Morgen!«, hieß es tröstlich. »Kommen Sie morgen wieder. Dann wird er da sein!« Doch wann war »morgen«? Vielleicht übermorgen? Oder überübermorgen? »Können wir die Verklarung auch einer anderen Person oder einer anderen Stelle melden?«

»Nein, nein, hier sind Sie schon richtig! Kommen Sie einfach morgen früh wieder! Dann wird der Commandante bestimmt da sein.«

Eigentlich sollte auch Santini mitkommen. Doch der hatte in weiser Voraussicht gesagt: »Wenn ihr den Commandante angetroffen habt, sagt Bescheid. Dann komm' ich dazu. Ansonsten ist es vergebene Liebesmüh, aufs Geratewohl zum Hafenamt zu latschen! Der Commandante ist fast nie da!«

Am nächsten Morgen trafen sie den Commandante tatsächlich an und schilderten das Unglück, das die CERES und ihre Mannschaft betroffen hatte. Die Verklarung und Kondemnierung ihres Schiffs wurde umständlich zu Papier gebracht und vom später hinzukommenden Santini auf Richtigkeit bestätigt. Nachdem die Aufnahme des Unglücks abgeschlossen und die Kondemnierung bestätigt war, erzählte Viet beinahe beiläufig, was er ab morgen zu tun gedenke, um vielleicht den einen oder anderen seiner Mannschaft noch zu retten.

»Sind Sie wahnsinnig, Señor?«, fragte der Commandante und schaute auf seine polierten Fingernägel. »Die Bucht heißt nicht zu Unrecht Todesloch. Sie ist es auch. Für jeden. Auch für Sie, falls Sie dort hinabsteigen wollen. Außerdem: Bilden Sie sich nicht ein, so ohne weiteres dorthin zu gelangen. Den Weg hat die Natur mit beinahe unüberwindlichen Hürden gespickt. Ich schätze, Sie benötigen wenigstens drei Wochen bis zum Todesloch. Sofern Sie es überhaupt bis dahin schaffen.«

Auch wenn Viet die Ausführungen des Commandante für übertrieben hielt, ein bisschen war vermutlich schon an seiner Warnung dran. Doch er war es Else und der Crew schuldig, alles, aber auch alles in seiner Macht stehende für ihre Rettung zu unternehmen. Deshalb brachen Hein und er am nächsten Morgen mit zwei gemieteten Reittieren und dem Packesel auf, den sie mit frisch erworbenen Ausrüstungsteilen beladen hatten. So ausgestattet machten sie sich auf den Ritt in ein höchst gefährliches Rettungsabenteuer.

Der Weg führte durch eine menschenleere, gottverlassene Landschaft. Ganz selten begegnete ihnen mal eine Person. Doch wenn sie Weg und Ziel nannten, erfuhren sie nur verständnisloses Kopfschütteln. »Vergessen Sie das. Da können Sie nie und nimmer runter! Sofern es Ihnen überhaupt gelingt, dorthin zu kommen.« Das waren noch die harmloseren Bemerkungen. Andere zeigten ihnen einen Vogel und wandten sich ab. Der Commandante hatte offenbar recht gehabt.

Der Ritt war äußerst beschwerlich und anstrengend. Für sie ebenso wie für die Tiere. Es ging durch das schroffe Küstengebirge. Geröllpfade führten bergauf und dann wieder steil in die nächste Niederung. Das Wetter war schlecht, hatte die Erde aufgeweicht und die Felsen nass und glitschig werden lassen, so dass die Tiere häufig ausrutschten. Manchmal gingen polternde Steinlawinen ab, die sie aber nicht beeinträchtigten. Am vierten Tag behinderte sie ein ganz anderer Zwischenfall: Viets Pferd hatte sich vertreten und lahmte. Mit dieser Behinderung konnte er nicht weiterreiten, das war klar. Sie entschieden, dem Gaul zunächst eine Ruhestunde zu gönnen.

Sie sattelten die Zossen an einem geschützten Plätzchen ab, bandagierten das verletzte Pferd und entzündeten unter großen Mühen ein Feuer, denn es regnete immer noch in Strömen. »Wenn es meinem Gaul bald besser geht, reiten wir weiter. Lahmt er dann aber immer noch, was dann?«, sorgte sich Viet und schaute auf das Tier.

»Umkehren. Ist doch wohl klar!«, platzte Lindemann heraus.

In diesem Augenblick erschien – wie aus dem Nichts – ein eingeborener Patagonier, geschützt von einem tief hängenden Sombrero und einem breiten Poncho. Sie boten ihm einen Platz am Feuer und eine warme Mahlzeit an. Er gehörte zum Volk der Großfüßer, der Patagonier, und sprach leidlich Spanisch. Als er von ihrem Schicksal als Schiffbrüchige und dem Unglück am Todesloch hörte, durchfuhr ihn der Schreck. »Da dürft Ihr nicht runter. Da unten wohnen böse Geister. Wenn Ihr da runtergeht, bedeutet das Euren sicheren Tod, Señores!« Und dann erklärte er auch, warum.

Im Loch des Bösen hatten die Unholde ihren Schatz versteckt. Seile oder Strickleitern konnte man oberhalb des Todeslochs nicht befestigen, weil die Götter des Bösen das Todesloch mit nichts als glatten Felsen geschützt hatten, um ihr Gold vor Eindringlingen zu sichern. Und wenn es jemandem doch gelänge, Erdnägel in eine der nicht vorhandenen Felsspalten zu schlagen, würden die daran hängenden Seile oder Strickleitern in der Luft baumeln, denn die Felsen kragen weit über, weil sie unten von den Meeresgöttern ausgewaschen wurden, damit kein Mensch je aus der Todesfalle entkommen kann! So oder ähnlich waren seine Worte.

Nach dieser erneuten Warnung erhob Hein flehend seine Stimme: »Steuermann« – er sagte immer noch Steuermann, wenn er aufgeregt war – »Steuermann, unsere Leute wurden vor beinahe zwei Wochen vom Todesloch verschluckt. Wir aber werden frühestens vier Wochen nach dem Unglück dort ankommen. Dann ist alles, alles zu spät. Aus meiner Sicht hat es deshalb keinen Sinn mehr, noch einen einzigen Kilometer weiter zu reiten. So hart es klingen mag: Wir sollten umkehren! Denn leider können wir nichts mehr für unsere Leute tun.«

Der Patagonier war genauso geheimnisvoll verschwunden, wie er aufgetaucht war. Viet nahm die Äußerungen des Eingeborenen und die seines Bootsmanns schweigend zur Kenntnis. Er wollte erst einmal schauen, wie es dem Pferd nach der Ruhepause gehen würde, und dann entscheiden. Deshalb warteten sie weit mehr als eine Stunde, um danach mit dem verletzten Tier ein paar ungesattelte Runden zu laufen. »Ich glaub, es geht ihm besser. Er humpelt nicht mehr!« Nach dieser Beobachtung sattelten sie die Tiere und brachen schweigend auf.

Tatsächlich lief Viets Wallach zunächst, ohne zu lahmen. Deshalb ging es weiter Richtung Todesloch. Doch schon nach den ersten 100 Metern zeigten sich die Beschwerden erneut. Und das trotz der Bandage. »Steuermann, es geht wirklich nicht. Wir sollten jetzt endgültig umkehren!«, flehte Hein. Viet fiel es furchtbar schwer, einen solchen Entschluss zu fassen. Doch ihm blieb nichts anderes übrig.

Zunächst führte er sein lahmendes Pferd am Zügel, später stieg er zu Hein auf dessen Zossen, um zu zweit auf ihm zu reiten. Doch dadurch wurde Heins Pferd überstrapaziert. Deshalb wechselten sich die Reiter ab. Einer ging zu Fuß, während der andere aufsaß. Nach fast sechs Tagen sahen sie endlich die Türme von Carmen, gerade als ihnen eine indianische Händlerin entgegenkam. »Seid ihr die Schiffbrüchigen, die beim Todesloch waren? Madre mía, gedankt sei Jesus Christus und allen Heiligen, dass ihr lebendig zurück seid.« Kleinlaut erklärte Viet, dass sie gezwungen gewesen waren, den Rückweg schon nach halber Strecke anzutreten.

»Für diese weise Entscheidung solltet ihr mindestens zehn Kerzen in der Kirche Santa Maria entzünden und zehn Vaterunser sprechen.« Dabei schaute sie die Fremden durchdringend an, als erwarte sie eine Antwort. Da die nicht kam, fuhr sie fort: »Habt ihr schon gehört, was Fischer vor dem Todesloch aus dem Meer gezogen haben?« Sie blickte von einem zum anderen, um ihre Ausführungen fortzusetzen: »Die Leiche eines kleinen blonden Mädchens. Sie war schon angeknabbert, aber noch erkennbar. Etwa ein Jahr alt muss sie gewesen sein. Vermutlich wurde sie von der Unterströmung aus dem Todesloch gespült. Erst gestern ist sie auf unserem Friedhof beigesetzt worden.« Diese Nachricht war die endgültige Bestätigung, dass ihre Leute zu Tode gekommen waren. Mit hängenden Köpfen und tief deprimiert legten die Männer die Reststrecke zur Stadt zurück. Erschüttert wurden sie beim Commandante vorstellig, der den Fund des Leichnams der kleinen Alwine bestätigte.

Um zu helfen, vermittelte er ihnen eine Schiffspassage nach Buenos Aires. »Dort werdet ihr ein nach Europa gehendes Schiff finden!«, meinte er und schaute einmal mehr auf seine gepflegten Fingernägel. Dabei schien die Sonne auf sein pomadisiertes, streng gescheiteltes Haar, so dass es trotz der tiefen Schwärze im Sonnenlicht blitzte.

Doch Viet wäre am liebsten an diesem Ort geblieben. Vielleicht würde Else ja doch noch auftauchen. »So schrecklich es ist, du musst dich mit der Wahrheit abfinden und mitkommen!«, stieß Hein verständnisvoll, aber auch fordernd aus.

Die beiden Geretteten gaben die Pferde zurück, verkauften Tauwerk und Anker zu Schleuderpreisen und sammelten ihr Gepäck ein, das sie im Hotel zur Aufbewahrung zurückgelassen hatten. Vorsichtshalber überprüfte Viet die Geldkassette der CERES. Der Inhalt war noch vollzählig vorhanden. Auch die Tasche von Else, die er vom Wrack mitgenommen hatte, enthielt noch all ihre Kleider und Wertsachen.

Schwer beladen gingen sie zum Hafen, wo sie den dänischen Gaffelschoner INGRID MARIE aus Marstal auf Ærø suchten. Mit ihm würden sie als Passagiere nach Buenos Aires segeln können. »Ein größerer Kahn wäre mir lieber gewesen! Aber wenn's nicht anders geht, dann eben nicht«, meinte Hein in seiner nüchternen Art.

An Bord erfuhren sie: Der Kapitän des Schoners hieß Morten Pedersen und gondelte schon lange mit seinem Schoner an der Ostküste von Südamerika umher. An die sieben Jahre betrieb er Küstenschifffahrt in Brasilien und Argentinien, ohne auch nur ein einziges Mal in seiner nordischen Heimat gewesen zu sein. »Wie lange werden wir wohl bis Buenos Aires brauchen? Fünf oder sechs Tage?«, erkundigte sich Viet beiläufig.

»Das kommt drauf an – aber ich schätze, sechs Tage sind für die Strecke wohl nötig. Je nach Wind.« Der stand gut.

Der Trip hätte Freude machen können, wäre nicht dieser furchtbare Verlust gewesen, der sie belastete: der Tod von Else, Lisette und Alwine, von Käpten Külper und der ganzen Mannschaft. Auch wohl der Verlust ihrer hochgeschätzten CERES.

Obwohl Morten Pedersen und die Männer der INGRID MARIE ihnen immer wieder tröstende Worte sagten, konnten die beiden Überlebenden nichts weiter tun, als mit ihrem Schicksal zu hadern.

EINE ERBSCHAFT

Während Viet vor dem nassen Tod bewahrt wurde, entwarf seine Mutter einen Brief, der ebenfalls von Tod und Abschied handelte, doch mit ganz anderen Folgen. Die letzten Wochen waren voller Aufregung für sie gewesen. Davon berichtete ihr Schreiben. Dass ihr Leben eine solche Wende nehmen würde, kam ihr immer noch unwirklich vor. Nun hoffte sie nur, dass Viet ihre Nachricht erhalten würde! »Ich bin gespannt, was er dazu sagt!«

Hannes, der Bruder ihres Mannes, hatte sie damals geheiratet, nachdem ihr Mann auf See geblieben war. Diese Art von Versorgung einer Witfrau war in Blankenese üblich. Ihr Schwager war ebenfalls Kapitän und Reeder. Zwei seetüchtige Frachtsegler nannte er inzwischen sein Eigen. Dafür hatte er gelebt. Den letzten Groschen hatte er in sie investiert, egal woher das Geld kam. Catharinas Erbschaft beispielsweise steckte in den Schiffen, sie jedoch bekam noch nicht mal einen neuen Rock von dem Geld ihrer verstorbenen Eltern. Ihn interessierte auch nicht die Bohne, ob Catharina und ihre Kinder darben mussten. Das war ihm völlig egal, obwohl es sich um seine Frau und seine leiblichen Nichten und Neffen handelte. Er hatte allerdings ein geheimes wie kostspieliges Steckenpferd. Von dem sollte niemand wissen: Taina Piparinen hieß das Geheimnis. Das war eine blonde Finnin aus Helsinki und die Mutter seines Sohns Mikka. Der Kleine würde demnächst seinen vierten Geburtstag feiern. Immer wenn Hannes nach Finnland kam, was mehrmals im Jahr geschah, fand er auch dort ein gemütliches Zuhause und einen kleinen fröhlichen Knirps vor.

Catharina hatte durch Zufall von dieser Beziehung und seinem unehelichen Sohn erfahren. Das war, als Taina ihrem Hannes einen Bettelbrief schickte, der versehentlich von Catharina geöffnet wurde. Auch wenn sie Hannes überhaupt nichts abgewinnen konnte, die Tatsache, dass er während ihrer Ehe eine Beziehung zu einer anderen Frau unterhielt, traf sie tief. Obwohl Hannes und sie nur nebeneinanderher lebten. Wenn er denn mal in Blankenese war.

Nicht nur, dass sich Hannes in der Familie als unausstehliches Ekel erwies, auch an Bord seiner Schiffe war er gefürchtet. Beinahe so wie dieser »Gorilla-Schorsch«, Viets früherer Bootsmann, der am Galgen geendet hatte! Hoffentlich, hatte Catharina manchmal im Stillen gewünscht, hoffentlich wird auch Hannes bald in der Hölle schmoren. Aber so etwas durfte man noch nicht mal denken. Immerhin war er der Bruder ihres ersten Mannes.

Was für ein Großmaul, welch ein Angeber Hannes war, merkte man an seinen Reden. »All mien!«, lautete einer seiner Sprüche, und dabei drückte er die Daumen hinter die Hosenträger und streckte seinen dicken Bauch wie eine Kogge den Bug vor. »All mien!«, hatte er übrigens auch gesagt, als er neulich einen Hamburger Kaufmann an Bord hatte, um Frachtraten mit ihm auszuhandeln. Wenn man ihn aber auf diese Angebereien hinwies, entschuldigte er sich mit einem »So bin ich nun mal!«. Entschuldigen tat er sich allerdings nur, wenn er gute Laune hatte.

Als er dieses »All mien« zu seinem neuen Geschäftspartner gesagt hatte und dabei mit einer Hand über die Reling gefahren war, hatte er sich einen Splitter in die Hand gerissen. Nach ein paar Stunden machte der kleine Störenfried auf sich aufmerksam, indem er zu pochen begann. Deshalb nahm Hannes ein Taschenmesser und entfernte das winzige Holzstück. Leider gelang das nicht ganz. »Ist von selbst gekommen, geht auch von selbst!« war sein Kommentar, was im Klartext hieß, er wolle sich nicht weiter um den Restsplitter kümmern. Das ließ sich wie gewünscht an, doch nach ein paar Tagen war er nicht nur vereitert, sondern eine lange rote Linie zog sich seinen Arm hinauf. Außerdem konnte er seine rechte Hand wegen der Schmerzen nicht mehr richtig einsetzen. »Kannst mal gucken!«, befahl er Catharina. Doch als sie seine Entzündung und den roten Strich sah, riet sie ihm, zum Doktor zu gehen. Aber Hannes hatte Wichtigeres zu tun. Außerdem wollte er die Arztkosten sparen. Als er sich schließlich doch bequemte, den Doktor zu konsultieren, war es zu spät. Er starb an Blutvergiftung.

Pastor Thomsen wurde gerufen, um den plötzlich verschiedenen Hannes von Appen auszusegnen und auf dem Nienstedtener Friedhof beizusetzen. Sargtischler Klindtworth besuchte das Trauerhaus aus gleichem Grund. Weil Hannes nur wenige Freunde hatte, die Trauergemeinde deshalb sehr klein sein würde, empfahl der Pastor, die Aussegnung auf der Diele im Haus von Appen vorzunehmen und den Leichnam mit Klindtworths Pferd und Wagen zum Friedhof bringen zu lassen. So geschah es auch. Hannes wurde auf der Diele aufgebahrt, die Füße zeigten zur Grootdör.

Nachdem Thomsens kleine Andacht vorbei war, trat Klindtworth in Aktion, um ihn zum Friedhof zu geleiten. Doch Catharina flüsterte dem Sargtischler zu, er möge die Türschwelle der Grootdör anheben und den Sarg unter ihr hindurchschieben. Danach musste der Bestatter die Schwelle erneut vernageln. »Was soll das denn?«, fragte Sören mit krächziger Stimme aus dem Hintergrund. »Die Seele eines Menschen kann nur auf demselben Weg in sein Haus zurück, auf dem sie es verlassen hat. Da der Leichnam – und damit auch seine Seele – das Haus unter der Schwelle verlassen musste und sie danach neu und fest vernagelt wurde, muss sie draußen bleiben. Kommt also nicht wieder ins Haus zurück. Ich möchte nämlich auf keinen Fall, dass es sich Hannes' Seele wieder bei mir gemütlich macht!«

Klindtworth kannte diesen Brauch nur zu gut. »Wenn Sie wüssten, bei wem ich das mit der Schwelle schon gemacht hab!«, hatte er dem Pastor neulich angedeutet.

Vielleicht waren es sechs oder sieben Menschen, die dem schwarz behängten Rappen und dem tief verschleierten Trauerwagen bis zum Nienstedtener Friedhof folgten. Sören – mit geliehenem Zylinder und Bratenrock – führte die Trauergemeinde an und sah besonders wichtig aus.

Nachdem die eigentliche Beerdigung beendet war, kamen Kondolierende ins Trauerhaus. Ihnen servierte Catharina Kuchen und echten Bohnenkaffee. Schon seit Jahren hatte es keinen Kaffeeduft und keinen Hefekuchen im Haus von Appen gegeben.

An diesem Nachmittag schneiten nacheinander Catharinas Freundinnen, Verwandte, Nachbarn und Bekannte herein. Den Neuankömmlingen musste sie immer wieder erzählen, wieso Hannes denn so plötzlich das Zeitliche gesegnet hatte. Letzte Woche konnte man ihn doch noch herumspazieren sehen ... Putzmunter und lebendig! Während Catharina sich anfangs abmühte, alles detailreich zu schildern, wurde ihre Erzählung beim zweiten und dritten Mal schon sehr viel kürzer, flüssiger und straff. Je öfter sie die Geschichte an jenem

Nachmittag erzählte, desto besser gefiel sie ihr, und desto würziger wurde sie. Endlich war sie dieses Scheusal auf ganz legale Art und Weise losgeworden. »Was willst du denn jetzt machen?«, wurde sie gefragt. »Kommt Zeit, kommt Rat!«, lautete ihre sibyllinische Antwort, wobei sie lächelte.

Der Rat kam in der darauffolgenden Woche vom neu geschaffenen Amtsgericht in Blankenese. Ihr wurde mitgeteilt, dass sie das gesamte Vermögen ihres Ehemannes Hannes erben würde. Dazu gehörten auch die beiden schuldenfreien Schiffe. Welche Genugtuung. Endlich konnte sie ein finanziell unabhängiges Leben führen, wie es sich für eine Kapitänsfrau in ihrem Alter geziemte. Leider waren die Kinder alle schon aus dem Haus. Zu gern hätte sie ihnen eine bessere Jugend gewünscht. Aber das Schicksal hatte anders entschieden.

Zum Schluss ihres Briefs malte sie eine chilenische Hafenadresse auf das Kuvert, obwohl sie überhaupt nicht wusste, welchen Heimweg ihr Sohn von Apia auf Samoa nach Hamburg nehmen würde. Befriedigt klebte sie den Brief zu und betrachtete ihr Werk, nicht ohne noch einmal Sand aus der Streubüchse zum Trocknen über die frische Tinte geschüttet zu haben.

HEIMREISE

Die Einfahrt in die La-Plata-Mündung fand bei schönstem Wetter statt. Kapitän Morten Pedersen war deshalb bester Laune. Vermutlich war das der Grund, warum er seine beiden Passagiere immer wieder auf Besonderheiten an der Kimm aufmerksam machte. Obwohl die beiden dafür absolut kein Interesse zeigten, steigerte er seine Stimmung obendrein mit heimischem Aquavit. Sobald er eine Anweisung gab oder eine Arbeit abgeschlossen hatte, genehmigte er sich einen der dänischen Schnäpse. »After action satisfaction!«, murmelte er wie zur nachträglichen Genehmigung vor sich hin. Da er dieses Ritual regelmäßig zu absolvieren schien, verursachte der Alkohol bei ihm auch keine sichtbare Wirkung.

»Die La-Plata-Mündung ist nicht besonders tief. Vielleicht zwanzig Meter. Für uns reicht das allemal. Ha, ha, ha! In den nächsten Stunden werden wir Buenos Aires anlaufen. Das soll eine ziemlich alte Siedlung sein, die angeblich schon 1536 von den Spaniern gegründet wurde. Da die Iberer mit tausendsiebenhundert Mann im Herbst landeten, konnten sie nichts mehr säen, pflanzen oder gar ernten. Deshalb forderten sie von den Indianern Lebensmittel. Die aber gehörten einer Jäger- und Sammlergruppe an, die die Eindringliche nicht zusätzlich ernähren konnte und wollte. Schon gar keine tausendsiebenhundert hungrigen Europäer. Es kam zu einem Krieg, der zugunsten der Indianer ausging. Die Siedlung musste deshalb wieder aufgegeben werden.«

»Kann dieser übersprudelnde Morten Pedersen nicht endlich mal die Klappe halten«, fragte sich Viet und wurde ungehalten. Denn hier in der La-Plata-Mündung war sein bester Freund Walter Teegen vor ein paar Jahren vom Gelben Fieber dahingerafft worden. Dieser Freund bedeutete ihm immer noch sehr viel. Von ihm hatte er all das erfahren, was ihn befähigte, nicht nur als Seemann auf ein breites Wissen zurückgreifen zu können. Teegen war in jeder Hinsicht sein Vorbild geworden. Viet malte sich aus, was aus Walter wohl geworden wäre, wenn er heute noch lebte.

Doch Kapitän Morten Pedersen riss ihn abermals aus seinen Gedanken. »Santa María del Buen Ayre (Heilige Maria des guten Windes) haben die Spanier ihre erste Siedlung genannt. Ende des 16. Jahrhunderts unternahmen sie dann den zweiten Versuch, an alter Stelle wieder eine Siedlung zu gründen, wieder mit gleichem Namen. Diesmal wuchs Buenos Aires schnell, und Hafen und Handel florierten.

Bis ins 19. Jahrhundert war Argentinien spanische Kolonie und wurde von Spanien ganz schön ausgeplündert, was die Bevölkerung schließlich nicht länger hinnehmen wollte. Es bildete sich ein so starker Widerstand, dass die Unabhängigkeit innerhalb von nur sechs Jahren erreicht wurde. Jetzt treffen mit jedem aus Europa kommenden Schiff große Mengen Einwanderer ein, die dringend in der Landwirtschaft und beim Bau der Eisenbahnstrecken benötigt werden!«

Was immer Kapitän Pedersen auch plappern mochte, Viet war mit dem Verlust seines Freundes Teegen, vor allem aber mit dem Tod seiner Else beschäftigt. Warum war sie nicht bei ihm? Wie ganz anders wäre es, wenn sie jetzt gemeinsam diese bedeutende Hafenstadt erkunden und dann zusammen die Heimreise antreten könnten.

In Buenos Aires gingen Viet und Hein von Bord des dänischen Schiffs, um bei einem Baas nach einer Heuer für Europa zu suchen. Ihr Gepäck ließen sie zunächst noch auf dem dänischen Schiff zurück und wollten gerade Richtung Stadt loslaufen, als Viet einen Mann entdeckte, der ihm bekannt vorkam. Während er ihn fragend anstarrte, fiel ihm ein, dass es sich um einen alten Freund seines Vaters, den holländischen Kapitän Cas Oorthuys handeln müsse. »Guten Morgen, Mijnheer Oorthuys!«, grüßte er wie beiläufig.

Oorthuys' Kopf schoss herum. Er starrte ihn an. »Kennen wir uns?«, fragte er unsicher.

»Ich heiße Viet von Appen und bin der Sohn von Harm von Appen aus Blankenese!«

Es entstand eine kleine Pause. Dann kam ein lautes »Donnerwetter, jong Kerl, als ich dich das letzte Mal gesehen hab, hast du noch in die Windeln geschissen. Zumindest kommt es mir so vor. Und nun bist du ein ausgewachsener Mann! Ja, ja, die Kinder werden groß!«

Seine Schonerbrigg lag zwei Schiffslängen vom Liegeplatz der INGRID MARIE entfernt. »Sag mal, was macht denn dein Alter? Von dem hab ich ewig nichts gehört! Geht es ihm gut?«, wollte der holländische Onkel Cas wissen.

»Das ist eine lange Geschichte. Die kann ich dir nicht hier auf dem Kai und dann auch nicht im Stehen erzählen.« Deshalb gingen sie an Bord der niederländischen Brigg, um sich bei einem Gläschen Oude Genever zu unterhalten. Hier berichtete Viet, wie es Vater und Mutter ergangen und was ihm selbst auf seiner Reise um die Welt widerfahren war.

Obwohl er sich kurz fasste, dauerte seine Erzählung weit über eine Stunde. Sie bewegte den mit allen Wassern der sieben Weltmeere gewaschenen Holländer. »Das Schicksal hält für jeden Seemann ein ganz besonderes Päckchen bereit. Und das ist bei manchem schwerer als bei anderen!« Nach dieser gewichtigen Aussage, die sicher nicht nur auf Seefahrer zutraf, holte er tief Luft und fragte weiter: »Noch einen?«, wobei er mit der Geneverflasche winkte. Als er von Viet nur ein Kopfschütteln erhielt, fragte er bohrend: »Und was jetzt? Ich meine mit euch?«

»Wir suchen eine Heuer nach Europa!«, kam es von Hein. Oorthuys wiegte bedenklich den Kopf: »Wisst ihr eigentlich, was in Europa gerade läuft? Frankreich hat Preußen und einigen anderen deutschen Staaten im letzten Jahr den Krieg erklärt. Der tobt in Frankreich. Und deshalb ist es für euch Holsteiner – seit fünf Jahren seit ihr ja auch Preußen – nicht zu empfehlen, in der Biskaya oder dem Kanal französischen Kriegsschiffen in die Hände zu fallen. Dann geht's nämlich ab in Gefangenschaft!«

Von diesem Konflikt hatten Viet und Hein überhaupt noch nichts erfahren. »Und warum bekämpfen die sich?«, wollte Viet wissen.

»Weil ein deutscher Hohenzollern auf den spanischen Thron kommt. Das müsst ihr euch mal vorstellen! Wegen solchem Kleinkram fangen die einen Krieg an!« Dabei zeigte er den Verantwortlichen da oben einen Vogel. »Frankreich hat dem Norddeutschen Bund im Sommer 1870 den Krieg erklärt. Die Länder Baden, Bayern, Württemberg und Hessen-Darmstadt schlossen sich Preußen an. Und dann ging's los. Peng und bum. Und nochmals bum und peng. Das Ganze lief zuungunsten Frankreichs.« Dabei klopfte er mit seinem Pfeifenstiel auf die holländische Zeitung, die vor ihm lag. »Steht alles hier drin. Hab ich gerade gelesen, bevor ich euch traf.«

Dann spuckte er seinen Kautabak mit einem gewaltigen Qualster aus, den er zur Pfeife genossen hatte. »Also, einen Bootsmann für Rotterdam könnte ich wohl gebrauchen. Einen Steuermann leider nicht!« Damit wandte er sich an Hein: »Wenn du willst, kannst du sofort bei mir anheuern! Aber noch mal: Es kann gefährlich werden, sollte der Franzmann uns kontrollieren!« Dann wandte er sich an Viet und machte auch ihm einen Vorschlag: »Ich weiß ja nicht, was du vorhast. Aber du könntest bei mir als Gast bis Rotterdam mitreisen. Dann müsstest du deine Verpflegung aber selbst zahlen. Zum Freundschaftspreis für den Sohn meines guten alten Freundes Harm von Appen.«

Viet brauchte nicht lange zu überlegen. Er nahm das Angebot dankend an. Daraufhin holten sie ihre Bagage und brachten sie auf die DE ZEVEN PROVINCIEN, so hieß das kleine Handelsschiff nach dem berühmten Linienschiff aus dem Zweiten und Dritten Holländischen Krieg.

Trotz der vielen neuen Eindrücke konnte Viet über den Verlust seiner Else nicht hinwegkommen. Noch nicht einmal bruchstückhaft hatte er das Problem verarbeitet. Er fühlte sich schlapp und lustlos und zeigte keinerlei Interesse. Selbst seine Familie in Blankenese war ihm unwichtig geworden. Immerzu plagten ihn Kopfschmerzen. Am liebsten, hatte Viet neulich bemerkt, am liebsten würde er Schluss machen. Hein machte sich deshalb große Sorgen um seinen Steuermann. In jeder freien Minute kümmerte er sich um ihn, passte auf ihn auf wie eine Mutter auf ihr kleines Kind.

Auch als die ZEVEN PROVINCIEN Richtung Norden versegelte, änderte sich Viets Gemütszustand nicht. Er blieb ungerührt in seiner Koje liegen und gammelte Tag und Nacht nur herum. Manchmal lag er wach, dann wieder döste oder schlief er. Trotzdem hörte man ihn immer wieder stöhnen: »Ich kann nicht schlafen!« Er fühlte sich verantwortlich für Elses Tod und den seiner Leute. Oder er machte sich übertriebene Sorgen um seine eigene Zukunft. Hein hatte alle Hände voll zu tun, ihn zu umsorgen.

Kapitän Oorthuys fragte Hein mehrfach, was denn eigentlich mit Viet los sei. Er fand sein Benehmen ziemlich ungewöhnlich, um nicht zu sagen unhöflich.

»Sie glauben nicht, wie sich mein Steuermann nach dem Tod seiner

Verlobten und dem Verlust von Mannschaft und Schiff verändert hat. Manchmal hab ich den Eindruck, er sieht die Welt nur noch in schwärzesten Farben. Aber vielleicht gibt sich das ja in den nächsten Wochen. Der Mensch braucht wohl Zeit, um so einen schweren Schicksalsschlag zu verdauen.« In der Tat, das waren die richtigen Worte. Deshalb ließ man Viet in Ruhe.

Zu Beginn ihrer Reise über den Süd- und Nordatlantik hatten sie mit viel Gegenwind aus Nordost zu kämpfen, bis sie den Südostpassat erreichten. Mit ihm verlief die Fahrt plötzlich wie von selbst. Anfang Mai 1871 stand ihr Schiff auf 49° 20′ Nord und 13° 43 ′ West kurz vor der Einfahrt in den Englischen Kanal. Es war schönes, klares Wetter mit flauen westlichen Winden. Am nächsten Tag setzte Nebel ein, der eine Beobachtung nicht mehr zuließ. Ihre Position wurde mit 49° 58′ Nord und 7° 14′ West errechnet, jedoch war sich Kapitän Oorthuys nicht ganz sicher, ob das ihr wirklicher Standort war. Er ließ deshalb Bishop Rock ansteuern, um durch dessen Knallsignale eine genauere Position zu erhalten. Unter vollem Zeug lief ihr Schiff vier bis fünf Knoten. Beim Loten fanden sie auf 50 Faden noch immer keinen Grund. Nun änderten sie den Kurs auf OSO. Nach 40 Minuten hörte man zum ersten Mal die angesteuerten Knallsignale, die sich alle fünf Minuten wiederholten. Aber immer noch war ihre Peilung unsicher.

An Steuerbord hörte man Signale mitlaufender Segler. Dann war man wohl auf dem richtigen Weg? Der Kapitän glaubte, dass er genügend weit südlich stünde, um frei in den Kanal einsegeln zu können. Trotzdem wurde ständig weiter gelotet. Als man schon bei 15 Faden Grund spurte, wurde noch einmal weiter nach Süden gesteuert, um ganz sicherzugehen. Gegen Abend flaute der Wind ab. Das Schiff machte kaum noch Fahrt. Ein harter Strom versetzte es jedoch zurück nach Norden. Um 21 Uhr nachts lotete man 50 Faden. Jetzt schien alles gut zu sein, als plötzlich und unvermutet eine französische Fregatte vor ihnen aus Dämmerung und Dunst auftauchte. Das Kriegsschiff ging in einer eleganten Wende auf Parallelkurs und forderte sie per Flaggensignal auf, ihre ZEVEN PROVINCIEN zwecks Kontrolle zu stoppen. Oorthuys fluchte, dass es seine Art hatte. Wie können es Franzmänner wagen, sie als neutrales Schiff in internationalen Gewässern zu stoppen?

Abgesprochen war, dass alle Besatzungsmitglieder in so einem Fall augenblicklich heimische holländische Trachten anzogen. Hein hatte eine für diesen Zweck geliehen bekommen. Bis auf den Käpten trugen sie also die berühmten Mützen mit dem kleinen Schirm, unter dem ihre Haarpracht über die Stirn quoll. Am breiten Gürtel strahlten zwei übergroße Silberknöpfe, und die unten zugebundenen Hosen bauschten sich, wenn sie bei Wind und mit lautem Klontjes-Geklapper übers Deck liefen. Der französische Offizier, der Mannschaft und Papiere kontrollierte, blickte daher nur flüchtig auf die ihm überreichten Seefahrtsbücher, denn vor sich hatte er ganz offensichtlich nur Käsköppe. Das sah man auf den ersten Blick. Auch die Ladepapiere waren in Ordnung.

Gerade wollte er mit seinen Männern wieder von Bord, als in diesem Augenblick Viet an Deck trat und sich über die vielen französischen Soldaten wunderte.

Viet, der die letzten zwei Monate beinahe ausschließlich im dunklen Logis verdämmert hatte, musste ausgerechnet jetzt frische Luft schnappen. War der Mann denn von allen guten Geistern verlassen? »Wer ist das?«, brüllte der Franzose wie elektrisiert, während seine Männer ihre Gewehrläufe zur Vorsicht auf ihn richteten. »Och, das ist unser Passagier! Der reist schon seit Argentinien mit!«, versuchte der Kapitän die Situation herunterzukochen.

Sofort begann ein scharfes Verhör. »Schau mal an, ein Preuße!«, rief der Offizier aufgeregt, als er Viets Papiere sah. »Den müssen wir mal unter die Lupe nehmen.« Ergebnis war, dass Viet seine Sachen packen und an Bord der Fregatte kommen musste. Doch zunächst wurde DE ZEVEN PROVINCIEN noch einmal auf den Kopf gestellt, denn man wollte sichergehen, dass wirklich kein weiterer Deutscher an Bord war. Von der Bilge bis in die Mastspitzen wurde alles umgekrempelt. Glücklicherweise kontrollierte man die Mannschaft nicht noch einmal, so dass Hein ein zweites Mal ungeschoren davon kam. Das Bündel von Else aber, die Schiffspapiere der CERES und deren Schiffskasse wurden ebenfalls nicht beachtet. »Wir sehen uns nach dem Krieg in Blankenese wieder!«, hatte Hein seinem Steuermann noch zugeflüstert, bevor man Viet ins Beiboot der französischen Fregatte warf.

Der holländische Kapitän ließ die Segel wieder aufziehen und fuhr – ohne den Franzosen auch nur eines Blickes zu würdigen – mit seiner ZEVEN PROVINCIEN in den Englischen Kanal ein. Drei Tage später lief er mit seinem Schiff Rotterdam an. Hier musterte Hein ab und nahm die Postkutsche nach Bremen. Von dort ging es per Eisenbahn nach Hamburg.

Nach der ersten Nacht bei seinen Eltern machte er sich auf den Weg nach Blankenese, um Viets und Elses Habseligkeiten bei Catharina von Appen abzuliefern und sie über das Schicksal ihres Sohnes zu informieren. Catharina erfuhr so, dass auch ihr letzter Brief ihren Sohn nicht erreicht haben konnte. Und sie erfuhr weiter, dass er zwar wieder in Europa war, aber in Gefangenschaft. Das waren keine guten Nachrichten, die Hein da überbrachte!

Der hatte an diesem Nachmittag einen weit schwereren Besuch vor sich: Er musste Familie Külper vom Seemannstod des Jacob Külper, dem seiner Frau Lisette sowie ihrer Tochter Alwine berichten. Vom Grab des Kindes hatte er eine kleine Zeichnung angefertigt, seine Lage und die Friedhofsadresse darunter angegeben. Vielleicht käme ja doch mal ein Külper in diese Gegend. Dann konnte er Alwines Grab in stillem Gedenken aufsuchen.

Und auch das wurde ihm nicht erspart: Er musste der Firma Johs. C. Godeffroy & Sohn, dem Charterer der CERES, Bericht vom Verlust des Schiffs und seiner Fracht erstatten. Nach diesem traurigen Gespräch schickte man ihn zum Seeamt, um den Schiffsuntergang auch dort zu melden und die in Argentinien ausgestellten Dokumente über den Untergang abzuliefern. Später würde man ihn – anlässlich der über den Untergang geführten Seeamtsverhandlung – als Zeugen vernehmen.

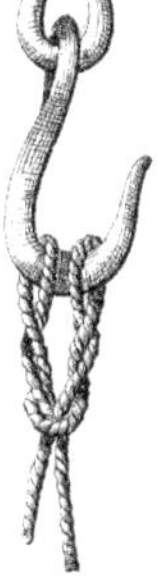

GEFANGEN

Zwei rot behoste französische Soldaten ergriffen Viet und flankierten ihn mit seinem Zampel ins Beiboot. Dann brachte ihn das Prisenkommando zur Fregatte. Während der Überfahrt versuchte Viet vom begleitenden Offizier zu erfahren, warum er als einfacher Holsteiner Seemann festgesetzt worden war. »Weder bin ich Soldat, noch hab ich was mit eurem Krieg zu tun!«, protestierte er auf Englisch. Doch der Franzose würdigte ihn weder eines Blickes, noch antwortete er, obwohl er, wie Viet vorhin gehört hatte, gut Englisch sprach.

Das Beiboot ging längsseits der stattlichen Fregatte. Als Erster musste der Gefangene an Deck klettern – immer die Gewehre der Soldaten mit den aufgepflanzten Bajonetten unter sich. Wenn er nun von der Strickleiter abrutschte, würde er von ihnen aufgespießt werden wie eine Korngarbe von einer Forke. Das war in diesem Moment ein banger Gedanke. Man brachte ihn umgehend in die Bilge, wo sich die Gefangenenzellen befanden. Hier wurde er eingesperrt. Alles war so düster wie im Logis der ZEVEN PROVINCIEN. Nur eine Laterne brannte und warf funzeliges Licht in seine Zelle.

Es dauerte keine halbe Stunde, da kam ein Franzose schnaufend den Niedergang herab, um ihm einen Krug Wasser und eine dünne Suppe zu bringen. Irgendetwas musste ihn ärgern, denn die ganze Zeit über schimpfte er vor sich hin. Leider konnte man sich nicht mit ihm unterhalten, denn er sprach nur Französisch. Warum hatte man ihn, den zivilen Steuermann Viet von Appen, gefangen genommen? Wohin würde ihn die Fregatte bringen? Quälende Fragen brannten in seinem Herzen. Doch etwas hatte sich durch die Gefangennahme verändert: Er interessierte sich wieder für die Ereignisse in seinem Umfeld.

Wie lange mochte dieser Krieg noch dauern? Würde man ihn die ganze Zeit über gefangen halten? Eigentlich anzunehmen. Wenn er nur ein genaues Bild vom Kriegsverlauf hätte, könnte er sich ausrechnen ... Ach was! Er musste das Beste aus seiner Situation machen.

Er warf sich auf die Koje und dachte dabei – natürlich – an seine

Else. Ihre Sachen würden wohl noch auf dem Holländer sein und von Hein Lindemann bestimmt nach Blankenese gebracht werden, genau wie die Schiffspapiere der untergegangenen CERES.

Es dauerte nicht lange, da war er eingeschlafen. Tief und fest und ohne Störungen. Diese Art Schlaf hatte er lange nicht erlebt. Und er träumte, träumte von Else, die ihn mahnte, jetzt nur keine Dummheiten zu machen, sondern geduldig darauf zu warten, nach Hause entlassen zu werden. Das würde bald passieren. Und in Blankenese wird man sicher schon auf ihn warten. Merkwürdig, dass er sich sowohl an den Trauminhalt als auch an Elses Worte erinnerte, lange nachdem er aufgewacht war. Die meisten Träume vergaß man doch noch vor dem Aufwachen.

Keine 24 Stunden später landete die Fregatte in Cherbourg an der Nordseite der Cotentin-Halbinsel. Dort wurde er zu einer im Hafen liegenden abgetakelten Hulk gebracht, die als Gefangenenlager diente.

»Warum hast du dich denn jetzt noch erwischen lassen? Wo der Krieg doch praktisch aus ist!«, wurde er von einem blonden Seebären angepflaumt, als er das alte Schiff betrat. Etwa 60 Sailors, die man von aufgebrachten deutschen Handelskähnen geholt hatte, waren hier zusammengepfercht. Nun hörte Viet, dass es vor ein paar Tagen eine Übereinkunft zwischen Frankreich und dem neu entstandenen Deutschen Reich gegeben habe, die demnächst in einen Friedensvertrag münden würde. Das jedenfalls hatten die Wachsoldaten ausgeplaudert und damit die Stimmung unter den Gefangenen merklich aufgehellt.

»Du brauchst dein Bündel gar nicht erst auszupacken, weil du bald weiter nach Hause schippern kannst!«, rief ihm der blonde Hüne zu, der ihn beim Betreten der Hulk so komisch begrüßt hatte. Nach diesem Satz schwenkte er eine Rotweinflasche, aus der er in kurzen Abständen tiefe Züge nahm. Auch die Wachsoldaten seien ganz anders geworden, wurde erzählt. Einige waren froh, endlich nach Hause zu ihren Familien zu kommen. Andere seien enttäuscht über den Kriegsausgang. Doch keiner der Soldaten kümmerte sich noch viel um die Gefangenen, selbst wenn diese an Land gingen und sich in der Stadt umtaten.

Einige seiner Mitgefangenen sollte Viet in den nächsten Stunden kennenlernen. Sie kamen aus Emden und Bremen, aus Hamburg und

Stettin, von Papenburg oder Sonderburg. Männer aus beinahe allen deutschen Hafenstädten. Als Gefangene hatten sie in Cherbourg schwer schuften müssen und waren daher nicht gut auf den Franzmann zu sprechen. Vor allem wegen der vielen Gemeinheiten, die sie zu erdulden gehabt hatten. Allerdings richtete sich ihre Wut nicht gegen gewisse Damen. Die nahmen sie ausdrücklich aus. Sie hatten den Gefangenen immer wieder Essbares und Getränke, aber auch Tabakwaren zugesteckt. Daran würden sie sich später, wenn sie mal wieder mit einem Schiff in Cherbourg wären, gewiss erinnern.

Die einzelnen Schiffsdecks der Hulk waren überfüllt von den Strohlagern der Gefangenen. Viet musste lange suchen, um ein geeignetes Plätzchen für sich zu finden. »Seit ein paar Tagen schickt man uns nicht mehr zur Arbeit!«, ließ sich sein Lagernachbar hören. »Die können sich wohl ausrechnen, was passiert, wenn sie uns weiter so malträtieren wie bisher! Ich sag dir, wenn ich einen von denen erwische, ich glaub, ich bring ihn um!«

Da Viet keine Ahnung hatte, was die Seeleute während ihrer Gefangenschaft hatten erdulden müssen, fragte er ganz naiv: »Was haben sie denn mit euch gemacht, dass ihr so wütend auf sie seid? Cherbourg ist doch ein hübsches Städtchen und das Wetter warm und trocken.« Daraufhin öffneten sich Schleusen. Beinahe jeder Umstehende wusste unter die Haut gehende Geschichten aus seiner Gefangenenzeit zu erzählen. Von ihrem Vierzehn- bis Sechzehn-Stunden-Arbeitstag erfuhr er. Von den mit Peitschen ausgerüsteten Wachsoldaten, die manche von ihnen nur zu gern einsetzten. Vom schrecklichen Fraß, der ihnen vorgesetzt wurde. Selbst ihr Trinkwasser war eigentlich nicht genießbar. Warum machten die Franzosen das? Gut genährt hätten sie doch viel besser arbeiten können!

Viet wurde mit jeder Geschichte stiller. Warum wurden Zivilgefangene zu so harter Sklavenarbeit herangezogen? Selbst Kapitäne und Steuerleute mussten Fronarbeit verrichten. Es hieß, die neue Kaianlage für Kriegsschiffe sollte möglichst bald fertig werden. Da kamen die kräftigen Seeleute als Arbeitskräfte gerade recht. Tonhaltige Ufererde war für die Pier auszuheben und zu planieren. Baumaterialien von weit her anzuschleppen, Pfähle mussten für die Kaimauer eingerammt werden und so weiter. Nachdem die Kaimauer aufgeführt war, mussten Lagerschuppen für Kriegsmaterial errichtet werden. Einige Gefangene hatten die harten Torturen leider nicht überlebt.

Nachdem Viet sich zahlreiche Berichte angehört hatte, wollte er nur noch eines wissen: »Wann, meint ihr, kommen wir nach Haus?«

Die einhellige Antwort war: »Das wird in den nächsten Tagen passieren!«

Viet benutzte sein Päckchen als Kopfkissen. Doch womit sich zudecken? »Danach brauchst du gar nicht erst zu fragen. Wolldecken gibt's hier nicht!«, rief einer spöttisch. Zum Glück war es im Mai schon sommerlich warm. »Nimm doch deine Joppe, das muss reichen!«

Als Viet der Schiffsführer-Gruppe zugeteilt wurde, lernte er natürlich auch die gefangenen Kapitäne und Steuerleute kennen. Es handelte sich um 15 Männer. Ihre Aufgabe würde in den nächsten Wochen sein, ihre Leute zurück in die Heimat zu führen. Entweder mit den zurückgegebenen konfiszierten Schiffen – oder aber ohne sie. Sie beschlossen, beim zuständigen französischen Offizier darauf zu dringen, unmittelbar nach Beendigung der Kampfhandlungen freigelassen zu werden und ihre Schiffe zurückzuerhalten. Schließlich waren sie unschuldige Zivilgefangene.

Bei ihren Beratungsgesprächen lernte Viet Kapitän Fritz Bruns aus Warnemünde kennen. Vom ersten Augenblick an verstand er sich gut mit ihm. »Wo wurden Sie denn gekapert?«, erkundigte Viet sich neugierig. Doch Bruns erhob postwendend Einspruch. »Wir duzen uns hier alle! Nur dass du Bescheid weißt!«

Nach diesem Hinweis zog er seine Weste aus, weil ihm viel zu warm geworden war. Dann fuhr er fort: »Ich war mit meiner Schonerbrigg auf dem Weg von Southampton nach Königsberg. Bei der Gelegenheit haben mich die Franzosen im März aufgebracht. Bin gespannt, ob ich meinen Kahn jetzt wiederkriege.«

Danach erkundigte er sich nach Viets Lebensweg. Das wurde eine ziemlich lange Geschichte, die alle Umstehenden mit Spannung verfolgten. Seine Mitgefangenen staunten nicht schlecht, als sie von Viets Weltumseglung hörten.

»Ihr seid in Charter für Godeffroy gesegelt?« erkundigte sich Käpten Bruns höchst interessiert. »Von dem hört man ja die unglaublichsten Geschichten. Ist das wirklich ein so knallharter Geschäftsmann? Und stimmt es, dass er über fünfzig Handelsniederlassungen im Stillen Ozean hat? Wie hat er es bloß hingekriegt, so reich zu werden?« Auf solche Fragen konnte Viet keine Antwort geben. Er kannte Godeffroy ja nicht. Aber interessant wäre es schon, ein bisschen mehr über diesen Mann zu wissen.

»Und wo hat deine Wiege gestanden? Hamburg ist nämlich groß!«, wurde er gefragt.

»Mann, ich bin doch kein Hamburger. Nee, ich bin echter Holsteiner und komme aus Blanknes!«, entgegnete Viet stolz.

»Sag das doch gleich! Ich hab nämlich was gegen Hamburger!«

Bruns und er sprachen über dieses und jenes, bis Viet irgendwann loswerden musste, dass er ein Fräulein mit gleichem Nachnamen gekannt habe. »Kennst du zufällig eine Olga Bruns aus Blankenese?«

Bruns lächelte. »Gar nicht so zufällig, ja. Sie ist eine Cousine zweiten Grades von mir und kommt eigentlich aus Potsdam.« Dann senkte Bruns seine Stimme und berichtete stockend, dass Olga leider einen schweren Schicksalsschlag erlitten habe. Denn während sie bei Verwandten im schlesischen Riesengebirge lebte, sei ihr Vater einem Herzschlag erlegen.

»Oh, das tut mir aber leid!«, brachte Viet heraus und fuhr nach einer Weile fort: »Irgendwie ist das komisch. Wir sitzen hier in Frankreich und stellen fest, dass wir die gleichen Leute kennen.« Es folgte die Erzählung von der Freundschaft, die ihn mit Olga verbunden hatte, wobei er die Fehlgeburt und die Ablehnung seiner Person durch Olgas Eltern vorsichtshalber nicht erwähnte. Leider sei es ihm nicht gelungen, während seiner langen Abwesenheit die Verbindung zu Olga aufrechtzuerhalten …

Eines konnte Viet überhaupt nicht verstehen: Wieso war Fritz Bruns mit seiner Schonerbrigg durch ein so gefährliches Kriegsgebiet wie die südwestliche Nordsee und den Kanal gefahren? War er lebensmüde gewesen? Da konnte man nicht nur Schiff und Ladung verlieren, sondern in Gefangenschaft geraten oder gar den Heldentod sterben. »Dafür stimmten die Frachtraten!«, entgegnete Bruns nicht wirklich überzeugend. Man wird doch seine Existenz nicht wegen eines kurzfristigen Verdienstes aufs Spiel setzen. Jedenfalls machte Bruns nicht den Eindruck eines Spielers. »Stand dir das Wasser denn bis zum Hals, oder warum bist du ein so großes Risiko eingegangen?«

»Weder noch!« war die kurze Antwort.

Ende Mai 1871, nur 14 Tage nach seiner Gefangennahme, kamen Viet und seine Schicksalsgenossen frei. Die meisten blieben zunächst in Cherbourg, weil sie auf die Freigabe ihrer Schiffe hofften. So auch die Mannschaft von Fritz Bruns. Einige wenige Männer, darunter Fritz Bruns und Viet, fuhren mit der Bahn nach Paris, von dort weiter über Brüssel nach Antwerpen. Von diesem bedeutenden belgischen Hafen aus wollten sie mit dem nächsten Postdampfer nach Hamburg reisen.

Als sie endlich in Antwerpen an Deck des Dampfers standen, nutzten sie die letzten Minuten vor der Abfahrt und schauten zufrieden hinüber zur Stadt, die sie kaum kennengelernt hatten. Die Zigarren schmeckten, die man ihnen zum Abschied vermacht hatte.

»Endlich haben wir den Mist hinter uns! Nun sind wir frei. Der nächste Hafen heißt schon Hamburg!«, kam es erleichtert von Fritz. Und da ihr Dampfer just in diesem Augenblick von einem Schlepper auf den Haken genommen wurde, um sie zur offenen See zu schleppen, fuhr er fort, nicht ohne sich noch einmal nach unerwünschten Mithörern umgedreht zu haben. Als er feststellte, dass sie ungestört waren, gestand er: » Ich hab dir was verschwiegen. Wenn du mir versprichst, darüber nicht zu reden, kann ich es dir jetzt sagen: Ich habe meine Mannschaft zurückgelassen, weil ich in dringender Sache nach Berlin muss. Mein Steuermann wird die Schonergaleasse allein nach Swinemünde führen.

Wir waren nämlich im Auftrag der preußischen Admiralität unterwegs, um die Nordsee und den Kanal aufzuklären. Dabei galt es festzustellen, wo feindliche Flottenverbände standen. Zu diesem Zweck war mein Schiff als Däne getarnt. Doch dann wurden wir von einer französischen Patrouille aufgebracht. Noch bevor der Franzmann das erkannte, haben wir unsere dänische Tarnung vernichtet. Erst später kam das Prisenkommando an Bord. Deshalb blieb uns nichts anderes übrig, als in Gefangenschaft zu wandern. Das Schiff gehört übrigens auch nicht mir, sondern der Admiralität. Tatsächlich bin ich nämlich kein Swinemünder Schiffer, sondern preußischer Marineoffizier, und meine Männer sind Marinesoldaten.«

Viet war wie vor den Kopf geschlagen. Schlau von den Preußen, eine als Däne getarnte Schonergaleasse Aufklärung treiben zu lassen.

Das müssen wirklich verwegene und qualifizierte Männer sein, die solche Aufträge ausführen. Selbst er hatte Fritz Bruns den biederen Schiffer abgenommen und in ihm keinen preußischen Offizier erkannt. Das sagte er ihm auch, um weiter zu fragen, wie denn eigentlich der Seekrieg gegen Frankreich abgelaufen sei. Er wisse ja davon nichts, weil er die letzten anderthalb Jahre um die Welt gegondelt sei.

Da sie reichlich Zeit zur Verfügung hatten, setzten sie sich in den Salon und ließen sich Arrakgrog servieren. Nachdem Fritz davon gekostet hatte, begann er: »Der Franzmann verfügte zu Kriegsbeginn 1870 über zehn Mal so viele Kriegsschiffe wie wir. Damit plante der französische Kaiser, den Krieg für sich zu entscheiden. Bald nach seinem Beginn ließ er sein ›Baltisches Geschwader‹ aus Cherbourg am Kanal Richtung Norden dampfen, um deutsche Häfen zu blockieren. Eine Seeblockade hätte der norddeutschen Wirtschaft enormen Schaden zugefügt und die Einfuhr kriegswichtiger Rohstoffe unterbunden. Mit den zum Geschwader gehörenden fünf Panzerfregatten, zwei Panzerkorvetten und einem Aviso hätte man diese Aufgabe leicht erfüllen können. Tatsächlich aber musste die französische Flotte schon in der Köge-Bucht – südlich von Kopenhagen – vor Anker gehen. Dem ›Baltischen Geschwader‹ waren nämlich die Kohlen für ihre Kesselanlagen ausgegangen. Die fehlende Kohle gab es in Dänemark aber nicht in benötigtem Umfang. Die musste umständlich aus Dünkirchen herangeschafft werden. Das dauerte Wochen. Aus diesem Grund konnte man den militärischen Auftrag gottlob nicht ausführen.

Der französische Seekrieg wurde recht dilettantisch geführt. Man hatte das ›Baltischen Geschwader‹ noch nicht einmal mit Seekarten für die deutschen Küstengewässer versorgt. Die musste sich die Geschwaderleitung dann in Dänemark selbst besorgen. Neben Pannen wie dieser setzten ab Oktober 1870 Herbststürme ein, die das Geschwader zwangen, sich in den Ausgangshafen Cherbourg zurückzuziehen. Damit war das Ende der französischen Seekriegsaktivitäten eingeläutet.

Davon unabhängig streiften französische Patrouillenschiffe weiter durch die Nordsee, den Kanal und die Biskaya, um deutsche Handelsschiffe aufzubringen. Ihr mögliches Auftauchen zwang unsere Frachtsegler, besagte Seebereiche zu meiden. Die noch kleine norddeutsche Marine wurde deshalb veranlasst, die Verteidigung der deutschen Küste ohne Abstriche aufrechtzuerhalten. Nur wir, die Aufklärer, waren überall im Einsatz. Bei einer unserer Fahrten hat man uns dann geschnappt.«

Es dauerte lange, bis Viet die vielen Informationen verarbeitet hatte. Dabei gab es ein weiteres Thema, das ihn beschäftigte: »Sag mal, was hältst du davon, wenn ich nach unserer Rückkehr Olga bei Gelegenheit besuche, um ihr mein Beileid auszusprechen? Vielleicht würde sie mein Besuch ein wenig aufbauen, falls sie bei ihrer Mutter in Blankenese geblieben ist.«

»Warum nicht? Mehr als eine Abfuhr kannst du nicht kriegen!« war Bruns' sachliche Antwort. Er jedenfalls würde den Besuch an Viets Stelle machen.

Als sie die Elbe aufwärts segelten, wurde von Appen unruhig. Besonders vor Blankenese. »Du, sobald es geht, schau ich mal bei Olga vorbei.«

Lotse Spiesen, der ihr Schiff elbaufwärts führte, erzählte, dass Frankreich nach dem Friedensschluss von Frankfurt vor ein paar Wochen Elsass-Lothringen an das neu entstandene Deutsche Reich abtreten und fünf Milliarden Franc Kriegsentschädigung zahlen müsse. Donnerwetter noch mal! Zu einem anderen Zeitpunkt hätte Viet dieser Umstand gefreut, jetzt hatte er an Wichtigeres zu denken.

IM TRAUERHAUS

Seit dem Tod ihres Vaters lebte Olga mit ihrer Mutter und den beiden jüngeren Schwestern sehr zurückgezogen. Natürlich. Das Dienstmädchen hatten sie nach Vaters Ableben entlassen müssen. Auch die großbürgerliche Wohnung im Parterre der Villa in der Wedeler Landstraße mussten sie aus finanziellen Gründen gegen eine bescheidene Mansardenwohnung eintauschen. Hier wollten sie erst einmal sehen, wie sich ihr Leben weiterentwickeln würde, hatte Mutter gemeint.

Den drei Mädels blieb dafür nicht viel Zeit, denn der Verstorbene hatte ihnen nur ein bescheidenes Vermögen und seiner Frau eine kleine Pension hinterlassen. Auch eine Mitgift würde sehr bescheiden ausfallen müssen, sofern eines der Mädchen heiraten würde. Wenn überhaupt. Und fand sich kein Heiratswilliger, mussten die jungen Damen sogar einen Beruf ergreifen, auch wenn das überhaupt nicht standesgemäß war. Wenn doch nur ein paar betuchte junge Herren auftauchten und um ihre Hand anhielten. Doch woher sollten sie kommen? Während des Trauerjahrs war es unschicklich, an Vergnügungen jeglicher Art teilzunehmen. Und die geringe Mitgift würde Herren von Stand bestimmt nicht dazu bewegen, eines der Mädchen zu ehelichen.

Zufällig traf Olga Viets Schwester Herta in der Hauptstraße. Man sprach über dies und jenes, beispielsweise über den Ausgang des Krieges mit Frankreich.

»Apropos«, meinte daraufhin Herta, »wir haben gerade von unserem Viet gehört. Sein Bootsmann war vor ein paar Tagen bei unserer Mutter. Er erzählte, dass Viet vor einem Monat im Kanal in französische Gefangenschaft geraten ist. Jetzt – nach Kriegsschluss – werden unsere Gefangenen wohl bald von den Franzosen freigelassen. Man spricht von achttausend deutschen Männern, die nach Hause kommen werden, während wir ja mehr als dreihundertsiebzig französische Gefangene gemacht haben. Dann wird unser Viet wohl bald bei uns sein. Das wird ein Fest. Darauf freu ich mich schon.«

Olga merkte auf. »Ist das wirklich wahr? Das freut mich für euch. Vielleicht sieht man sich dann ja mal, wenn er wieder in Blankenese ist!«

In der Tat trafen sich Viet und Olga schon ein paar Tage nach seiner Rückkehr zufällig in der Hauptstraße. Wie angewurzelt blieben sie stehen und starrten einander ungläubig an.

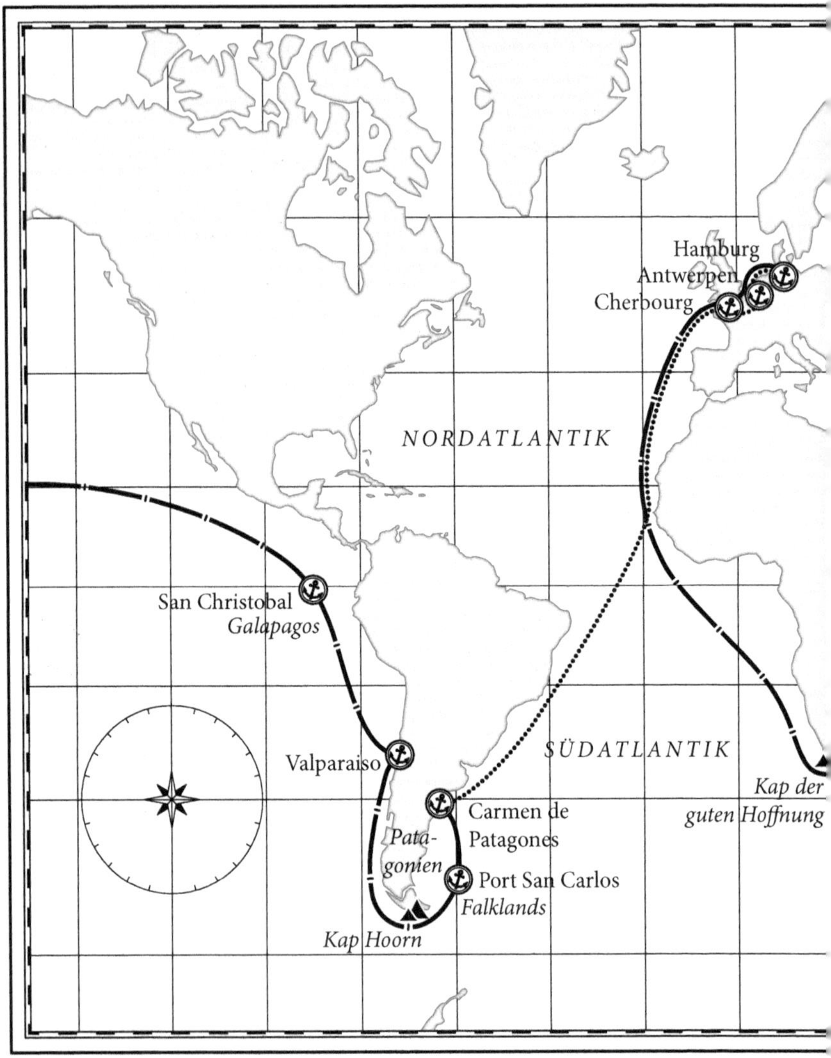

Hamburg
Antwerpen
Cherbourg
NORDATLANTIK
San Christobal
Galapagos
Valparaiso
SÜDATLANTIK
Kap der
guten Hoffnung
Carmen de
Patagones
Pata-
gonien
Port San Carlos
Falklands
Kap Hoorn

Die Reise von
Viet von Appen
an Bord der
CERES
1868 ~ 1871
Tsiensin
Tschifu
China
Hongkong
NORDPAZIFIK
Honululu
Hawaii
Tacloban
Mikronesien
Phillipinen
Mioka
INDISCHER OZEAN
Apia
Samoa
St. Pierre
Réunion
Australien
Sydney
SÜDPAZIFIK
SÜDPOLARMEER

Nachbemerkung

Bei den Wetter- und Seefahrtsbeschreibungen habe ich mich u.a. an dem Buch »150 Jahre Blankeneser Schiffahrt, 1785–1935« von Jürgen Meyer orientiert, erschienen 1968 im Egon-Heinemann-Verlag. Einige Eintragungen aus den dort zitierten Seemannstagebüchern wurden wörtlich übernommen.

Ähnlichkeiten mit früher lebenden Personen oder Schiffsschicksalen sind rein zufällig. Vor- und Familiennamen, sowie Ereignisse aus der Blankeneser Geschichte wurden dagegen benutzt, um die Handlung möglichst authentisch wirken zu lassen.

Ronald Holst

Personen der Handlung

An Bord der CERES:
Jacob Külper, Kapitän
Lisette Külper, seine junge Frau mit
Alwine, ihrer auf See geborenen Tochter
Viet von Appen, Steuermann
Erich Clasen, Bootsmann
Hein Lindemann, Vollmatrose, später Bootsmann auf der CERES
Ernst Hase, war schon mit Viet auf der COMET gefahren
Peter Diercks aus Oevelgönne, Matrose
Sven, ein alter Matrose aus Schweden
Felix Erbmann aus Siebenlehn in Sachsen, stößt in Hongkong zur Mannschaft
Friedrich Huber, Ersatzmatrose aus dem Allgäu
Carl, Schiffsjunge
Tian ist der chinesische Ersatz für den verletzten Schiffsjungen Carl
Ehepaar Kunze, Auswanderer
Else Kaldewei, ebenfalls Auswanderin
Johannes Kaldewei, Auswanderer
Kantor Rottweil, leitet die Australien-Auswanderer zum Singen an
Theodor Wenk, Auswanderer
Ehepaar Ehrmann, Auswanderer
Alfred und Eberhard, zwei leichtsinnige Auswanderer

Viets Familie:
Catharina von Appen, Viets Mutter
Herta von Appen, Viets ältere Schwester
Lisa von Appen, Viets jüngste Schwester
Hannes von Appen, Viets Stiefvater, Kapitän und Reeder
Sören Sörensen, Viets Freund und Schwager

Weitere Personen:
Pastor Thomsen, Geistlicher aus Nienstedten
Olga Bruns, Viets erste Liebe
Kapitän Santini, argentinischer Fischer
Kapitän Oorthuys, holländischer Frachtfahrer
Kapitän Fritz Bruns, Gefangener der Franzosen

Glossar

Adschüs	Auf Wiedersehen
ausklarieren	**das** Erledigen aller administrativen Pflichten eines Schiffs beim Ein- oder Auslaufen
Baas	Chef, Vorarbeiter in der Schifffahrt
Back	Esstisch
Bankert	uneheliches Kind
Barre	natürlicher Damm im Fluss quer zur Fließrichtung
Belegnagel	Holz- oder Metallstab zum Befestigen von Tauen
Besan	Gaffelsegel am hinteren Mast
Besanschot	Taue am Besanmast, um dem Besansegel die erforderliche Stellung am Wind zu geben
Bilge	Kielraum eines Schiffes
Blackbirding	siehe schanghaien
brassen	horizontale Bewegung der Segel, um deren Fläche mehr oder weniger in Richtung des Windes zu stellen
Bratenrock	Gehrock mit langen Schößen
Brieten	Halbstarke
Bünn	wasserdurchfluteter Kasten in Fischerbooten
Bulleye	rundes Schiffsfenster
Kanaken	Mikronesische Bevölkerungsgruppe, nicht zu verwechseln mit dem Schimpfwort »Kanake«
durchkentern	Drehung eines Schiffs um die Längsachse
Faden	maritimes Maß der Tiefenmessung
Gaffel	Baum oder Spiere, die gebraucht wird, um die obere Breite eines Segel aufzuspannen
Gummi arabicum	Klebstoff
Heiopei	hamburgisch für »Leichtfuß«
Heuerbaas	Stellenvermittler für Seeleute
Hulk	ausgedientes, abgetakeltes Schiff, das als Warenlager, Kaserne oder Gefangenenlager benutzt wird
Janmaaten	Synonym für »Matrose«
kakaien	siehe schhanghaien
klamüstern	erklären, auseinandersetzen
Klontjes	holländische Holzschuhe
Kondemnierung	ein seeuntüchtiges Schiff von der Seefahrt ausschließen
Kreek	Lastschlitten, der auch zum Rodeln benutzt wurde
Lapüster	Stalllaterne
lostüdeln	losbinden
Lüttmaid	Küchenhilfe

Luk schalken	Luke wasserdicht verschließen
Leeseite	windabgewandte Seite
Luvseite	windzugewandte Seite
Manilatrosse	starkes Seil aus Manilahanf
Marlspieker	Metalldorn mit Knauf am dicken Ende, der beim Spleißen benutzt wird
Mars	Brett in der Takelung
Nagelbank	in ihr stecken die Belegnägel
Oktant	nautisches Gerät zur Ortsbestimmung
Ölzeug	Wasserabweisende Kleidung der Seeleute
Paddemang	plattdeutsche Abkürzung für Apartment, Bezeichnung für Klo
Päckchen	Seesack mit dem Gepäck der Fahrensleute oder Bootsverband, der aneinander vertäut im Hafen liegt
Pall	Stopper am Ankerspill
Palmaille	Prachtstraße in Altona
Puch	Schlafstätte
raumer Wind	schräg von hinten kommender Wind
Reff	Teil eines Segels einbinden, verkürzen, dicht
Rigg	Takelung eines Seglers
Royal (Segel)	am Royalrah angeschlagenes Rahsegel, die »oberste Etage« der Segel am Großmast
Rudergänger	das Ruder bedienendes Mannschaftsmitglied
Saling	Befestigungspunkt für Tauwerk im Mast
schalken	dicht machen, abdichten
Schanz	geschlossene Reling
Schlängel	Bootssteg
Seeamt	Gerichtsbarkeit für Seeunfälle
schanghaien	gewaltsam rekrutieren
Skylight	Oberlicht
Sott hat	plattdeutsch für »Glück gehabt«
Speigatt	Wasserabflussöffnung im Schanzkleid von Schiffen
Spiere	jede Art von Rundholz auf einem Schiff, wie Rahe, Gaffel, Bugspriet, Klüverbaum
Spökenkieker	jemand, der an Übersinnliches glaubt
Stengen	Verlängerung des Mastes oberhalb der Saling
Tide	Gezeiten
tüteln oder **tüdeln**	hier: binden
über Stag gehen	wenden
Verklarung über Havarie	Unfallbericht
Vor-Marsstenge	die oberste Verlängerung eines Mastes
Vorsetzen	Straße am Hamburger Elbufer
Wahrschau	Seemannsdeutsch für »Achtung«

Yams wichtige tropische Nahrungs- und Heilpflanze

Zampel Seesack, geht zurück auf das englische Wort »sample« (Muster). Schauerleute benutzten ihn für den Transport des Coffeetank und ihrer Brote